# Bisher von Don Both erschienen:

FEAT. BABELS

# Rock
## oder
# Liebe
### Unplugged

A.P.P.

*Rock oder Liebe – Unplugged*
*Don Both feat. Babels*
Romanze/ Humor/Erotik
Deutsche Erstausgabe März 2016
© Don Both
Kontakt: bethy86@hotmail.de
https://www.facebook.com/pages/DonBoth/248891035138778
Lektorat: WORDplus, Belle Molina
Korrektorat: Sophie Candice
Weitere Mitwirkende: Babels, Nicole Zdroiek
Cover: Babels Art
**Erschienen im A.P.P.-Verlag**
Peter Neuhäußer
Gemeindegässle 05
89150 Laichingen
Mobi: 978-3-946484-41-7
E-pub: 978-3-946484-42-4
Print: 978-3-946484-43-1

# Kurzbeschreibung:

»Sie war die Furie und ich der Rüpel – am Tag. In der Nacht wiederum spielte ich den perfekten Liebhaber und sie meine hingebungsvolle Jungfrau. Das war unsere geheime Vereinbarung, und sie klappte perfekt. Aber wie lange noch, bis jemand mehr wollte oder es einem zu viel wurde?«

Können der Rockstar Mason Hunter und seine Anstandsdame Hannah Amalia Hauptmeier die gesellschaftlichen und moralischen Hürden überwinden und erkennen, dass sie bereits weitaus mehr sind als Schüler und Lehrerin? Oder werden sie sich aus Angst gegen die Liebe entscheiden und letztendlich alles aufgeben, was ihr Herz begehrt?

Der zweite von drei Teilen des Amazon-Bestsellers ›Rock oder Liebe‹.

Sexy, humorvoll, süchtig machend …

# über die Autorin:

Don Both, die 29-jährige Tschechin, die in Bayern lebt, fing im Alter von zwölf Jahren an Geschichten zu schreiben, weil sie die beste Kurzgeschichte in der Schule abliefern wollte. Der Plan gelang und sie entdeckte dadurch ihr Talent, Geschichten erzählen zu können. Während ihrer Schulzeit und ihrer Berufsausbildung als Kinderpflegerin ließ sie ihrer Fantasie als Hobbyautorin freien Lauf. Der Schwerpunkt ihrer Erzählungen lag anfangs meist bei Liebesromanen und humorvollen Komödien. Jedoch kamen auch das Drama, die Fantasy und der Horror nicht zu kurz. Im späteren Verlauf floss auch immer mehr Erotik ein und diese Kategorie entwickelte sich schnell zu einer ihrer liebsten. Im Jahr 2010 wagte sie den großen Schritt und stellte einige ihrer Erzählungen auf einer Fanfiktion- Seite einer breiteren Leserschaft zu Verfügung. Ihre Angst, Spott und Häme dafür einzustreichen, war mehr als unbegründet. Sie hatte durch ihre provokanten, aber ehrlichen Geschichten schnell eine große, begeisterte Leserschaft und gewann einige Wettbewerbe und Preise. Durch diese Erfolge ermutigt veröffentlichte sie im Jahr 2013 ihren ersten erfolgreichen Roman ›Immer wieder Samstags‹ und gehört seit dem zu einer der meistgelesenen Autoren auf dem E-book-Markt. Privat engagiert sie sich für den Tierschutz, versucht jeden Tag etwas Gutes zu tun und lebt mit ihren Katzen, ihrem supersüßen Schäferhund und ihrem Sohn im kleinsten Kuhkaff der Welt.

# Was bisher geschah ...

Um keine kostbare Zeit zu verlieren und womöglich aufgrund der letzten Ereignisse in Tagträume zu versinken, wollte ich, Mason komplett ignorieren, und durch das Wohnzimmer geradewegs nach draußen stürmen, auch wenn es unhöflich war, doch im Flur wurde ich am Arm aufgehalten und herumgewirbelt.

»Moment MAL! Wo willst du hin, verflucht noch mal?«, fragte Mason Hunter nicht sehr amüsiert und packte fester zu. Automatisch schüttelte ich meinen Arm, damit er mich los ließ, aber er dachte gar nicht daran, verengte stattdessen nur seine Augen. »Ich lasse dich doch nicht einfach so davonlaufen! Versuch es nicht mal! Sprich!« Kurze, knappe Anweisungen. Das hatte er drauf!

»Es ist Charlie ...«, wisperte ich also und fühlte mich wie ein kleines Mädchen, das sich vor seinen Eltern rechtfertigen muss. Dabei wagte ich nicht, ihn anzusehen, denn dann hätten die Erinnerungen an die vergangene Nacht mich korrumpiert. Zumindest war die Gefahr groß, dass dies geschah, und das durfte ich nicht zulassen, ich musste los. *Reiß dich zusammen*, schrie eine Stimme in meinem Kopf. »Er ist gestern vom Dach gefallen und ich muss zu ihm und mich um ihn kümmern! Er hat keinen außer mich, der sich ordentlich um ihn kümmern kann! Ich werde in ein paar Tagen wieder da sein, okay?«

Masons Augen wurden bei dem Wort *Charlie* groß, bevor er sie noch einen Tick weiter verengte und sein Blick bedrohliche Tendenzen annahm – ganz ehrlich.

»Du kannst es vergessen, mich wegen eines Kerls zu verlassen!« Jetzt entriss ich ihm den Arm. Natürlich tat ich das! Es ging schließlich um meinen Vater! Außerdem ließ ich mich von ihm nicht bevormunden!

»Übertreiben Sie mal nicht und bleiben Sie professionell, Mister Hunter. Ich gehe für ein paar Tage weg, um mich um jemanden zu kümmern, der mir sehr wichtig ist und der auf meine Hilfe angewiesen ist und komme danach wieder. Da kann man ja wohl nicht von Verlassen sprechen! Wenn Sie das so sehen, dann ist es Ihr Problem, aber ich habe tatsächlich noch ein Leben, das sich nicht nur um Sie dreht!«, erinnerte ich ihn knallhart an die Tatsachen. ES WAR GERADE TAG! Da musste ich mich von ihm abschotten, ansonsten würde er mich vollkommen in seinen Bann ziehen und ich zu seiner willenlosen Sklavin mutieren. Am Tag musste ICH das Sagen haben. Denn es gab da eine Kleinigkeit, die mir gestern klar geworden war.

Ich war tatsächlich kurz davor, mich bedingungslos und unwiderruflich in ihn zu verlieben. Er war übermenschlich schön und auch noch faszinierend. Er besaß unsagbaren Humor und war sogar hinter seiner flapsigen Schale einschüchternd intelligent sowie tiefgründig. Er war mitfühlend, mitreißend ... und ehrgeizig. Außerdem charmant und das Schlimmste? Mason Hunter brachte mich mit seinen phänomenalen Verführungskünsten regelmäßig zum Schmelzen, ohne, dass ich ihm irgendetwas entgegensetzen konnte oder wollte.

Er war mein genaues Gegenteil aber einfühlend genug um trotzdem auf mich einzugehen, wie ich es brauchte – wenn er wollte. Um es mit vier Worten auszudrücken: Mason Hunter war perfekt.

Und gleichermaßen gefährlich! Gerade deswegen durfte ich mich nicht in irgendwelchen Schwärmereien verlieren und Gefühle zulassen! Das ging auf gar keinen Fall! Schließlich gab es da eine kleine hinderliche Tatsache: Für ihn war ich lediglich die bezahlte Anstandsdame und sein Sexspielzeug, nichts weiter!

Also schob ich ihn von mir. Seelisch und körperlich, was mir selber mehr als wehtat. Ich sah an der Kränkung in seinem Blick, dass ich jetzt zu weit gegangen war. Abrupt ging er einen Schritt von mir weg und betrachtete mich fast schon angeekelt. Oder, was besser passte, er schaute voller Arroganz auf mich herab, obwohl er unterdessen wirkte, als würde er mich gleich aus vollem Halse anbrüllen, denn eine Ader an der Stirn pochte verdächtig, was mich komischerweise ziemlich erregte.

Wir starrten uns an. Mitten im Flur. Wappnend für ein Duell.

Doch alles, was er machte, war, sich seinen Schlüssel von dem Schlüsselhaken hinter mir zu schnappen, die Tür mit einem Ruck aufzuziehen, sich spöttisch zu verbeugen und eiskalt zu sagen: »Bewegen Sie Ihren Arsch, Miss Obermaier. Ich fahre SIE zum Bahnhof, wenn SIE zu Charlie MÜSSEN!« Oh mein Gott ... was war ihm denn über die Leber gelaufen? Das war doch alles kein Weltuntergang! Wie eine Maus auf der Flucht huschte ich schnell nach draußen, bevor er es tatsächlich schaffte, mich allein durch seine Blicken umzubringen.

Sobald ich ins Auto eingestiegen war, senkte auch er sich anmutig auf seinen Sitz – wohlgemerkt oben ohne, nur in seine schwarzen Jogginghosen bekleidet, die sich tief an seine Hüften schmiegten. Wie das billigste Groupie auf Erden starrte ich auf seine gut definierten sechs Bauchmuskeln und dieses V. Oh, Masons V ... Scharf geschnitten ... Glatt und muskulös ... Der Traumbauch schlechthin ... Ich wollte darüber lecken, wurde aufgrund dieser Gedanken tiefrot und biss mir auf die Lippe.

Er wusste, was er in mir auslöste, wusste, was ich wollte und griff auch noch in seinen Schritt, um in einer typisch männlichen aber von ihm ausgeführt so HEISSEN Bewegung zu verlagern, was sich steinhart gegen den Stoff drückte. »Wenn mich jetzt die Paparazzi in dem Aufzug und Morgenlatte erwischen, bist du daran schuld!«, grummelte er vor sich hin, während er rückwärts ausparkte und sich dabei an meiner Kopfstütze festhielt.

Mein Blick wanderte automatisch über seinen Arm ... seinen Traummännerarm ... seine rasierte Achsel ... seine Seite hinab ... und wieder zu seinem *Penis* ... Wie ein schwarzes Loch zog er mich seit gestern Nacht an. Ich wurde noch dunkler im Gesicht, denn ich schämte mich allein schon für das Wort *Penis* und für die Tatsache, dass ich leise seufzte, weil ich den besagten *Penis* sofort wieder an mir fühlen konnte. Er schaute mich nur kühl an und hob eine Augenbraue, wusste, dass ich meine Reaktionen auf seinen Körper ja doch nicht abstellen oder unter Kontrolle halten konnte.

»Was?«, fragte er arrogant, als wäre NICHTS zwischen uns gewesen und derart von oben herab, dass ich mir vorkam, als wäre ich tatsächlich nur ein kleines billiges Groupie, das seinen Verstand verloren hatte und ihm absolut nichts bedeutete.

»Nichts!« Eilig löste ich meinen Blick von ihm und starrte lippenkauend nach draußen. *Professionalität bewahren!*

Der Tag war für mich gelaufen, so schrecklich, wie er angefangen hatte ... und jetzt auch noch diese komische, mörderische Stimmung, die Mason verbreitete. Dabei wollte ich doch gar nicht gehen! Ich wollte bei ihm bleiben! Wollte mir vielleicht zum Frühstück einen kleinen Kuss stehlen und in den Gefühlen schwelgen, die mich jedes Mal durchströmten, wenn ich an die letzte Nacht zurückdachte, oder wenn ich ihn einfach nur ansah, aber stattdessen *musste* ich gehen. Man kann nun mal nicht immer all das tun, was man will.

Ich würde in spätestens zwei bis drei Tagen wiederkommen, also konnte ich nicht verstehen, dass er sich deswegen SO sehr aufregte. Klar, es war nicht geplant gewesen, dass ich für ein paar Tage verschwand, aber über meine Familie ging nichts ... Nicht mal ein bezaubernder Mason Hunter, der er jedenfalls gestern Nacht noch gewesen war.

Endlich am Bahnhof hielt er mit quietschenden Reifen quer über drei Parkplätze. Ich konnte es nicht ertragen, ihn jetzt so zu verlassen, und nahm meinen ganzen Mut zusammen, nachdem ich mich abgeschnallt hatte.

»Mason«, flüsterte ich absolut flehend, während ich eine Hand nach ihm ausstreckte und vorsichtig seine stoppelige Wange berührte. Er drehte mir sein wunderschönes überhebliches Gesicht zu. »Bitte sei nicht böse auf mich. Ich will auch nicht gehen ... Wirklich nicht! Nicht nach gestern Nacht ... Aber ich muss ... Ich werde schon bald zurückkehren. Also denk in der Zwischenzeit brav an unsere Lektionen!« *Und vielleicht auch an mich. Bitte ...*

»Klar!«, spie er mir entgegen »Du wirst dann kommen, wenn du mit CHARLIE alles geklärt hast, oder?« Meine Güte, was war das denn jetzt? Wieso war er nur so feindselig?

Tief Luft holend öffnete ich mich ihm noch etwas mehr, auch wenn es mir unwahrscheinlich schwerfiel. Aber es war die Wahrheit, als ich sagte:»Ich werde dich vermissen« und mich zu ihm beugte, um ihn zu küssen, doch alles was meine Lippen trafen, war seine Wange, denn er hatte im letzten Moment sein Gesicht weggedreht.

Schockiert erstarrte ich und die Tränen traten in meine Augen, denn so kalt von ihm zurückgewiesen zu werden, tat wirklich weh! Er schien das gar nicht zu bemerken, starrte nur eiskalt nach vorne. Was hatte er mir gestern Nacht gesagt? Dass er mich niemals von sich stoßen würde?

SO! Als ob der Morgen nicht schon grauenvoll genug gewesen wäre, würde ich jetzt auch noch heulen. Aber nicht vor ihm! Diese Blöße würde ich mir nicht geben. Also wich ich wortlos zurück, stolperte förmlich aus dem Auto und rannte dann um das Gebäude herum. Erst als ich hörte, dass er röhrend den Motor startete und davondüste, ließ ich den Tränen freien Lauf und schlug die Hände vors Gesicht, um ausgiebig zu weinen.

Schön und gut, dass er sauer war weil ich ging! Aber mit seiner Kälte konnte ich nicht umgehen! Das alles verletzte mich zutiefst. Meine Gefühle für ihn, die immer stärker wurden, verwirrten mich, und sein jetziger Abgang machte es nicht besser – ganz im Gegenteil.

Vielleicht war es nicht schlecht, dass ich jetzt nach Hause fuhr und ein bisschen Abstand von ihm bekam, denn es war nicht gut für mich, jeden einzelnen Moment nur noch über IHN und das Wissen seiner Finger und Lippen nachzudenken. Deswegen war ich nicht hier! Und egal wie wunderschön die gestrige Nacht gewesen war. Egal was für tolle Sachen er zu mir gesagt hatte ... Egal wie er mich fühlen ließ. Er war nicht gut für mich.

Ich musste ihn die nächsten Tage vergessen. Wieder meinen umnebelten Kopf klären, mich seelisch von ihm lösen und wieder verschließen, denn es war sehr ungewöhnlich für mich, dass ich wegen anderer Menschen weinte. Erst recht nicht wegen eines Mannes. Das entsprach mir nicht und ich wollte es ganz sicher nicht wiederholen!

Schließlich war ich eine starke selbstbestimmte Person, die mit Sicherheit schnell zu ihrem wahren Ich zurückfinden würde. Denn ich wollte mich nie wieder so schrecklich, wie in dem Moment fühlen, als ich Mason Hunter verließ.


CUT!

# Get Psycho
(Disturbed)


»Shit! Verfluchter DRECKSSHIT!«, brüllte ich und drückte das Gas durch, während ich wendete und meine Scheißkarre nach Hause lenkte.

*Charlie!* Was für ein beschissener Name! Wer zum Teufel war Charlie überhaupt?

Hatte sie mir etwa die ganze Zeit etwas vorgemacht? Prüde, zurückhaltend, schüchtern – von wegen. Alles nur Show! Mit wie vielen Männern gab sie sich noch ab? Manipulierte sie? Verkaufte ihnen, unschuldig zu sein? Ha! Alle Schlampen waren eben doch gleich! Vermutlich war sie nicht mal mehr Jungfrau ... Obwohl, nein, das war sie auf jeden Fall! Was aber nicht heißen musste, dass sie nicht vielleicht in diesen Charlie verliebt war und er ihr Herz besaß! Wahrscheinlich ließ sie sich deswegen nicht komplett auf mich ein! Wahrscheinlich gehörte sie deswegen noch nicht komplett mir!

Als ich daheim angekommen war, parkte ich das Auto mit quietschenden Reifen einfach quer über meine Einfahrt, stieg aus, knallte die Tür zu und marschierte schnurstracks zum Haus. Aggressiv riss ich die Tür auf und knallte sie mit dem Fuß hinter mir zu.

Ihr Gesicht schoss vor mein geistiges Auge und ich hörte ihre zitternde Stimme, die meinen Namen stöhnte, während sie ihren – oder besser gesagt UNSEREN – ersten Höhepunkt genoss.

Erst vor ein paar Stunden hatte sie *endlich* unter mir gelegen!

Jetzt war sie weg! Das UNS war weg! Eiskalt hatte sie mich verlassen! WEGEN CHARLIE!

»FIIICK DIICH!«, schrie ich laut, packte mir die afrikanische Maske, die links von mir hing, und knallte sie mit voller Wucht gegen die Wand. Das Holz zersplitterte, doch es war mir ziemlich egal.

Ich brauchte jetzt Ablenkung, um auf andere Gedanken zu kommen! Gedanken, die nichts mit ihrem zarten Gesicht, ihrem bebenden Körper oder den seufzenden Lauten zu tun hatten, die mich in meiner Erinnerung permanent heimsuchten. Also lief ich ins Wohnzimmer und machte erst mal Musik an. Laut. Sehr laut! Dann schnappte ich mir mein Telefon und suchte die erst vor Kurzem eingespeicherte Nummer.

»Angela, beweg sofort deinen Arsch her!« Bevor sie etwas erwidern konnte, hatte ich aufgelegt, kramte in meiner Hose nach meinen Zigaretten und ging in die Küche, um mir Kaffee zu machen. Es war keiner mehr da. Verflucht toll! Also zündete ich mir erst mal die Zigarette an und lehnte mich mit beiden Händen an die Anrichte, um die Augen zu schließen und mich etwas zu beruhigen. Denn ich konnte es immer noch nicht glauben.

Prüdella weg.

Mein Blowjob Girl weg.

Einfach so.

Beruhigen war bei diesen Gedanken nicht drinnen … Und als ich tief durchatmete, bildete ich mir auch noch ein, ein wenig von Hannahs süßem Geruch in der Luft wahrzunehmen. Das war unerträglich! Ich riss sofort sämtliche Fenster auf, in der Hoffnung, sie und alles, was mit ihr zu tun hatte, loszuwerden –

mich davon zu befreien. Tausende von Bildern, kurze Sequenzen und Erlebnisse, die immer wieder aufblitzten, folterten mich unentwegt.

Mein garantiert tödlicher Blick glitt über die Couch, wo sich immer noch die zerwühlte Decke befand, weiter über meine Schatzkiste, bis hin zu dem kleinen Satin-Negligé, das auf dem Boden lag und nun von Dom Dom – meiner Schildkröte – für sich beansprucht wurde. Er fläzte gemütlich darauf und sah so aus, als würde er das Kleidungsstück nicht so bald wieder hergeben.

»Du bist genauso dumm wie ich ... Fällst auf den unschuldigen Scheiß rein!« Mitleidig betrachtete ich den Idioten, der ihr anscheinend genauso verfallen war wie ich.

Heftig zog ich an meiner Zigarette, bevor ich in die Hocke ging und alles, was ich gestern noch an ihr benutzt hatte, so schnell wie möglich wieder zurück in die Kiste verbannte. Also eigentlich nur den Pinsel, mit dem ich ihre zarte Haut berührt hatte. Wie die feinen Härchen ihr Brustwarzen zum Erhärten gebracht hatten. Wie sie dabei gestöhnt hatte. Kopfschüttelnd versuchte ich, die Erinnerungen zu ignorieren, während ich als Nächstes die Reitgerte hochhob und fest umklammerte. Sie hatte verfluchtes Glück, gerade nicht da zu sein, sonst hätte ich sie benutzt und ihr dermaßen den Arsch versohlt, dass sie die nächsten Tage nicht ohne ein Wimmern von sich zu geben hätte sitzen können. Das Leder zu fühlen, erinnerte mich an den Tag, an dem ich sie das erste Mal an ihr gebraucht hatte – mitten auf der Bühne vor 80.000 kreischenden Weibern. Sie war mir schon damals mehr in meinen Schwanz gegangen, als gut für mich war, und ich hatte es zugelassen! Das hatte ich jetzt davon!

Mit bestimmten Schritten ging ich runter und verstaute alles in meinem Keller – wünschte dabei, ich könnte es mit den Erinnerungen an sie auch so tun.

So eiskalt hatte mich noch NIE eine Frau stehen lassen! Normalerweise liefen sie mir in Scharen hinterher, aber Hannah Amalia Hauptmeier musste *ich* hinterherlaufen. Das war eine Zeit lang reizvoll gewesen. Aber jetzt war sie wirklich weggelaufen und es fühlte sich einfach nur scheiße an. Zum Glück klingelte es an der Tür. Zwei Stufen auf einmal nehmend rannte ich nach oben in den Flur und riss die Tür auf. Vor mir stand Angela, deren Namen ich mir jetzt endlich merken konnte, und sah absolut scharf aus in ihrer engen blauen Jeans, mit den offenen, langen Haaren und dem breiten Supermodellächeln.

Ohne ein Hallo oder sonst etwas zerrte ich die dunkelhaarige Schönheit herein und drückte sie erst mal mit meinem Schwanz gegen die Wand, damit sie wusste, was hier gleich abgehen würde. Die totale Unterwerfung.

Ich küsste sie hart. Drängte meinen Körper gegen ihren und fühlte ihre Hände, die sich an meinen nackten Rücken klammerten. Sie stöhnte überrascht … küsste mich aber gierig zurück … wollte mit ihren Fingern in meine Haare fahren.

»Nicht anfassen!« Ich riss sie an den Haaren zurück und zerrte sie an diesen die Treppen runter in den Keller.

»Mason, was …?« Wegen ihrer High Heels fiel sie beinahe, doch sie schaffte es, sich noch zu fangen.

»Fresse halten!« Mit der freien Hand riss ich die Tür auf und trat sie wieder mit dem Fuß hinter uns zu. »Und ausziehen!«

»Aber … aber …«, stammelte sie, begann aber trotzdem, an den Knöpfen ihrer Bluse rumzufummeln. Ich hasste Blusen – seit heute Morgen.

»Das hab ich schon mal schneller gesehen!« Grob riss ich ihr einfach den Stoff mit zwei Händen auf. Keuchend beeilte sie sich, die Teile über ihre Schultern zu zerren. Der BH folgte. Keine Ahnung, was für ein Scheißteil das war. Spitze oder nicht Spitze, war doch alles scheißegal! Im Moment konnte ich keinen klaren

Gedanken mehr fassen oder wusste, was für mich überhaupt zählte.

Ach ja! Ich lief geistesgegenwärtig zu meiner Bar, packte mir dort eine Handvoll Gummis, machte eins auf, zog mir die Hose runter, ließ sie im Raum liegen und rollte mir das Teil über.

Sobald ich wieder bei ihr war, drängte ich sie gegen die Tür. Als ich ihr die Jeansknöpfe öffnete und die Hose an ihren dünnen zitternden Beinen herabzerrte, atmete sie noch heftiger.

»Mason …«, quietschte sie wieder mit ihrer nervtötenden Stimme. *Boarr,* das war nicht zum Aushalten. Vielleicht sollte sie mal über eine OP nachdenken, sodass sie entweder nichts mehr sagen konnte oder der Klang besser zu ertragen war.

»Whoa, ich hab gesagt: Schnauze halten!« Mit einer ruppigen Bewegung riss ich ihr den Tanga vom Körper und stopfte ihn ihr in den rot geschminkten Nuttenmund. Sie keuchte auf und ihre Augen waren zwar vor Angst vergrößert, aber auch vor Lust verschleiert. Sie wusste, dass ich absolut unberechenbar war. Allein vom letzten Mal. Doch ihr Blick glitt dennoch sehnsüchtig über meinen Körper. Sie wollte mich. Alle wollten sie mich … Es war immer dasselbe. Verfluchte Scheiße.

Ich verlor keine Zeit, packte beide Handgelenke mit einer Hand, zog sie weit über ihren Kopf und schlang mir ihre Beine um die Hüften, während ich sie gegen die Tür presste und meinen Schwanz zwischen ihren arschglatten Falten positionierte. Ergeben stöhnte sie auf, als sie ihn fühlte, denn wie alle Schlampen liebte sie ihn. Ich fackelte nicht lange und fand mit einem harten Stoß meinen Weg in ihr Innerstes. Woraufhin sie schrie und mir mit ihrem Becken entgegenkam, aber ich knallte sie mit meinen Hüften zurück an die Wand.

»It's Fucktime!« Und dann legte ich los. Fickte sie schnell … hart … tief … ohne jegliches Gefühl. Denn das konnte ich am besten und so sah es auch in mir aus. Angela liebte es trotzdem.

Sie keuchte, als ich ihr ihre operierte Titte massierte und dann unverhofft in ihren Nippel zwickte, damit sie sich um mich herum anspannte. Dabei wimmerte sie und ich packte sie grinsend mit meiner freien Hand am Hals, sodass sie sich allein mit ihren langen Beinen festhalten musste.

»Ich hatte gesagt: Keinen Ton!« Knurrend zog ich den Stoff aus ihrem Mund und küsste sie wild, während ich bis zum Anschlag in sie stieß. Immer und immer wieder. Sie erreichte ihren Höhepunkt knapp vor mir, weil ich genau ihren G Punkt reizte, und als ich in das Kondom spritzte, schob sich wieder dieses elendige Bild vor mein geistiges Auge, was ich hier und jetzt auf keinen Fall sehen wollte! Meine Hannah. So süß und betörend – mitten in ihrem Orgasmus. Meine ganze Wut … war jetzt nicht etwa abgeschwächt. Im Gegenteil … Es war sogar noch schlimmer als sonst, wenn ich meine angestauten Gefühle an Frauen ausließ.

Als wir beide fertig waren, befreite ich mich von dem zitternden Nichts namens Angela, gab ihr jedoch keine Verschnaufpause. Wortlos schob ich sie an ihrem Nacken in Richtung Bar. Dort packte ich sie an den Hüften und setzte sie auf den kühlen Tresen. Sie hatte verstanden und gab keinen Mucks von sich, als ich ihre Beine, die immer noch in hohen High Heels steckten und heftig bebten, weit spreizte und rechts und links auf die Barhocker stellte.

»Ich will sehen, wie du dich selber fickst, und wehe du gibst dabei einen Ton von dir!«, befahl ich dämonisch grinsend, denn ich wusste, das war unmöglich. Ihre Augen wurden groß, als ich zu meiner Vitrine ging, sie aufschloss und meinen schwarzen, mitteldicken Vibrator rausholte. Dann schlenderte ich langsam zu ihr zurück, während sie mich unsicher beobachtete und ich mich in ihrer Unsicherheit weidete. Als ich vor ihr stand, schob ich ihr das Teil zwischen die Lippen und sie saugte brav daran.

»Mach es dir *jetzt*«, forderte ich kühl und trat einen Schritt zurück.

Lustverschleiert, aber auch etwas befangen blickte sie mich an und nahm den Vibrator in ihre rechte zitternde Hand. Sie strich damit zwischen ihre rasierten unteren Lippen entlang und umkreiste mit der vibrierenden Spitze ihren Kitzler, bis sie ein Stöhnen unterdrücken musste und den Rücken durchbog. Dann stieß sie ihn in ihr Inneres und fing an sich genüsslich und langsam damit zu ficken. Währenddessen schnappte ich mir meine Hose, um meine Kippen zu holen, und zündete mir eine an. Dann setzte ich mich verkehrt herum vor sie auf einen Stuhl und betrachtete ihre Bemühungen mit gelangweiltem Gesichtsausdruck. Wieso gab mir das alles nichts mehr?

Wieso wollte ich nur noch eine Frau so vor mir sehen? Ich war ein verfluchtes Weichei! Durch und durch. Mir wurde schnell klar, dass Angela nicht einfach so kommen würde. Also entschied ich mich gnädigerweise, ihr mit meiner Stimme nachzuhelfen. Wohl wissend, dass sie es nicht schaffen würde, leise zu sein.

»Komm schon, Angela … Fick dich tief, nicht nur so am Rande herumpopeln … Stell dir vor, es wäre mein Schwanz, der in dich stößt. Du weißt doch noch, wie er sich anfühlt! Hart und groß … und immer bereit, dich zum Orgasmus zu bringen. Stell dir vor, wie er sich langsam in dich schiebt und dich dehnt …«

Sie stöhnte, denn sie wusste es in der Tat und schloss die Augen, als ich mit meiner Verführungsstimme für sie säuselte. Obwohl ich im Grunde hätte kotzen können!

Als ich bemerkte, wie sich ihr Atem beschleunigte und sich rote Flecken über ihren Körper ausbreiteten, wusste ich, dass sie jeden Moment kommen würde, aber immer noch den alles entscheidenden Schubs brauchte. Also schnippte ich meine Kippe weg und packte den Stuhl an der Lehne, um ihn im Aufstehen von mir zu schleudern.

»Mach weiter!«, knurrte ich knapp, während ich mir einen neuen Gummi überzog, dann trat ich auf sie zu.

»SO habe ich gemeint.« Somit zog ich den Vibrator aus ihr, schmiss ihn weg, packte sie mit beiden Händen an den dünnen Hüften und zog sie gegen meinen Schwanz über die Kante der Bar. Sie kam nach ein paar gezielten Stößen und pulsierte heftig um mich herum.

Immer noch sah ich nichts als Hannah!

Sobald sie einigermaßen fertig war, löste ich mich von ihr und zerrte sie an ihren Oberarmen von der Bar. »Du hast gestöhnt …«, singsangte ich.

Tadelnd schüttelte ich den Kopf, während ich sie durch das Zimmer schleifte. Sie war schon total verschwitzt und keuchte und ihre Beine gaben fast nach, als ich sie mitten in den Raum stellte und sie an den Handgelenken mit den Tüchern, die von der Decke hingen, festmachte. Sehr fest. Sodass sie auf den Zehenspitzen stehen musste.

Shit … Sie sah wunderschön aus … so angebunden … so hilflos … so ängstlich …

Mühsam schluckte ich und schloss einen Moment die Augen, ballte meine Hände zu Fäusten … Denn jetzt würde ich die Gelegenheit bekommen, *wirklich* meine Aggressionen rauszulassen. Und so sehr ich diesen Moment mochte, so sehr fürchtete ich ihn auch.

Sie hatte schon Tränen in den trotzdem hingebungsvollen Augen, als sie flüsterte: »Mason, bitte.« Doch ich grinste nur schief, packte ihre Wangen mit einer Hand, drückte sie leicht und gab ihr einen kurzen Kuss auf ihren zusammengequetschten Mund.

»Stell dich nicht so an. Sonst liebst du das hier auch!« Abrupt ließ ich sie los und schlenderte zu meinem schwarzen Schrank, aus dem ich meinen schönen schwarzen Flogger holte. Ich ließ ihn durch die Luft zischen, sodass sie das eindeutige Geräusch hörte, woraufhin sie schneller atmete, schluchzte und an den Tüchern zerrte.

»Tu nicht so, du kleine Schlampe ... Ihr liebt es doch alle, wenn ich euch hiermit bearbeite!« Ohne Vorwarnung ließ ich das kühle Leder gegen ihren kleinen Arsch schnalzen. Oh ... yeah ... ich liebte dieses Geräusch ... liebte die sofortige rötliche Verfärbung ihrer noch perfekten Haut.

Sie schrie erschrocken auf und zog energischer an den Tüchern, doch sie konnte sich nicht selbst befreien, das hätte sie eigentlich wissen müssen, die dämliche Kuh.

»Du weißt, was ich dir alles geben kann«, flüsterte ich in ihr Ohr und strich mit dem Flogger über ihre Vorderseite. »Lust ...« Fest presste ich ihn zwischen ihre Beine. »Und Schmerz!« Dann klatschte ich gegen ihren rasierten Schlitz und sie keuchte auf. »Ich weiß auch nicht, wieso ihr alle so krank seid und euch auf mich einlasst ...« Ich ließ ihn auf ihre rechte Arschbacke sausen und stöhnte wegen des schnalzenden befreienden Geräuschs ... »Du weißt, was ich mit dir tun werde, Babe ...« Dann schlug ich auf die linke. »Dennoch stehst du immer wieder auf der Matte ...« *Schlag.* »Genauso wie meine anderen Schlampen ...« *Schlag.* »Ihr seid keine Menschen ... Ihr seid seelenlose Kreaturen, die nur darauf warten, dass man ihnen Leben einprügelt und reinfickt!« Der letzte Schlag folgte, denn ihre Arschbacken waren schon ganz rot und sie wand sich heftig. Sie hielt nicht viel aus, aber mehr brauchte ich auch nicht. »Ihr habt es alle nur auf meinen Schwanz abgesehen und sonst nichts! Sogar die Prüdesten der Prüden!«

»Meinst du diese kleine Schlampe ...«, zischte sie.

Jetzt klatschte ich ihr mit dem Flogger richtig schmerzhaft mitten auf den Bauch und umrundete sie, um ihr ins Gesicht zu sehen, während ich sie an den Haaren packte.

»*Sie* ist im Gegensatz zu euch keine Schlampe, und wenn du es noch einmal wagst, so etwas zu behaupten, dann überschütte ich dich mit Benzin und zünde dich an, du schwanzgeile Hure! Alles klar?«, säuselte ich sanft. Ihre Augen weiteten sich vor Schreck, denn so hatte ich noch nie mit ihr gesprochen.

Sie nickte übereifrig und ihre Unterlippe bebte, während ich ihr kichernd über das rote Fleisch strich. »Jetzt werde ich dir dein vorlautes Maul stopfen! Nach Mason-Art!« Somit machte ich sie los, schmiss den Flogger weg, riss mir das Kondom vom Schwanz und drückte sie auf die Knie.

Mit einer Hand umfasste ich fest ihre Haare und drängte sie meinem Schwanz entgegen, den ich in der anderen Hand hielt. Sie würgte, als ich in ihren Mund stieß, doch das war mir so was von egal. Genauso wie ihr Wimmern oder die Tränen auf ihren Wangen. Stattdessen schloss ich die Augen, als sie an mir saugte was das Zeug hielt. Angela wollte mir eben immer gefallen. Wollte immer alles perfekt machen, dennoch war es nicht genug … Bei Weitem nicht.

Sie war professionell, was daran lag, dass sie schon tausende Schwänze gelutscht und noch mehr Männer zum Orgasmus gebracht hatte, aber das reichte nicht … es war nicht … *richtig.*

Wie aus dem Nichts schoss ein Gefühl in meinen Schwanz und in meinen Kopf. Ich konnte Hannahs zuckende Erlösung spüren, konnte fühlen, wie sich ihr zierlicher Körper unter mir wand … und unter mir pulsierte, und genauso wie gestern katapultierte mich allein der Gedanke an ihren ersten Höhepunkt über den Rand. Ich spritzte Angela tief in ihre Kehle und merkte im ersten Moment gar nicht, dass ich dabei »Hannah!« stöhnte.

Was hatte ich da gerade gesagt?

Das konnte nicht wahr sein!

Mit einem Ruck löste ich Angela von meinem Schwanz und schleuderte sie von mir, sodass sie atemlos und keuchend auf dem

Boden landete.

»Zieh dich an und verschwinde!« ... *bevor ich dich umbringe*, war das Einzige, was ich noch von mir gab, während ich wieder in meine Jogginghose schlüpfte und mich mit meinem besten Kumpel Johny Walker an die Bar setzte.

Angela kannte mich schon einigermaßen und wusste, dass ich danach nicht der Kuschel- und Blümchentyp war. Deswegen zog sie sich wortlos an und ging zur Tür. Doch dort drehte sie sich noch einmal um und lächelte mich an.

»Mit dir ist es immer so aufregend ... Ich freue mich schon aufs nächste Mal«, säuselte die dumme Nuss auch noch und verschwand.

Ich lachte humorlos, denn ich wusste nicht, wie man sich auf so etwas freuen konnte. Schließlich hatte ich sie nur benutzt wie ein Stück Dreck ... Das Einzige, was ich ihr gegeben hatte, waren einige rote Striemen und zwei Orgasmen innerhalb kürzester Zeit. Hatte diese Frau denn keine Selbstachtung? Ich hatte sie also gefickt und misshandelt ..., um mich abzulenken und wieder einen klaren Kopf zu bekommen, oder was?

Na, der Versuch war ja wohl kläglich gescheitert!

Meine Gedanken kreisten trotzdem nur um SIE. Denn sie war so anders als die anderen Tussen in meinem Leben. Schon vom ersten Moment an.

Ich sah sie vor mir, als sie in meine Umkleidekabine gestolpert war, weil Max und Friedl das Toilettenzeichen vertauscht hatten, diese Witzbolde. Als ich an ihre Empörung dachte, nachdem ich ihr angeboten hatte, meinen Schwanz zu berühren, und sie angenommen hatte, dass »I blow good« *Ich liebe Gott* hieß ... musste ich lachen. Doch dann kamen mir natürlich wieder mal ihre Lippen in den Sinn, denen ich vom ersten Moment an einfach nicht widerstehen konnte, und mir verging das Lachen ganz schnell wieder.

Vor dem Auftritt hatte ich die Reihen mit einem verfluchten Fernglas nach ihr abgesucht, und sie schließlich gefunden, mein nächstes Opfer. Ich sah sie vor mir. Auf diesem Stuhl auf der Bühne. Ihren dunklen, absolut ehrfürchtigen Blick, der ihre Augen immer verschleierte, wenn ich mit ihr spielte.

Ich musste wieder laut lachen, als ich daran zurückdachte, wie sie das erste Mal vor meiner Tür aufgekreuzt war. Sie sah aus wie Mrs. Doubtfire. Diese Brille ... dieser Dutt und diese alte Oma-Kleidung waren eine Beleidigung ihrer Schönheit. Aber das Abgefuckteste waren diese verfluchten Gesundheitslatschen, die sie getragen hatte. Zum Glück verschonte sie mich jetzt mit diesem Albtraum. Was sicher auch mein Verdienst war, denn nicht nur sie änderte mich ...

Sie war die strenge kleine Lehrerin. Aber ab und zu hatte sie nachgegeben.

Zum Beispiel, als sie das erste Mal auf meinem Motorrad mitgefahren war und sich ihre weichen Titten gegen meinen Rücken gepresst hatten. Unverhofft stellte ich sie mir vor, mit diesem amüsierten Glitzern in den Augen, wie sie ihren Rohrstock vor uns schwang. Das machte ihr eindeutig Spaß ... Genauso wie ihr kleines Gespräch über Schildkrötenstöhnen und meinen Knochen und meine Flauschis, als sie besoffen gewesen war. Ich erinnerte mich aber am liebsten an die absolut gefühlvolle Seite von ihr, die sie nur nachts rausließ. Genauso wie ich. Ich erinnerte mich daran, wie sie mich dann ansah ... und mich berührte ..., als wäre ich etwas Kostbares.

ICH, nicht das, was ich darstellte.

Und ob ich wollte oder nicht, aber dieses Gefühl, kostbar zu sein, hatte sich in meinem Innern festgesetzt, schon allein, weil es völlig neu für mich war. Alles ihr Verdienst! Und jetzt? Jetzt war sie weg und ich hatte nichts Besseres zu tun, als wie ein verdammtes Weichei in Erinnerungen zu schwelgen. Das war so armselig.

Das Leben geht weiter.

Dennoch fühlte ich mich verarscht und nicht zum ersten Mal allein auf dieser Welt.

Aber eigentlich war es gut, dass sie weg war. Denn ich war in meinem Inneren ein verflucht kaputter Typ und ich hätte sie nur mit mir runtergezogen, so wie ich es eben mit Angela gemacht hatte. Komischerweise hatte ich bei Hannah aber nicht das Verlangen, sie so zu behandeln wie die anderen Tussen. Meine dunkle Seite hatte sich in ihrer Nähe immer entspannt. Hannah wollte ich beschützen, nicht erniedrigen. Ihre unschuldige, leichtgläubige, liebevolle Art hatte es mir angetan. Sie hatte einen Teil in mir berührt, den ich sehr lange und sehr effektiv unter Verschluss gehalten hatte, aber sie brachte ihn wieder zum Vorschein. Sie erweckte tatsächlich den Gentleman in mir.

Ich konnte sie nicht zerstören.

Ich durfte sie nicht zerstören.

Sie war zu rein und süß für mich.

Ich durfte *seinem* Vorbild nicht folgen. Ich durfte nicht wie *er* werden und noch eine wichtige Frau in meinem Leben in den Tod schicken. Nicht Hannah. Niemals.

Sie sollte sich von mir fernhalten, denn sie hatte keine Ahnung, verflucht noch mal.

Also taumelte ich mit meiner Whiskyflasche nach oben und schnappte mir mein Telefon. Ich ging auf angenommene Anrufe, denn nur so konnte ich sie erreichen. Es tutete und der AB ging ran. Dann piepte es und ich legte los. Alles, was meinen Schädel zu sprengen drohte, kam raus. Ich ließ nichts aus.

»Weißt du eigentlich, wie verflucht beschissen ich mich gerade wegen dir fühle? Ich habe Angela, oder wie die Schlampe auch immer heißt, zwei Mal gefickt. Und wenn ich sage FICKEN, dann meine ich FICKEN. HARTES FICKEN!

Nicht den rosaroten Blümchenscheiß, den ich mit dir veranstaltet habe! Hartes, hemmungsloses VÖGELN, OKAY? Sie wird morgen blaue Flecken haben und eine Woche lang nicht mehr auf ihrem Arsch sitzen können! Sie hat geheult und gewimmert, während ich sie missbrauchte! Und weißt du, wie ich mich dabei gefühlt habe? ZUM KOTZEN! Und trotzdem habe ich es getan ... Ich bin ein sadistisches Schwein! Das willst du nicht miterleben, wenn ich mein wahres Ich zeige, glaube es mir! Also bleib, wo auch immer du bist, und komm nicht wieder, wenn dir was an deiner tollen reinen Seele liegt! Denn sonst wirst du diejenige sein, die weinend und zerstört am Boden liegt, während ich über dir stehen werde – grinsend. Das will ich nicht ... Nicht bei dir, Babe ...« *Babe* ... MEIN Babe ... Mit einem Mal verließ mich all meine Wut und ich ließ meinen Kopf in meine Hand fallen. »Bleib einfach weg ... Du bist zu wichtig ... Verflucht wichtig!« Das letzte Wort hauchte ich nur noch und beendete den Anruf, bevor ich es mir anders überlegen konnte.

***

Drei Tage später saß ich nach wie vor mit Max und Friedl stinkbesoffen in meinem Wohnzimmer. Ab und zu hatten wir es derart übertrieben, dass unser Zustand nur noch als komatös beschrieben werden konnte. Ansonsten hatten wir nur Scheiße gelabert, geraucht und einen Drink nach dem nächsten gekippt, wie das wahre Männer so machen, wenn sie zu viel Zeit haben.

Na gut. Friedl war nüchtern, weil er eine Alkoholallergie hatte. Aber Max und ich hatten gemeinsam ein paar Flaschen geleert, die nun im Wohnzimmer verstreut herumlagen. Ich saß ausnahmsweise angezogen in meinem Sessel und klimperte wie immer auf meiner Gitarre herum, während Friedl die Playstation vergewaltigte und Max mich ununterbrochen zuquatschte.

»Mensch, Kumpl ... nimm es nich ... so krumm ... Alles

Schlampn aussa Mutti!« Ich verdrehte die Augen und wandte mich mit meinem Sessel von ihm ab, denn ich hatte ihm schon ein paar Mal gesagt, dass ich darüber NICHT reden wollte. Mich traf ein Papierknäuel am Hinterkopf. »Heee, cu Pisser, hör mia zu, wenn ich dia was sage … Es is vieeelleicht wichtig! Du musst die Frauen verstehn … Das is 'ne Speziäääs fir sich! Also, hör dem Meiser zu … und staune!«

Gelangweilt drehte ich mich zu ihm zurück und fragte mit hochgezogener Augenbraue und lallender Aussprache: »Was weißt du schon …, was ich nich weiß, hä? Du großa Frauenflüsterer?«

Max machte einen auf superwichtig und fuchtelte mit seinem Zeigefinger rum. »Ich sag dir jetzt eins, Mason … Und das andere, sag ich dir späta!«

Friedl schnaubte nur und ich drehte ihm wieder den Rücken zu.

»Ich brauch keine verfluchten Schlitze … Ich komm auch so klar … und diesa Schlitz macht alles nur so komplizieaat … Da muss ich mein Hirn einschalten, wenn ich mit ia rede!«

»So was hast du doch gar nich …«, widersprach Max lachend. »Aber egal … Wer brauch schon … Grips im Kopf … Hauptsache der Schwanz steht!«

»Ein weiser Spruch!«, warf Friedl gedankenverloren ein und zockte leise weiter.

»Yeah … ich bin so weiseee, Alda. Ich bin Gandalf der Weise …«, lallte Max weiter. »Aba Mason!« Er hielt meinen Sessel fest und drehte mich zu sich. »Was nun?«

»Weißt du …«, meinte ich, nicht minder besoffen. »Dass sie die Erste war, die ich leckn wollte … Verstehste, Mann? Ich hab noch nieee 'ne Fotze geleckt …, aber ich hab sie geroch'n … mit meiner Nase … Sie riecht so geil … Du muss es dir so vorstelln, Max … Wenn du 'nen Hamburga riechst, den besten Hamburga der Welt, dann willste den und keinen andern, denn du bist ein verfressener Sack … Ich hab ihren Schlitz gerochen. Ich will den und keinen andern!«

»DAS vergiss mal ganz schnell.« Max schaute mich mit trüben Augen an und nickte. »DIE lässt dich nie ran!«

Ich grinste überheblich. »Ich hab mein Reviea schon markiert.«

»Hast du sie angepisst, oder was?«

»NEIN, du Vollhorst! Ich hab sie angeWICHST!« Dabei stupste ich ihm mit den Fingern gegen die Stirn. Doch Max hielt meine Finger fest.

»Hey Mann, Alda …, vergiss die Alde … Es gibt sooooooo viele Frauen auf der Welt, die dir ihre Muschi in die Fresse halten, da kannst du dich totleckn!«

»Aber ich will nur sie leckn!«

»Ach, Mason …, die Pussys sehn doch alle gleich aus … Friedl, sag doch auch mal was dazuuuu!« Wir wandten uns beide an Friedl, der den Controller aus der Hand legte und zu seinem Glas Milch griff.

»Vielleicht ist es gar nicht so, wie es aussieht!« HAHA!

»Erzähl das dem Frosch!«, antwortete ich aufbrausend. »Du hättest sie mal hören müssn … Die is wegen CHARLIE total ausgestiegen! *Woooo, Charlie im Krankenhaus. Wooooooo*«, äffte ich ihre helle Stimme nach und heulte rum. »*ER tut mir ja soooo leid … Ich muss geeeehn.* Sie is einfach so weggelaufen vor mia! Mein Saft hatte gar keine Zeit auf ihr zu trocknen … Schon war se weg. Die Saat des Bösen kam aus mir geschossen und hat sie angespuckt und … und sie hat es gemerkt!«

»Boah, Alter … Erstens ist das widerlich und zweitens, du hast echt schon sooo viele mit deiner Boshaftigkeit bespritzt, was hat sie denn, was die anderen nicht haben, dass du sie immer noch willst?«, fragte Friedl absolut nüchtern.

»Bin ich Jesus? Wächst mir verschissenes Graaas aus den Hosntaschn? Ich weiß es doch auch nich ... Es is einfach ... *MAGIC* ...« Ich fuchtelte wild mit meinen Händen rum, sodass die beiden laut lachten, doch dann winkte ich ab. »Is ja jetzt auch egal ... Ich hab ihr auf den AB gequatscht, dass ich 'ne andre Bitch geknallt hab und dass sie sich lieba verpissn soll!«

»DAS hast du nicht!«, riefen beide wie aus einem Munde aus.

»Doch, MANN! Sie soll ruhig wissn, dass ich auch ohne sie mein Spaß hab ... Ich bin Mason Hunnnttaaaa und ich kann jede erlegen!«

»Du bist ein notgeiles Arschloch! DAS bist du!«, unterbrach mich Friedl ruppig.

»Jaaa, das bin ich auch ... Ein ... Arschloch ...« Geschlagen ließ ich meinen Kopf in meine aufgestützten Hände fallen.

»Mann, MASON! Da kommt endlich mal 'ne Frau daher, zeigt dir, wo der Hammer hängt, und du Vollpfosten ...« Friedl war jetzt voll in Fahrt und anscheinend auf Prüdellas Seite.

»Ich hab doch nichts gemacht ... Mensch ... Ich hab mich sogar die ganze Zeit zurüüückkgehaltn, hab se noch nich mal gefickt! Und sie is trotzdem gegangn ... Einfach so! Zuerst war sie nackt und dann war se weg! Sie hat mich allein gelassn ... Ich steeeerbe.« Somit ließ ich den Kopf nach vorne auf mein Knie fallen. Max drückte mich an der Stirn wieder hoch.

»So schnell stirbt man nich ... Weißt du, was wir jetz machen? Wir holen se zurück! Wenn dir die Keule wirklich so viel bedeutet!« Mit den Worten streckte er seine Faust aus und schwang sie in der Luft.

»Nach der genialen AB-Ansage wird das mit dem Zurückholen sicher nicht so einfach ...«, warf Friedl nachdenklich ein und rieb sich das Kinn.

Aber Max hatte einen Plan. »Hey ... ich habe einen Plan!

Wir müssen das Teleeeefooon findn, die Ansage löschen und das Problem is gelöööst. TADAAAAAAAAAAA!« Wir schauten ihn beide an, als hätte er sie nicht mehr alle. Okay, das war wohl tatsächlich der Fall.

ICH hatte den eigentlichen Plan. »Ich sag einfach … das warn nur 'n Witz … und dann fang ich an zu singen. Das zieht imma … Ein bisschen Spaß muss sein … und so weiter, ihr Spastn. Versteht ihr, was ich meine?«

Sie sahen nicht so aus, als würden sie *irgendwas* verstehen, also sprang ich einfach auf die Beine und hielt meine Whiskyflasche in die Luft. »Mir alles egal! Das ist MEIN Blowjob Girrrl und keina bekommt sie – auch kein Charlieee. Auf in den Kriiiiiiiiieeeeeg!«

Max und Friedl hielten ihre Gläser hoch und riefen: »Ja, Lord Helmchen! Einer für alle, alle für einen! Uga, uga!«

»Nimm Domi und Subi. Sie müssen sie erschnüffeln, sie sin jetzt Spürschlildkrötn! Halt ihnen mal ihren Schlüppa unter die Nase … SHIT! Sie hat ihn mitgenommen! Egal, nimm die Schildkröten!«, rief ich Friedl zu und stürmte in die Küche. »Wir brauchen Proviant … Der Weg ist weit!« Eifrig lud ich Max' Arme voll mit Whiskyflaschen und schob ihn zur Tür raus.

Wir fuhren mit Max' gelber Ente.

Friedl saß am Steuer und ich stieg auf den Beifahrersitz, während Max es sich mit seinen Flaschen und Domi und Subi hinten gemütlich machte.

»Wohin, Mason?«, fragte Friedl, nachdem er den Motor gestartet hatte.

»Woher soll ich das wissen?« Wild kurbelte ich das Fenster runter und schrie: »Einfach imma dem Duft nach!« Friedl verdrehte die Augen und fuhr schon mal los, da fiel es mir ein.

»Hey, Max, schnall sie an …, Mann!«

Max schaute mich verwirrt an. »Die Flaschen?«

»Nein, du Vollidiot! Meine Panzerechsen!«

»Ach so!« Max zuckte die Schultern und machte sie mit dem Mittelgurt fest, sodass sie hochkant saßen und mit ihren Beinchen wackelten. »Aber nich kotzn!«, befahl er ihnen noch und trank einen großen Schluck.

»Wohin jetzt, Mason?«, fragte Friedl, der im Schneckentempo vor sich hin tuckerte.

»Keine Ahnung, Mann! Hab ich doch schon gesagt! Hörs du mir nich zu?« Also wirklich.

»Dann frag wen, der Ahnung hat, verdammt!«

»Ähmmm …« Ich überlegte, wer Prüdella noch kannte und kam dann auf meine MAMA! »MEINE MAMA!«, rief ich aus und freute mich wie ein Schnitzel.

»Na, dann ruf sie doch mal an, deine Mama!«, meinte Friedl trocken.

»Boah, warte …« Hektisch kramte ich in der Hosentasche meiner Jeans, die ich mir schnell übergezogen hatte, wie eine Wühlmaus. Mein kleines flaches Handy fand ich in der Gesäßtasche, aber die Buchstaben verschwammen vor meinen Augen, als ich es einschaltete und die Nummer meiner Mutter suchte. Also hielt ich es Friedl unter die Nase, denn ich konnte den Scheiß echt nicht entziffern. »Guck mal … Steht da … Mama … oder … Moniii?«

»Da steht Mama, du Arschloch!«

»Okay, dann sin wir richtig und jetzt PSSSSSSSSSSSSSSSSSST!«, deutete ich ihnen schwankend mit dem Zeigefinger und sie verdrehten die Augen.

Es klingelte und klingelte, doch irgendwann meldete sich ihre vertraute Stimme: »Hunter.«

»Hallo, Mami … Hier spricht der Commander«, nuschelte ich und sie schnaubte.

»Hast du getrunken?«

»Ich doch nich!«, rief ich sofort aus. »Ich habe ein Problem!! Ich hab … meine Prinnnzesssiiin verloren!«

»Was redest du da, Mason Anthony Hunter?«

»Aber sie ist doch weg … Sie is im Turm … und ich muss sie rettn… Sag mir, wooo der Turm steht!«

»Was für ein Turm? Junge, was hast du schon wieder getan?« Sie klang alarmiert.

»Nichts! Ich schwöre! Sie is einfach sooo zum blödn Charlieee, und sie hat mich gaanz allein gelassn … mit meinen Schildis … Doch ich hab meine Armee zusammengetrommelt … Wir müssen jetz wissssn, wo der Turm steht. Mama, ich tu alles …«

»*Wer* ist weg?«

»Na PRÜDELLA!«

»Mason, leg dich ins Bett und ruf mich wieder an, wenn du ausgeschlafen bist, okay Schatz?«

»Is noch nich dunkel und ich muss meine Prüdella finden … Prüdeeeeeellaaaaaaaa!« Ich riss das Fenster auf und schrie raus: »Dein Lord Helmchen kommt und rettetetet diiich!«

»Boah, Alter, gib her!« Friedl riss mir das Telefon aus der Hand. »Hallo, Frau Hunter. Hier spricht Friedl. Mason ist nicht mehr zurechnungsfähig. Aber seine Anstandsdame ist ihm davongelaufen und er will sie zurückholen. Wir brauchen die Adresse. Ja, natürlich war das zu erwarten … Okay, vielen Dank. Nein, das kann ich mir merken. Schönen Tag noch!« Grummelnd gab er mir mein Telefon zurück.

»Wo müssn wir hin?«

»Erst mal auf die Autobahn und jetzt Fresse zu!«, verkündete Friedl und drehte die Musik ganz laut auf, bevor er das Gas durchdrückte und mich zu meinem geliebten Anstands-Wauwau kutschierte.

CUT!

# Prüüüdeeeellaaaa

*Prüüüüüüüüüüüüüüüüdeeeeeeeeeeeeeeeeeeeellaaaaaaaaaaaaaaaaa*

Shit.

Ich fühlte mich wie ein Stück ausgelutschte Scheiße, als Friedl mich grob an der Schulter rüttelte. Wo war ich? Wieso hatte ich mein schwarzes Hemd angesabbert und warum stank es in diesem kleinen Kackkarren so nach Rauch?

»Hey! Aufwachen! Wir sind bei deiner Prinzessin.«

»HÄ? WO? Prinzessin? Geht's noch?« Ich schaute mich zu allen Seiten um, was ich wohl lieber hätte lassen sollen. Alles drehte sich – inklusive meines Magens. Also entweder war ich noch gut angeheitert oder ich hatte den übelsten Kater der Menschheitsgeschichte.

»Na deine ... Wie nennst du sie immer?«

»WEN?«

»Deine Anstandsdame!« Ja, stimmt, wir waren ja auf einer Rettungsmission! Mir ging es schlagartig besser, denn das Haus, vor dem Friedl geparkt hatte, musste das von Prüdella sein.

»Prüdeeeellaaa, ich komme!«, rief ich und wollte schon aus dem Wagen hechten, aber so sehr ich auch am Türgriff rüttelte, ich kam einfach nicht raus. Viel zu spät bemerkte ich, dass die Kindersicherung mich daran hinderte.

Mit einem angepissten Blick in Friedls schmunzelndes Gesicht schaffte ich es endlich, indem ich das Fenster öffnete und von außen den Türgriff betätigte. Die frische Luft erschlug mich beinahe. Okay, ich hatte noch ordentlich einen sitzen. Während Friedl mir nach draußen folgte, schlief Max mit Dom Dom und Sub Sub auf dem Rücksitz und nuckelte am Daumen. Verdammt, ich wollte ein Bild davon machen, es als Poster vergrößern lassen und ihm den Schock seines Lebens verpassen, aber jetzt war nur eins wichtig – mein Anstandswauwau. Eigentlich wollte ich gemütlich durch den Vorgarten laufen und entspannt klingeln, aber nach zwei Schritten meldete sich meine Blase und die war kurz vorm Platzen! »Shit! Ich muss pissssn!« Also schaute ich mich in der gepflegten Grünanlage fast schon panisch um und suchte nach einem Fleck, den ich entweihen konnte. Da ich mich nicht entscheiden konnte, dachte ich mir: *SCHEISS DRAUF!*, stellte mich mitten auf den penibel gemähten Rasen und öffnete die Schleusen.

»NA TOLL. Hoffen wir mal, dass deine Anstandsdame nicht gerade JETZT aus dem Fenster guckt!«, bemerkte Friedl trocken.

»Oh man, das wär echt Scheiße, aber noch scheißiger wäre es, wenn ich ihr vor die Haustür pinkel ... oder? Ich dünge nur ein bissssschn ... Pflanzn brauchn Düngaaa!« Ich schwankte leicht hin und her und machte freundlicherweise den Rasensprenger. »Ich würd ja meinn Namen in Schnee pinkeln, aba is keiner da.«

»Was du nicht sagst!« Friedl verdrehte nur die Augen und wartete, bis ich fertig war, was etwas dauerte, weil ich so viel getrunken hatte. Nachdem ich mich wie ein neuer ausgepisster Mensch fühlte, ging ich zur überdachten Haustür und grinste, als ich den Namen »Hauptmeier« las.

»Da is sie ... drin ..., mein Obermeier«, verkündete ich stolz und drückte nach mehrmaligem Verfehlen den Knopf. Die Klingel hörte sich altmodisch an und erinnerte irgendwie an den nervigen Ton in der Schule. Aufregung wallte in mir auf, als ich darauf wartete, dass jemand die Tür öffnete. Doch das passierte nicht. Genau genommen passierte gar nichts. Ich lauschte auf irgendwelche Geräusche.

»Was für'n Shit«, fluchte ich leise und drückte lange und sehr penetrant erneut auf die verfluchte Klingel. Wieder nichts. Also ging ich zu dem kleinen Fenster neben der Haustür und glupschte rein, während ich mir die Nase platt drückte. Ich konnte in eine kleine gemütliche Küche sehen, wo Müslischalen und Kaffeetassen rumstanden, aber es schien keiner da zu sein.

»Hallllooooo! Hier ist dein Lord Helmchen! Öffne die Tüüüür!«, rief ich durch die Scheibe und klopfte, doch auch darauf reagierte keiner. »WAS FÜR EIN BULLSHIT!«, murmelte ich und umrundete das Haus. Natürlich ließ ich es mir nicht nehmen, in jede blank polierte Scheibe einen gründlichen Blick zu werfen und ganz nebenbei die Beete zu zertrampeln. Mein Atem vernebelte dabei das Glas, aber ich wischte die Feuchtigkeit einfach mit dem Ärmel weg. Schließlich wollte ich keine Fingerabdrücke hinterlassen. Hinter dem Haus befand sich ein kleiner stinknormaler Garten, mit akkuraten Beten und allem möglichen Hasenfutter darin. Es war zu grün und zu ordentlich! Die Hecke. Die Bäume. Die Beete! Mit der Hand am Kinn, als Abbild eines Hardrockers in Denkerpose, stand ich dann an der Hinterseite des kleinen Häuschens mit den dunkelblauen Fensterläden. Mein Blick glitt über die oberen vier Fenster und blieb an der Balkontür hängen. Sie war offen! Gut, dass es hier so viele Bäume gab, und gut, dass meine Jeans schon zerrissen waren! Fluchend kletterte ich kurz darauf einen beschissenen Baum hoch. Doch sobald ich in der Höhe des Balkons ankam, verhedderten sich meine Haare in den dünnen Ästen und ich schrie eine Runde wie ein Mädchen, während ich mit dem verfluchten Gestrüpp kämpfte.

Als meine Haarpracht wieder befreit war, sah ich, dass Friedl sich leise lachend am Baum festhielt.

»Wieso benutzt du kein Haarnetz, holde Maid?«

»Halts Maul, du Pisser, und pass lieber auf, dass keiner kommt. Wenn ich in zehn Minuten kein Lebenszeichen von mir gebe, könnt ihr fahren!«

»Mann, beeil dich, Alter. Ich hab Hunger!«, rief er nur und ich visierte den Balkon an, dessen weißes Geländer ungefähr anderthalb Meter von mir entfernt war. Tschakka! Wäre doch gelacht, wenn ich das nicht schaffen würde.

»Wenn ich sterbe, vermache ich Prüdella meine Babes, die Salat mögen!«, rief ich Friedl theatralisch zu, der nur noch lauter lachte. Dann atmete ich noch mal tief durch und stieß mich von der Rinde unter mir ab, um auf den Balkon zu springen, wo ich mit der Brust gegen das Geländer knallte und mich mit beiden Armen festkrallen musste, während meine Beine wild herumzappelten. Das musste wirklich wahnsinnig sexy aussehen …

»Shit!«, fluchte ich und schwang mein Bein in einer ungelenken und nicht gerade anmutigen Bewegung über die Brüstung, schmiss dabei einen Blumentopf um und landete mit lautem Gepolter und Geflucht mitten auf dem Balkon. Dort blieb ich erst mal auf dem Rücken liegen, wie ein Käfer und zündete mir eine Kippe an. HA! Ich war ja so sportlich! Geschmeidig wie eine Raubkatze hatte ich die Distanz überwunden. Elegant und majestätisch. Gut, dass keine Paparazzi hier waren!

Nachdem ich meine Zigarette in einem anderen Blumentopf ausgedrückt hatte, schnellte ich auf die Beine und betrat vorsichtig und langsam das Innere von Prüdellas Domizil.

»WAS IS'N DAS HIER?«, rief ich aus, während ich von jedem noch so kleinen Stückchen Wand auf mich selber herabblickte und sogar als Bettwäsche auf dem Bett lag. Das hier war eindeutig ein SUPERFAN Zimmer. Die Poster an den Wänden, die Bettwäsche, die Tasse auf dem Schreibtisch, die Unterwäsche auf dem Boden ... Aber der Burner stand neben dem Bett – lebensgroß! Ich ging zu dem Pappmaschee-Mason und stupste ihm in die Seite.

»Du bist schon 'ne geile Sau!«, kommentierte ich und legte ihm meinen Arm um die Schulter. Doch der Penner antwortete nicht und so verließ ich schleunigst das Zimmer, denn es gehörte sicher nicht Prüdella.

Ich befand mich also im zweiten Stock ihres Hauses im Flur. An den Wänden hingen Landschaftsbilder, der Boden war mit einem weißen Läufer ausgelegt. Nun hatte ich fünf Türen zur Auswahl. Drei links. Zwei rechts. Ich entschied mich aus logistischen Gründen dazu, gleich die Tür zu meiner rechten zu nehmen, und wurde geblendet, sobald ich diese öffnete. Ich schlug die Hände vors Gesicht, denn bei diesem ganzen Gefunkel und Geglitzer drohte man ja, blind zu werden. Diese Feenwelt war sicher auch nicht Hannahs Reich. Also zog ich die Tür wieder hinter mir zu und drehte mich um.

Ängstlich öffnete ich die gegenüberliegende Tür und fand mich in einem Raum wieder, der komplett anders aussah als die anderen eindeutig weiblichen Zimmer. Hier stand ein großes Ehebett aus Oma-Holz. Des Weiteren fand ich einen Oma-Schrank und eine Oma-Lampe mit Bommeln. Das Nachttischchen zierte ein Foto und ich trat näher, um es mir genauer anzusehen.

Das Bild zeigte drei Gesichter. Ein lächelndes Mädchen war blond, ein grinsendes schwarzhaarig und das dritte brünett. Mit der Zahnspange, der Hornbrille und dem strengen Zopf sah es ziemlich genervt aus. Ich wusste sofort, dass das hier meine süße Prüdella war, die es hasste, fotografiert zu werden, und versuchte, den Fotografen durch Todesblicke unschädlich zu machen.

In dem Aufzug wäre es mir auch so ergangen. Aber das war dennoch nicht ihr Zimmer, auch wenn am ehestens zu ihr gepasst hätte.

War ja klar! Das Beste kommt immer zum Schluss.

Jetzt machte sich in mir schon leichte Unruhe breit, diese Nervosität wie zum Beispiel vor einem Gig, von der ich gerne kacken gehen wollte, aber ich MUSSTE jetzt in Hannah Obermeiers Privatsphäre rumschnüffeln. Also klemmte ich die Backen zusammen und ging wieder in den Flur. Vor der weißen Zimmertür, die sich gleich am obersten Treppenabsatz befand, holte ich erst mal tief Luft und legte meine Hand auf die Klinke.

»It's Showtime«, murmelte ich, öffnete die Tür zu ihrem Reich und blieb stehen, um alles in mich aufzunehmen.

Es war ein relativ kleiner Raum mit einem Fenster inklusive einer Fensterbank. Okay! Soweit alles normal. Mein Blick glitt über die strahlend weiße Gardine weiter zu dem kleinen weißen Schrank links davon. Auch normal. Doch dann bemerkte ich den Schreibtisch und schloss die Tür hinter mir, um mir diesen genauer anzuschauen. Sie war wirklich eine Ordnungsfanatikerin. Jeder Stift und jedes Blatt war akkurat ausgelegt, und nichts störte das Bild vollkommener Ordnung, die hier herrschte. Perfekt aufgeräumt war auch der Rest. Natürlich betrachtete ich ihr kleines Bett – länger als angemessen. So weiß und rein, wie es war, wollte ich mich sofort ausziehen, mich draufschmeißen und reinkuscheln. Vielleicht hing ihr Geruch an dem Kissen.

Shit, das war ja krank. Ich würde mich mit Sicherheit nicht in dieses Bett kuscheln, ihren Duft erschnüffeln wie ein liebeskranker Köter oder mir vorstellen, wie sie hier Nacht für Nacht in einem ihrer niedlichen Tops und Höschen lag und sich rekelte. Stattdessen schaute ich mir das Buch auf ihrem Nachttischchen an und lachte leise, denn ich hätte mir denken können, was ihre Abendlektüre war.

Eine verschissene Bibel mit einem Rosenkranz aus Bernstein drauf. Alles klar! Über dem Bett hing ein Bilderrahmen, in dem man das Foto einer fröhlichen Kleinstadtfamilie sehen konnte. Der Mann trug einen Schnurrbart, schwarze volle Haare, die ein wenig an einen Afro erinnerten, und sein Arm lag um die zierlichen Schultern einer ziemlich hübschen, sommersprossigen fröhlichen Frau. Das war eindeutig Hannahs Mutter und sie war verschissen scharf! Sie hatte den Arm um Prüdellas Schulter geschlungen, die mich als kleine, ungefähr sechsjährige Version ihrer selbst ANSTRAHLTE wie die scheiß Sonne höchstpersönlich. Kein Vergleich zu dem anderen Bild in dem Oma-Zimmer, auf dem sie eindeutig älter war. Daneben standen ihre Schwestern. Genau genommen streckte die Blonde die Arme nach Hannah aus, während ein schwarzhaariges Babyungetüm auf den Boden sabberte.

Sonst gab es hier eigentlich nichts weiter außer einem Kreuz über der Tür und einem überdimensionalen Bücherregal, zu dem ich jetzt schlenderte. Was las mein Anstandswauwau nur, dass sie so weit in meine Psyche vordringen konnte?

Okay, alle gängigen Schmöker waren vorhanden. Sachen von irgendwelchen Autoren, deren Namen ich noch nie gehört hatte. Milan Kundera, Salman Rushdie, Goethe, Marc Twain, Ringelnatz, Wolfgang Borchert, Konsalik, Shakespeare, Kafka, Freud und jeglicher anderer Mist über die Psyche, das Leben und die Philosophie standen akkurat und nach Größe und Dicke sortiert nebeneinander.

Kichernd wie ein achtjähriger Lausejunge packte ich mir erst mal ein paar Bücher und brachte alles durcheinander. Ich konnte es einfach nicht lassen … Ein bisschen Mason-Style musste schon sein!

Nachdem ich einmal angefangen hatte, konnte ich nicht mehr aufhören.

Ich musste noch mehr lachen, als ich mir ihre Reaktion auf die Verwüstung ihres Zimmers vorstellte, und ging zu ihrem Schreibtisch, vertauschte die Bleistifte, die Ordner und entschied mich zum Schluss dazu, einfach die ganzen Papiere zu nehmen und mit einem »Huiii« in die Luft zu schmeißen. Zu meiner Entschuldigung: Ich war besoffen und sonst wäre mir langweilig geworden. Als Nächstes öffnete ich kurzerhand ihren Schrank und blickte auf nach Farben sortierte Kleidung, die in symmetrischen Stapeln aufgereiht war – wie bei der verschissenen Bundeswehr. Langsam fragte ich mich, ob sie nicht heimlich Drillsergeant war. Neugierig zog ich die Schubladen auf und fand mich in meinem persönlichen Paradies wieder. Höschen, Höschen und noch mal Höschen. Leider noch nicht getragen. Ich nahm sie aber trotzdem und roch an ihnen. Man wusste ja nie. Weichspüler. Bäh! War ja widerlich.

Also nahm ich einen Slip, öffnete meine Jeans und rubbelte ihn ein bisschen an meinen Eiern. Erst jetzt fiel mir auf, dass auf dem rosa Höschen Montag stand und ich wusste, was auf dem blauen stehen würde. Als ich es nahm, las ich Dienstag. Heute hatten wir Sonntag. War ja klar. Ich nahm mir vor, später zu überprüfen, ob sie auch den richtigen Tag anhatte, und freute mich schon darauf, wenn sie den Montagsslip anziehen würde.

Natürlich machte ich noch die anderen Schubladen auf. Penibel zusammengelegte Wochentagssocken und noch penibler zusammengelegte Traumvorrichtungen für ihre Traumtitten. Ich guckte auf die Cupgröße ... Ja, der Mann von heute will so etwas schließlich wissen!

75 C. Die Traummaße für die Traumfrau mit dem Bibeltick.

Nachdem ich hier mit der Bestandsaufnahme fertig war und ordentlich Chaos hinterlassen hatte, wie das so meine Art war, wollte ich gerade in den Flur schlendern, als ich hörte, wie unten eine Tür zuging.

Gesundheitsschuhe, das war das Erste, was ich vernahm.

SHIT! Sie war hier! Und ich hatte rumgeschnüffelt. Scheiße! Scheiße! Scheiße! Angestrengt lauschte ich, wohin sie ging. Nicht nach oben …

GUT!

Ein paar Sekunden später rumorte jemand in der Küche. Der Kühlschrank, laufendes Wasser … Sicher machte sie sich erst mal einen Kaffee. Das machte sie nämlich IMMER, wenn sie nach Hause kam. Egal zu welcher Uhrzeit. Wahrscheinlich eine Art Zwang oder typisches Suchtverhalten.

Wie ein Soldat auf geheimer Mission schlich ich zur Treppe und ein paar Stufen nach unten, wo ich durch das Treppengeländer aus hellem Holz in die Küche blicken konnte. Was ich sah, ließ mir den Atem stocken. Eine kleine süße Prüdella … in einem schwarzen engen Pullover und passendem gleichfarbigem Rock. SHIT! … Und da war ihr Pferdeschwanz … und ihre kleinen Hände, die Kaffeepulver in die Maschine füllten. Ihre Rückansicht war zum Niederknien und ich fragte mich, wieso ich jetzt so heftig auf ihren Anblick reagierte und wieso ich SO erleichtert war, hier bei ihr zu sein und ihr hinterher zu stalken.

Obwohl sie mich verlassen hatte … wegen CHARLIE.

Es fühlte sich an, als hätte ich sie Monate nicht gesehen, dabei waren es nur verschissene drei Tage gewesen. Drei Tage ohne ihre Lippen …, die ich nicht sehen konnte, weil sie mir den Rücken zugedreht hatte. Aber vielleicht war das ja ganz gut so.

Ich wollte gerade runterschleichen und sie schön erschrecken, als es an der Tür klingelte. Also trat ich den Rückzug an und beobachtete von der obersten Stufe, wie sie leichtfüßig und mit gestrafften Schultern zur Tür ging.

Als sie diese öffnete, keuchte sie auf, denn als Allererstes kam ihr ein überdimensionales Ballonherz entgegen.

Der Strauß rote Rosen folgte auf der Stelle. *What the Fuck?*, dachte ich verwirrt und sah an Hannahs erstarrter Haltung, dass es ihr wohl ähnlich ging. Hinter dem Herz tauchte ein blonder Kerl auf und grinste sie dümmlich von einem bis zum anderen Ohr an.

»Hallo, schöne Frau!«

»Hallo, Mike«, antwortete sie gewohnt sachlich und zeigte auf den romantischen Firlefanz, von dem ich genau wusste, was sie davon hielt.

»Was ist DAS?«, fragte sie. *Firlefanz,* dachte ich. *Sieht man doch.*

»Das ist eine schöne Geste. Für eine schöne Frau.« Ich konnte förmlich sehen, wie sie die Augen verdrehte.

»Ich hab dir schon des Öfteren mitgeteilt, was ich von deinen schönen Gesten für schöne Frauen halte. Mike, ich hab zu tun … Bitte geh und nimm … deine *schönen Gesten* mit! Trotzdem vielen Dank und einen angenehmen Tag noch.« Somit schloss sie die Tür.

HA! Diese Frau war der Hammer! Ich wollte sie am liebsten in meine Arme reißen und sie gegen die nächstbeste Wand ficken! Dem hatte sie es gegeben! Als sie sich umdrehte, konnte ich ENDLICH ihr Gesicht sehen und bemerkte sofort ihre Augenringe, ihre Traurigkeit und ihre Abgespanntheit.

Doch als sie in der Küche angekommen und ich wieder ein paar Stufen nach unten gestiegen war, begann sie, eine Melodie zu summen. Ich musste mir mit aller Kraft das Lachen verkneifen, als ich hörte, WAS für ein Lied ihr im Kopf umherging. *Was für eine brave Schülerin,* dachte ich nur und beobachtete, wie sie sich eine Tasse Kaffee eingoss, den sie schwarz und stark bevorzugte. Während sie pustete, damit er kühler wurde, lehnte sie sich mit ihrem delikaten Fahrgestell gegen die Küchenzeile und summte weiter. Dabei sah sie nicht mehr traurig aus, sondern ein kleines Lächeln schlich sich auf ihre vollen roten Lippen, die ich gerne um meinen ... SHIT! Und erneut reichte die Vorstellung aus, um hart zu werden!

Fast hätte ich aufgeschrien wie eine kleine Tussi, als sie sich von der Theke hinter sich abstieß und mit ihrem Kaffee zur Treppe ging. Mit panisch aufgerissenem Mund lief ich die Treppen wieder nach oben, ohne einen Ton von mir zu geben. Dort lief ich erst mal aufgescheucht im Kreis umher, während ich in meinem Kopf schrie, was das Zeug hielt. Shit, wo sollte ich mich nur verstecken? Immer noch mental schreiend erblickte ich den Wandschrank und riss ihn auf.

Ha!

Zwischen Staubsauger und Besen fand ich noch ein Plätzchen, ehe ich mich in das Holzteil zwängte und es leise schloss. Wieso machte ich das eigentlich? Ich liebte es, Prüdella heimlich zu beobachten, deswegen!

Der Schrank stand gegenüber von der Badtür, die sie öffnete und einen Spalt aufließ. *Braves Mädchen*, dachte ich dreckig grinsend und sah durch die Schlitze im Holz, wie sie Wasser in die Wanne einließ und irgendeinen Scheißzusatz reinkippte.

»SHIT!« Sie würde sich jetzt gleich ausziehen! Mein Herz fing an, schneller zu schlagen, und mein Atem ging in ein Hecheln über, als sie den Saum ihres Pullovers fasste und ihn sich über den Kopf ziehen wollte. DOCH genau in dem Moment klingelte es wieder und wir beide stöhnten im Chor. Sie war wie ich eindeutig nicht erfreut, als sie direkt an mir vorbeihuschte, um nach unten zu gehen. *Im Schrank bleiben oder rausklettern? Erst mal drinbleiben und das Ohr gegen die Schranktür pressen.* Sie war dünn, deswegen hörte ich jedes Wort und wäre fast explodiert, als eine männliche Stimme erklang, die auch noch wie aus heiterem Himmel anfing zu krächzen, denn Gesang war das eindeutig nicht.

»Iiiiiiii will aaaaalwaaaaaays loooooooooooooveeeeeeeeee yooooooooooooooou!« Schon nach dem ersten gejammerten Satz musste Hannah wortlos die Tür geschlossen haben, denn diese Vergewaltigung für die Ohren war nur noch gedämpft wahrzunehmen. Sie war soooo geil!

Was sollte das überhaupt? Wieso standen hier ständig irgendwelche Typen vor der Tür und wollten mir meine Anstandsdame wegnehmen? Und wieso hörte der Penner nicht auf, sondern krächzte einfach weiter? Wollte er eventuelle Konkurrenten vielleicht an einem akuten Hörschaden verrecken lassen?

Prüdella ignorierte das Katzengejammer tapfer und kam wieder hoch ins Bad. Die Peepshow zwischen Staubsauger und Besen ging in die zweite Runde. Dieses Mal wurde sie nicht gestört, als sie sich den Pullover über den Kopf zog und nur in einem weißen reinen Tanktop im Bad stand. OH SHIT! Ich würde wahrscheinlich bis an mein Lebensende einen Harten bekommen, wenn ich dieses Kleidungsstück sah. Bilder von ihrem Körper unter meinen Fingerspitzen flackerten auf. Ihre weiche, samtene Haut, auf der das warme Licht des Kamins tanzte. Ihr leiser Atem, der mit jeder Berührung schneller wurde. Ich liebte es, wie die Luft immer lauter ihren Lungen entwich, je länger ich mich mit ihr befasste. Liebte es, wie ich sie immer mehr zum Keuchen und zum Schwitzen brachte. Und das mit den sanftesten, leichtesten, fast schon unschuldigen Berührungen.

Shit, jetzt wollte ich sie … Und dieser Drang wurde fast übermächtig, als sie ihren verfluchten Rock, der für so viel mehr stand als ein einfaches Kleidungsstück, an der Seite öffnete und dieser zu Boden fiel. Um den Verführungs-Blow-Job-Style perfekt zu machen, öffnete sie ihre Haare, indem sie den Gummi einfach rauszog, sodass sich weiche braune Wellen über ihre Schultern, ihren Rücken und ihre Brüste ergossen.

Dann schloss sie die Tür.

Das war doch wohl nicht ihr Ernst?

Mittlerweile war ich am Keuchen, während mein Schwanz sabberte und ich mich wirklich zusammenreißen musste, um nicht in das Bad zu platzen und ihr vorzuhalten, was sie mir antat. Selbst als ich *ihn* in meiner Hose verlagerte, wurde es nicht besser. Im Gegenteil, jede Berührung machte es schlimmer. Genau genommen war er so überempfindlich, dass ich laut ächzte. Für einen Moment schloss ich die Augen, um mich zusammenzureißen und nicht unkontrolliert über sie herzufallen und ihre Rundungen mit der Zunge zu erkunden, da klingelte es *schon wieder!*

Mann, der eine jaulte doch noch vor dem Fenster und schon stand der nächste Depp parat! JETZT REICHTE ES, VERFLUCHTE SCHEISSE! ENDGÜLTIG! Mit einem Ruck riss ich den Schrank auf und stürmte die Treppen nach unten. Egal, wer es wagte, zu stören, er würde sehr bald und sehr elendig verrecken.

Tür auf, am Kragen gepackt und gegen mein Gesicht gezogen! Braune Augen starrten mich schockiert an.

»WAS. WILLST. DU?«, presste ich hervor.

»Eh... Eh... Eh... EH.«

»EH, gibt's hier nicht!« *Und auch nichts anderes, besonders keine Hannah!*

Die Augen wurden noch größer. Ich hielt ihn immer noch Nasenloch an Nasenloch. »Eh... ich wollte zu ... Hannah Hauptmeier!«

»Hannah ist für dich verhindert, du Schweißfleck. Sag das auch dem jaulenden Stadtmusikanten! Und jetzt verpiss dich!« Ruckartig setzte ich ihn unsanft auf seine Beine und knallte ihm die Tür vor der indianisch aussehenden Schweinsnase zu.

Ich war nüchtern. Mit einem Schlag. Als hätte mir jemand zwei Liter Kaffee intravenös eingeflößt und einen Eimer kaltes Wasser über den Kopf geschüttet.

DAS REICHTE!

WAS DACHTE SICH DIESES WEIBSSTÜCK DA ÜBERHAUPT?

Mir erzählen, sie hätte keinerlei Erfahrung, während sich vor ihrer Haustür die Verehrer stapelten! Von wegen! Sie war mir ein paar Erklärungen schuldig und ich hoffte für sie, dass sie überzeugend waren. Wobei ... wahrscheinlich musste sie nicht mal was dafür tun, dass ihr die Männer nachliefen. Sie war eben verdammt hübsch und dazu schier unerreichbar für das männliche Geschlecht ... Da schaltete jedes Hirn automatisch in den Jagdmodus.

Bei mir ging es eher um Revierverteidigung, als ich die Treppen nach oben lief und eigentlich ins Bad stürmen wollte. Aber als ich ihre sanfte, liebliche Stimme vernahm, verharrte ich direkt vor der Tür. Was zum Geier trieb sie da? Die Töne, die sie von sich gab, erinnerten ein wenig an Gesang. Na ja, wohl eher an den missglückten Versuch.

»F... F... F... Ich kann das nicht ...«, nuschelte sie und seufzte schwer. Ich wartete noch einen Moment, dann legte sie los. »Habe Geschlechtsverkehr mit dir und halt den Mund, Onkel Geschlechtsverkehr! Was ist das nur für ein komischer Text?«

SHIT! Ich erstickte fast an meinem Lachen und entfernte mich ein Stück, damit sie es nicht hörte. Als ich mich beruhigt hatte, straffte ich die Schultern und schlich zurück, um erneut zu lauschen. Mittlerweile übte sie nicht mehr, denn es war still. Nur das Plätschern des Wassers erklang, sodass ich tief durchatmete.

Verflucht. Sie lag in der Badewanne! Sie war NACKT! Bis jetzt hatte ich sie nur einmal nackt gesehen und ich wollte nichts sehnlicher als *da rein* ... Und damit meinte ich nicht das Bad!

Aber das war Prüdella, also musste ich mich beherrschen, auch wenn ich soeben beschlossen hatte, ein wenig mit ihr zu spielen. Immerhin hatte ich die letzten drei Tage auf meine Stunden mit ihr verzichtet und alles in mir lechzte förmlich danach, sie wieder zu berühren. Ich würde ihr ihre ganzen CHARLIES und die anderen Verehrer schon austreiben und ihr zeigen, wen sie zu wollen hatte. Wen sie wirklich wollte!

Leise drückte ich die Klinke nach unten, öffnete die Tür einen Spalt breit und linste um die Ecke ... Dampf und ein angenehmer Duft nach Vanille und Rosen kamen mir entgegen und ich musste erst mal durchblicken.

DANN SAH ICH SIE!

Sie lag mit geschlossenen Augen in der Badewanne. Die schönen Waden und zierlichen Arme hingen locker über den Rand und ohne es zu wollen, stellte ich mir vor, wie ich zwischen ihren Beinen kniete und ihren Arsch anhob, um in sie einzudringen. Mit aller Kraft unterdrückte ich ein kehliges Stöhnen und schlüpfte leise in den Raum. Mit meinen Füßen zog ich mir die schwarzen offenen Schnürstiefel aus und schlich weiter, bis ich mich an die Wand lehnte, die Arme vor der Brust verschränkte und den Kopf schief legte.

Mit jeder Faser meines Selbst nahm ich ihr Bild in mich auf und merkte in diesem Moment, dass ich sie *wirklich* vermisst hatte. Man schätzt erst, was man vermisst hat, wenn es wieder da ist. Mit einem Lächeln musterte ich ihr Gesicht, das sich von Sekunde zu Sekunde mehr entspannte. Beobachtete, wie sich ihre Mundwinkel langsam nach oben zogen und sie leicht die glänzenden Lippen schürzte. Ein wenig rekelte sie sich hin und her, als wäre ihr die Pose unangenehm, dann seufzte sie leise.

Das Geräusch fuhr geradewegs in meinen Schwanz und ich musste schon wieder einen Laut meiner Erregung unterdrücken. Wie machte sie das nur?

Wie konnte eine kleine Bewegung ihrerseits dazu führen, dass ich mich fühlte, als gäbe es nichts Wichtigeres für meine Finger als ihre Haut? Ich wollte sie berühren, ganz zaghaft und vorsichtig, als wäre sie aus Glas, während ich mich über diese rosigen Lippen beugte und sie als meins markierte. Ich wollte das *wirklich*. Wollte wirklich, dass sie zu mir gehörte, so wie noch keine Frau jemals davor. Ich wollte eine verfluchte Beziehung mit ihr und das verwirrte mich, denn so etwas war für mich ein absolutes Unding. So etwas kam normalerweise nicht mal in meinen abgedrehten Träumen vor. Niemals. Aber allein der Gedanke, dass sie in drei Monaten aus meinem Leben marschierte und sich einem anderen Mann hingab, der sie küsste, streichelte oder anlächelte, war unerträglich. Er brachte mich um.

Ich musste sie also vollkommen süchtig nach mir machen. So süchtig, dass sie unter denselben Entzugserscheinungen litt wie ich, wenn sie nicht bei mir war. So süchtig, dass sie auch nur noch mich wollte, und das für verflucht immer!

Sie seufzte leise und dann sah ich, wie sie sich auf die Lippe biss und sich wohlig tiefer in das dampfende Wasser gleiten ließ. Sie nahm ihre glatten Schenkel vom Badewannenrand und rieb sie aneinander. Ihre dunkelbraunen Brustwarzen versteiften sich ein wenig. SIE WAR ERREGT! Mein Unterleib zuckte, als mir diese Tatsache klar wurde, und ohne zu überlegen stieß ich mich von der Wand ab … und ging langsam auf sie zu, fühlte den Teppich unter meinen Füßen und wie mein Herz anfing, schneller zu schlagen. Völlig arglos lag sie in der Wanne und bemerkte nicht, wie sich ihr ein ausgehungertes Raubtier näherte, denn ihre Lider blieben geschlossen, während ihre langen Wimpern Schatten auf ihre hohen Wangenknochen warfen. Zärtlich umkreise sie mit ihren Fingerspitzen ihre Brustwarze und biss sich auf die volle tiefrote Lippe … Shit! Einen Schritt vor der Wanne blieb ich stehen und betrachtete ihren verletzlichen

Körper. Jede Rundung … Jedes Stück cremiger, makelloser Haut, das ich schon verwöhnt hatte. Ich fühlte sie unter mir … Ihr Beben und wie sie meinen Namen seufzte, im Moment der höchsten Lust. Das Stöhnen brach in dem Moment von meinen Lippen, als auch sie leise stöhnte. Ihre Augen flogen schockiert auf und sahen in meine, während ihre Arme automatisch vor ihre Brust griffen und sie ein Bein hob, um sich instinktiv zu *verdecken*! Gleichzeitig flackerte in ihren Augen die Lust und sie schaute mich fast schon gierig an. Mein dunkler Blick musste ihrem gleichen. Alles in mir wollte sie aus der Badewanne zerren, nass oder nicht nass, und sie gegen die Wand pressen … sie ficken … sie spüren.

»Mason?«, fragte sie nach einer gefühlten Ewigkeit und ihre Stimme klang wie die eines kleinen Mädchens – eines wahnsinnig erotischen und bis in die Haarspitzen erregten Mädchens. Sie war komplett von meinem Anblick gefangen und ich wusste, dass sie soeben auch von uns beiden zusammen fantasiert hatte.

Ich wollte unsere Fantasien wahr machen! JETZT! HIER!

Doch natürlich konnte ich mir nicht alles nehmen! Das würde ich sicher nicht tun! Aber ich konnte so viel nehmen, wie sie mir gab, also lächelte ich schief und sah, wie sie von diesem einen speziellen Lächeln errötete.

»Hi, Blowjob Girl« hauchte ich und sie keuchte tatsächlich allein von diesen Worten auf, denn sie wusste, was sie bedeuteten. *BITTE SAG: HALLO, Mason! SAG: HALLO, Mason! SAG: HAAAALLOOOO, MASSOOON!* Sie erhörte mich und schluckte, bevor sie schüchtern flüsterte:

»Hallo, Mason …« OH SHIT! Ich war noch nie so froh darüber gewesen, dass sie mich so begrüßte. Mein Blick wurde noch ein bisschen fleischlicher, meine Stimme leiserer, dafür fiel mein Lächeln in sich zusammen, denn die Luft knisterte spürbar.

»Ich würde gerne mit dir spielen!« DA! Ich hatte es gesagt. Die Worte hingen in der Luft und wir wussten beide, wo das hinführen würde. Sie schloss einen Moment die Augen, kontrollierte sich und ihren Atem ... kontrollierte ihr Verlangen nach mir.

»Okay ...«, murmelte sie, während ich sie noch eine Sekunde einfach nur anschaute, in ihrem himmlischen Anblick ertrank. Sie war so verflucht *heiß* ... Aber etwas störte mich im Moment ... GEWALTIG.

Also forderte ich ruhig und kontrolliert: »Nimm die Hände da weg. Streck sie über deinem Kopf aus und zeig mir deinen Körper!«

Sie wusste, dass ich es hasste, wenn sie sich vor mir verdeckte, also gehorchte sie brav. Wundervoll errötend nahm sie die Hände von ihren göttlichen Titten und entblößte sich vor mir. Ich sah das heftige Heben und Senken ihres Brustkorbes, als sie schneller atmete.

»Streck die Beine aus ...« Anmutig streckte sie eines ihrer langen Beine aus und ich schürzte die Lippen, als sie den Blick auf ihr Dreieck freilegte ... Auf die feinen dunkelbraunen Locken, mit dem leicht roten Stich ... Normalerweise liebte ich rasierte Schlitze, aber die feinen Haare passten zu ihrer Unschuld. Sie unterstrichen das, was ich an uns beiden am liebsten mochte. Dass sie MEINE kleine süße Jungfrau war.

»Braves Mädchen«, lobte ich leise und stützte mich mit beiden Händen auf dem Badewannenrand rechts und links von ihr ab, als ich mich über sie beugte, um mit meiner Nase über ihre zu streichen. Ihre Augen blickten mich fragend und gleichzeitig aufgeregt an, doch vor allem glühten sie vor Lust, genauso wie ihre geröteten Wangen. Sie war unsagbar süß!

»Weißt du eigentlich, wie verflucht sexy du bist und wie sehr ich deine verfluchte Sexyness vermisst habe?«, hauchte ich gegen ihr liebliches Gesicht und sie erschauerte, als ich eine Hand vom Rand löste und ihre Wange umfasste, sanft ihre volle Unterlippe streichelte, die unter meinem Daumen erbebte. »Darf ich dich waschen, Babe?«

Nein, ich küsste sie noch nicht, auch wenn es nichts gab, was ich lieber tun wollte.

Mir war klar, sie wollte es auch, denn ihr sehnsüchtiger Blick flog zu meinen Lippen, die sich nach oben verzogen. Doch ich wollte sie zappeln lassen. Wenn ich sie jetzt *nicht* küsste, würde sie sich irgendwann auf mich stürzen und genau darauf wartete ich, denn ich liebte es, wenn sie das tat, wenn sie absolut ihre heiß geliebte Kontrolle verlor.

Sie nickte hektisch, denn ja, sie wollte meine Berührungen ebenso DRINGEND, wie ich sie berühren wollte. *Charlie* und die ganzen anderen Penner waren vergessen. *Alles* war vergessen! Tag oder Nacht! War verflucht egal!

»Mhmmm«, summte ich und küsste sie sanft auf den Mundwinkel. Von einem leisen Seufzen ihrerseits begleitet ging ich in die Hocke und nahm mir den weichen Naturschwamm von der blank polierten Ablage. Ich ließ ihn sich mit Wasser vollsaugen und drückte ihn dann über ihren Wahnsinnstitten aus, von einer Brustwarze zur anderen. Sie stöhnte leise … Himmlisch … Ich liebte dieses Geräusch. So empfänglich … So erotisch … war sie, als sie ihren eleganten Körper rekelte.

Ich kämpfte mit meinem Verlangen, einen ihrer kreisrunden Nippel in den Mund zu nehmen, während ich den Schwamm erneut ins Wasser tauchte und damit leicht über ihren linken Arm strich. Dabei schaute ich ihr unentwegt in die Augen …

Sie blickte zurück. Mit geröteten Wangen und diesen offenen dunklen, vertrauensvollen Augen. Wieder glitt ihr Blick zu meinen Lippen und ich lächelte, strich mit dem Schwamm über ihre weiblich geschwungene Seite.

»Du kannst mich küssen, wenn du willst, Babe …« Schockiert sah sie mich an, als ihr klar wurde, dass ich sie bei ihren Gedanken ertappt hatte. Mein Lächeln wurde breiter und sie biss sich gequält auf die Unterlippe. Die Hand mit dem Schwamm stockte auf ihrem Hüftknochen, als sie sich aufrichtete und mit ihren Fingern unverhofft in meinen Nacken fuhr. Ich schwöre, die verfluchte Sonne ging auf und ein ganzer Chor Engel sang in meinem Kopf das Halleluja, als sie meinen Kopf zu sich herunterzog. Doch in dem Moment, als sie ihre Lippen auf meine presste, ging die Tür mit einem Ruck auf und ich drehte mich erschrocken um.

Nur um den Kerl von den Fotos zu erblicken … Und Shit, sah der sauer aus, als wäre er im absoluten Kriegsmodus! Hannah sagte nur ein Wort, das in meinen Ohren widerhallte und mir sofort sagte, was für ein dämlicher Idiot ich war.

»CHARLIE!«, rief sie schockiert, und mir wurde klar, dass ich jetzt ihrem wütenden Vater gegenüberstand, während ich vorhatte, vorsätzlich seine jungfräuliche Tochter zu verführen.

SHIT und CUT!

# Claire de Lune

## (Debussy)

OH MEIN GOTT! Einen Moment lang dachte ich wirklich, mein Vater würde einfach kurzen Prozess machen und Mason umbringen, was ich natürlich nicht zulassen durfte! Also sprang ich aus der Wanne, schlang mir ein Handtuch um die Brüste und stellte mich vor ihn.

»Charlie … Dad! Denk an dein Herz, du wirst schon wieder so rot!«, redete ich mit ruhiger Stimme auf ihn ein, während ich Masons Blick auf meiner Rückseite beinahe fühlen konnte. Mein Vater ließ sich nicht erweichen, sondern zog nur in guter alter Oberhauptmeier-Manier eine seiner buschigen dunklen Augenbrauen hoch.

»GEH RAUS, JETZT!«, zischte ich und war ziemlich verwundert, als er die Augen verdrehte.

»Nur wenn er mitkommt«, war seine kühle Ansage, und Mason, der neben mir erstarrt war, erwachte wieder zum Leben, noch bevor ich meinem Vater sagen konnte, dass er das kaum zu entscheiden hatte.

»Ähm … ja, ich wollte sowieso gerade …« Wie Otto auf der Pirsch schlich er an mir vorbei.

»Charlie, ich bin keine sechzehn mehr!«, unterbrach ich Mason brüsk und hielt ihn am Arm auf. »*Wir* gehen jetzt in mein Zimmer!« Ich packte Masons Hand und raffte mit der anderen mein Handtuch weiterhin vor der Brust zusammen, bevor ich meinen verwirrten Rüpelrocker energisch durch den Flur zog.

Doch als ich mein Zimmer betrat, traf mich fast der Schlag. Mit großen Augen schaute ich mir das Chaos an und drehte mich wortlos zu Mason um, der die Tür hinter uns schloss und lässig die Schultern zuckte.

»Es war der Wind«, sagte er grinsend mit funkelnden Augen. Erst jetzt fiel mir auf, dass er etwas schwankte und nach Alkohol roch … Ganz zu schweigen von der Tatsache, dass er hier war und mich fast verführt hatte … MITTEN AM TAG!

»Sag mal … hast du … eigentlich deinen Anrufbeantworter in letzter Zeit abgehört?«, erkundigte er sich, während er möglichst unbeteiligt auf seine Fingernägel sah. Wie bitte? Wieso fragte er mich denn jetzt so was?

»Wir haben so einen neumodischen Kram nicht. Entweder wir sind da oder nicht.«

»SHIT«, rief er. »Wen hab ich dann zugelabert? Meine Mum? Die Arme!«

»Was wollten Sie denn?«

»ÄHHHHH …« Er wurde kreidebleich. »Ich wollte einfach nur Hallo sagen!«

»Aha … Und was fällt Ihnen ein, einfach in mein Haus einzubrechen? War das auch nur, um mal Hallo zu sagen?« Mit einem Ruck ließ ich seine schöne große Hand los und stolzierte zu meinem Schrank.

»Ich bin nicht eingebrochen, Babe. Ich bin … rübergesprungen … auf den Balkon … die Tür war offen … Ich musste doch meine Prinzessin retten!«

»Prinzessin«, schnaubte ich ironisch und ging zu meinem

Kleiderschrank. Als ich ihn öffnete und das darin herrschende Chaos erblickte, keuchte ich. Langsam wurde ich richtig, richtig wütend. »WAS SOLL DAS?«, fragte ich und versuchte, mit einer Hand meine schön sortierten Stapel wieder aufzubauen. Mit der anderen hielt ich vorsichtshalber noch das Handtuch fest.

»Das waren … irgendwelche … Wühlmäuse … Weiß auch nicht, wo die herkamen«, rechtfertigte er sich. Als würde er hier wohnen, ließ er sich bäuchlings auf mein Bett fallen, packte sich mein Kissen und vergrub sein Gesicht darin. Er passte wirklich gut … in mein Bett … und sein Hintern auch.

WAS dachte ich da?

»Gehen Sie sofort von meinem Bett runter, Sie tragen Straßenklamotten!«, blaffte ich, denn er hatte mir soeben erzählt, dass er über Bäume geklettert war!

»Seit wann sind wir eigentlich schon wieder beim SIE? Zuerst willst du, dass ich dich fingere, und dann siezt du mich!«, nuschelte er in das Kissen.

Ich wurde knallrot bei seinen Worten und suchte schneller nach meiner Kleidung. »Ich wollte das gar nicht, aber Sie haben mich so überfallen, dass ich für einen Moment …«

»… keinen klaren Gedanken fassen konnte, außer: *Mason fingere mich*!«, ahmte er mit einem piepsigen Unterton meine Stimme nach, nachdem er den Kopf gehoben hatte, um mir gewohnt provozierend in die Augen zu sehen. Immer dieser Blickkontakt …

»GOTT, seien Sie jetzt ruhig!«, rief ich aus und schmiss ihm einen meiner Pullover auf den Kopf, um mich vor seinem eindringlichen Gestarre zu schützen. Mein Gesicht brannte, denn ich hatte tatsächlich nichts mehr gewollt, als seine Finger zu spüren … Ich war ja schon die letzten Tage in Fantasien vertieft gewesen, in denen ausnahmslos er die Hauptrolle spielte.

Ständig hatte ich seine Lippen auf mir gefühlt, seine Stimme gehört, die mir sanfte Befehle gab, und war beinahe nicht mehr in der Lage, mit meiner Erregung umzugehen. Vorhin in der Badewanne hatte ich daran gedacht, wie er mir meinen ersten Orgasmus geschenkt hatte. Als er dann wunderschön und mit dunklen Augen plötzlich wirklich vor mir gestanden hatte, hatte ich nicht anders gekonnt, als mich meiner fleischgewordenen Fantasie kurzzeitig hinzugeben.

Das war jetzt etwas anderes! Denn er hatte mein Zimmer verwüstet! Und ich war wieder klar im Kopf. Leider kam es mir so vor, als könnte er mit mir spielen, meinen Verstand an- und abschalten, wie es ihm beliebte. Die richtige Tonlage, die richtigen Berührungen, die richtigen Worte, die richtige Stimmung. Er manipulierte mich … Mason Hunter war ein Meister der Manipulation.

»Wieso soll ich ständig ruhig sein?«, fragte er aufmüpfig und schmiss den Pulli zurück. »Ist doch die Wahrheit. Wir sollten den verfluchten Mist sein lassen! Tag und Nacht … Prüdella und Blowjob Girl … Wir sollten …« Mein Herz schlug schneller und würde mit Sicherheit bald den Geist aufgeben, denn er meinte doch nicht allen Ernstes, dass er mehr wollte, als unsere Abmachung besagte? Dass er BEIDE Seiten von mir wollte!

»Auf keinen Fall!«, rief ich aus und war froh, meine Wäsche beisammenzuhaben. Ich wirbelte herum und wunderte mich, dass er sich aufgesetzt hatte und mich gequält anblickte.

»Wieso nicht?«, fragte er auch noch … irgendwie gar nicht mehr rotzig, sondern leise … und schwach.

»Weil ich hauptsächlich Ihre Anstandsdame bin. Dafür bezahlen Sie mich! Vergessen Sie das nicht!« ICH durfte es nicht vergessen! Denn er war nicht der richtige Mann für mich! Mit ihm an meiner Seite würde ich verrückt werden. Don Juan, Rüpelrotzer, Kindergartenkind, Sexgott und Psychopath passte nicht zu Feministin, Naivchen, Fräulein Rottenmaier und Hobby-Psychologin. Oder doch?

»Ich kann dir mehr Geld geben … oder gar keins … Ich kann dir mehr geben als alles Geld dieser Welt. Andere Dinge, Dinge, die viel wichtiger sind, Babe. Wir können doch einfach so … zusammen … sein?«, sagte er überzeugt, obwohl Unsicherheit in seiner Stimme mitschwang, die darauf hindeutete, wie schwer es ihm fiel, diese Worte auszusprechen und ich dachte, ich hätte mich soeben verhört. ER wollte mir MEHR geben!

»Es gibt entweder Prüdella *oder* Blowjob Girl. Wir können nicht einfach so zusammen sein, Mister Hunter, und wenn Sie es nicht schaffen, hierbei professionell zu bleiben, dann muss ich unsere Zusammenarbeit sofort beenden!« *Bevor du mir das Herz brichst!*

»Du willst mich nicht?«

»NEIN!«, meinte ich, bevor ich es mir anders überlegen konnte, bevor er meine Lüge durchschauen würde, bevor er merken würde, wie schnell mein Herz gerade schlug.

Seine schönen Augen, die mich gerade eben noch angefleht hatten, wurden von einem kühlen Schleier überzogen, ehe er die Zähne zusammenbiss und einen arroganten Ausdruck aufsetzte.

»Wie du willst. Dann bleiben wir eben PROFESSIONELL, wenn dir das wichtiger ist als deine Gefühle! Ich warte vor der Tür, damit sich die DAME umziehen kann!« Somit erhob er sich und schlenderte aus dem Zimmer. Sobald ich eine weiße Bluse, einen BH, meine Montagsunterhose und meinen dunkelbraunen Rock angezogen und mir einen Pferdeschwanz gebunden hatte, ging ich nach draußen und sah Mason, der wie ein moderner Adonis in Rockermontur an der gegenüberliegenden Wand lehnte.

»Können wir, Miss Obermeier?«, fragte er, immer noch überheblich und immer noch mit zusammengebissenen Zähnen.

Wir gingen nach unten, wo ein immer noch brodelnder Charlie auf und ab lief. Ich war froh, dass er heute schon wieder arbeiten ging und keine Zeit für lange Befragungen hatte. Als wir das Wohnzimmer betraten, fing er dennoch an.

»Ich dachte, wenigstens du bist anders als deine Schwe...« Doch ich unterbrach ihn sofort, denn den Schuh zog ich mir nicht an.

»Doch, ich bin anders als meine Schwestern! Das hier ist Mason Hunter. Wie du dir vielleicht schon gedacht hast, denn du hast ihn ja schon oft genug auf Plakaten gesehen und seine Stimme in diesem Haus gehört. Er ist mein Klient. Nichts weiter, OKAY?« Mason knirschte neben mir hörbar mit den Zähnen und überraschte mich, als er meinem Vater plötzlich die Hand hinhielt.

»Mason Hunter mein Name. Schön, Ihre Bekanntschaft zu machen. Auch wenn unser erstes Aufeinandertreffen etwas unglücklich war. Dafür muss ich mich außerordentlich bei Ihnen entschuldigen!« Reuevoll lächelte er Charlie an. Dieser nahm misstrauisch seine Hand, schüttelte sie und murmelte einen Gruß hinter seinem schwarzen Schnauzbart.

»Darüber reden wir noch, Hannah! Nach der Arbeit!« Mit starrem Gesicht ging er in die Küche, holte sich sein gesundes Lunchpaket, das ich ihm zusammengestellt hatte, und verließ das Haus. Mason und ich standen mitten in meinem Wohnzimmer und sahen uns an. Ich fühlte mich im Moment ziemlich aufgewühlt. Mein Vater, der mit mir reden wollte. Mein ... Mason, der ... beide Seiten von mir wollte ... Ich, die ich keine Ahnung hatte, was ich wollte. Bevor ich jedoch weiter darüber nachdenken konnte, wurde die Eingangstür geöffnet und ich wusste, dass nun auch meine Schwestern nach Hause kamen. Laut plappernd wie eh und je betraten sie den Flur, schmissen ihre Sachen hin und bogen ins Wohnzimmer ein – wo sie verstummten. Eine Sekunde war es totenstill. Ich drehte mich um und sah sie, wie erwartet, regungslos im Türdurchgang stehen.

Gerade wollte ich ihnen Beatmungsmasken zuschmeißen, da schrie Magda los wie eine Verrückte. Und das so laut und schrill, dass ich dachte, mir müsse das Trommelfell platzen. So schreien nur Teenies oder Frauen, die auf ihr Idol treffen. Ein grelles Kreischen, so ohrenbetäubend, wie ich es schon auf dem Konzert gehört hatte – absolut tödlich. Aus vollem Halse, aber so hoch und kraftvoll, dass es einen fertigmacht, dem länger als zehn Minuten ausgesetzt zu sein. Ich fragte mich, wie Mason damit umging, wenn er Konzerte gab oder auf einem roten Teppich unterwegs war. Vielleicht war er ja immun dagegen geworden.

Mit ein paar Hüpfern war Magda bei uns und sprang Mason an, als wäre er ein … *Klettergerüst.* Natürlich hielt er stand, denn die kleine Magda wog weniger als ich. Und MICH trug er ja ständig problemlos durch die Gegend.

»Wow! Äh … Hallo?«, rief er aus und ich wusste, dass er nun endgültig hörgeschädigt sein musste, denn Magda schrie nach wie vor, obwohl sie bereits an ihm hing. Dann ging sie zum hysterischen Heulen über und vergrub ihr Gesicht an seinem Hals. Er war so freundlich, sie festzuhalten, auch wenn sie sich auch ohne seine Hilfe festgeklammert hätte – vermutlich für den Rest ihres oder wahlweise seines Lebens. Mir gefiel es nicht, wie er sie an den Oberschenkeln hielt. Diese GANZE Szene gefiel mir nicht, also rupfte ich sie am Oberarm von ihm runter.

»Ich bitte dich, Magda … beruhige dich und putz dir die Nase … das ist peinlich!« Sie heulte hysterischer und fiel mir um den Hals, hüpfte auf der Stelle und schrie irgendwas von: »Glücklichster Tag in meinem Leben« und »Ich liebe dich!«.

Da kam auch schon Rosi in mein Sichtfeld geschlendert. Wie immer sah sie in ihrem sommerlichem blauem Kleid und ihren blonden Haaren wie ein Supermodel aus, während sie sich vor Mason stellte und ihm ihre schöne grazile Hand hinhielt.

Vorsichtig ergriff er sie und wirkte, als hätte er Angst, dass sie auch gleich in den Hysteriemodus wechseln würde. Doch das war nicht Rosis Art. Rosi lächelte nur sanft das Lächeln eines Engels und klimperte ein bisschen mit ihren schrecklich langen Wimpern. Mit tiefer, sinnlicher Stimme stellte sie sich vor. »Hi … ich bin Rosalie Hauptmeier.« Mason schaute sie einen Moment abschätzend an, von oben bis unten – ich platzte fast –, dann ergriff er ihre Hand und schüttelte sie.

»Ich denke mal, du weißt, wer ich bin … also muss ich mich nicht vorstellen«, erwiderte er mit einem Grinsen und hielt ihre Hand für meinen Geschmack einen Tick zu lange, während er den Kopf schief legte. Das war typischer Sex mit den Augen! Also ging ich auch dort dazwischen.

»Schön, dass sich alle kennengelernt haben. Jetzt wisst ihr, wer mein Klient ist, wir werden dann mal fahren!«

»NEIN! NEIN! NEIN! AUF KEINEN FALL!«, riefen meine Schwestern sofort. Ich wusste, dass ich in TEUFELS KÜCHE käme, wenn ich ihnen schon wieder die Chance entriss, ihr persönliches Sexsymbol ein wenig kennenzulernen … Da sie mir meine Flucht vom Konzert verziehen hatten, war ich es ihnen sogar schuldig. Aber es ging mir dennoch gegen den Strich, mit ihm länger hierzubleiben, denn auch wenn ich meine Schwestern über ALLES liebte und bisher ALLES mit ihnen geteilt hatte, so hörte das bei Sexsymbolen auf. Er war schließlich *mein* Sexsymbol – wortwörtlich!

»Wieso hast du uns nicht gesagt, dass Spank Ransom dein Klient ist?«, beschwerten sich beide bei mir, nachdem Magda endlich aufgehört hatte zu heulen und sie ein wenig von mir abgerückt war.

»Weil ich genau DAS HIER vermeiden wollte!« Ich zeigte auf die beiden und auf Mason, der jetzt schon um einiges amüsierter und selbstsicherer aussah.

In dem Moment klingelte es und ich machte die Tür auf. Zum Glück keine weiteren Verehrer! Dafür fand ich einen verschlafenen Max und einen wachen Friedl, der rechts und links Dom Dom und Sub Sub untergeklemmt hatte. War ja klar, dass sie auch da waren.

»WO WART IHR?«, rief Mason vorwurfsvoll aus dem Flur. Die beiden grinsten nur und rieben sich die Bäuche.

»Wir sind nur schnell zum Mäci gefahren … Mach mal keinen Stress.« Dann traten sie ein. »Schicke Bude hast du hier«, verkündete Max grinsend und knuffte mir in die Wange.

»Und wer ist eigentlich dein FREUND?«, fragten Rosi und Magda plötzlich gleichzeitig und mein Blick flog ertappt zu ihnen. Mit verengten Augen blickten sie mich an und ich wusste, wenn ich jetzt sagte, mit wem ich … spielte, würden sie nie wieder ein Wort mit mir sprechen! Und überhaupt … für andere war es nicht von Bedeutung, weil die Abmachung zwischen Mason und mir nur auf Zeit war, also packte ich mir kurzerhand Max' aufgepumpten Muskelarm.

»MAX!«, rief ich, schmiegte mich an seine Seite, verschlang unsere Finger und tätschelte seine sehr große Hand mit meiner freien. Als ich kurz zu Mason schaute, war ich froh, dass Blicke nicht töten konnten. Aber ich wusste, DAS hier, dieser Verrat – denn ich war mir mittlerweile sicher, dass er sich wirklich einbildete, *mehr* zu wollen – würde GANZ sicher noch ein Nachspiel haben! Ein gewaltiges!

»NEIN!«, kreischten Magda und Rosi und schlugen jeweils die Hände vor den Mund.

»DOCH!«, bestätigte ich nickend. Max legte mir seinen großen Arm um die Schulter, zog mich eng an seine Seite und knuffte mir in den Bauch.

»JA, sie ist wirklich ein niedliches kleines Ding, nicht wahr?«

»ALTER!«, knurrte Mason und alle fuhren zu ihm herum.

Magda und Rosi hakten sich daraufhin bei ihm unter, eine links, eine rechts, und führten ihn zur Couch, als würde er es ohne ihre Hilfe nicht schaffen, einen Schritt zu gehen.

»Hannah macht heute Spaghetti … Und wir können uns ja in der Zwischenzeit ein bisschen unterhalten«, flötete Magda und ich hörte sie kichern.

»Ja … wir haben einige Fragen an Sie. Wissen Sie, ich bin angehende Journalistin«, säuselte Rosi und ich verengte die Augen, als sie sich auf die Couch setzten und eine Runde für ihn posierten. Mason funkelte gefährlich Max' Arm auf meiner Schulter an und schüttelte kaum merklich den Kopf. Ich seufzte und schaute an die Decke, als Max den Arm sofort zurückzog und sich mit Friedl, Dom Dom und Sub Sub ins Wohnzimmer begab. Nachdem sie sich auf einen Sessel gequetscht hatten, ging ich in die Küche, um zu kochen. Und dabei war ich sauer. Wieso hatte ich nicht einfach gesagt, dass Mason mir gehörte?

*Tja, weil es nicht so ist, du blöde Kuh! Du hast es ihm vorhin in deinem Zimmer selbst klargemacht! Professionalität, Hannah!,* keifte mich meine innere Stimme an.

»JA, so professionell, einfach den Nächstbesten zu nehmen, der neben mir steht!«, murrte ich mir zu. Ich hackte die Zwiebeln so klein, dass sie zu einer widerlichen Pampe wurden, und heulte dabei wie eine Blöde. Natürlich wegen der Zwiebeln. Es landete zu viel Öl in der Pfanne und der Deckel vom Salz fiel in die Soße, sodass sie so versalzen war, dass ich noch einmal anfangen musste. Ich war genervt, von mir und weil nichts so funktionierte, wie es sollte. Allein der Gedanke daran, dass Mason nicht hier bei mir, sondern bei meinen aufdringlichen Schwestern im Wohnzimmer war, brachte mich aus dem Konzept.

Also schmeckte das Essen schrecklich. Auch wenn ich den Tisch mit dem besten Porzellan gedeckt und die Silberlöffel noch mal poliert hatte, und jedes Glas und jede Serviette akkurat an seinem Platz weilte, fühlte ich mich miserabel, als ich mich mit den anderen hinsetzte und wir zu essen anfingen. Rosi und Magda saßen natürlich rechts und links von Mason, während ich von Friedl und Max eingekeilt war. Max machte sich einen Spaß daraus, mich ständig mit irgendwelchen idiotischen Kosenamen wie »Sahneschnäuzchen« und »Täubchen« zu betiteln. Worte, die Mason nie im Traum in den Mund genommen hätte, egal, wie kindisch er sich manchmal benahm. Friedl fütterte Dom Dom und Sub Sub mit Salat und ich aß still vor mich hin, während ich Mister Neandertalerrocker mit Blicken durchbohrte. Er tat es mir gleich.

Magda und Rosi waren im Himmel. Sie fütterten Mason sogar, ließen es sich nicht nehmen, ihm die Soße vom Mundwinkel zu wischen und lasen ihm jeden Wunsch von den Augen ab. OH GOTT! Sie waren ja so ein gutes Team. So schöne Frauen, mit Klasse und dennoch offen. Sie waren intelligent, wobei diese Intelligenz eindeutig abhandenkam, wenn Mason in der Nähe war, und wussten, was sie wollten. Für eine Beziehung mit ihm hätten sie getötet. Und ich hatte ihn abgewiesen, als er mich praktisch angefleht hatte, statt Max neben mir sitzen zu dürfen.

Ich würde nicht lange mit den anderen Frauen mithalten können. Das wollte ich auch nicht. Denn ich wollte keinen Mann, bei dem ich ständig das Gefühl hatte, ihn vor hunderttausend Frauen verteidigen zu müssen, und auch kein übergroßes Kind, das in dem einen Moment total wahnsinnig und dann wieder charmant und einfühlsam war. Ich könnte mir nie sicher sein, was er als Nächstes tun würde! Das würde mich kaputtmachen. Und obwohl mein Verstand dies alles wusste, hatte mein Herz andere Pläne. Eigentlich hatte ich die Zeit zu Hause nutzen wollen, um von Mason Hunter loszukommen. Aber mir war nur aufgefallen, wie sehr ich ihn vermisst hatte.

Unsere Diskussionen, sein freches Grinsen, seine Aufsässigkeit, das wilde Rauschen in meinem Kopf, wenn er mich von 0 auf 180 brachte ... Ja, sogar das hatte mir gefehlt. Jeden Tag war ich kurz davor gewesen, in den Zug zu springen und zu ihm zu fahren, aber ich hatte gewartet, bis Charlie aus dem Krankenhaus entlassen worden war. Da er nur zwei gebrochene Rippen und ein paar blaue Flecke hatte, war das ziemlich schnell passiert. Ich hatte das Haus noch einmal von oben bis unten gereinigt und natürlich Mason angerufen, um ihm Bescheid zu sagen, wann ich wiederkommen würde, doch er war nicht ans Telefon gegangen.

Als ich ihn nun über den Tisch hinweg beobachtete, wusste ich, wieso er es nicht getan hatte. Er hatte die letzten drei Tage damit verbracht, zu trinken und auf seiner Gitarre zu klimpern. Die tiefen Augenringe und die zerwühlten Haare waren Beweis genug. Es war beängstigend, wie gut ich ihn nach der kurzen Zeit, die wir zusammen verbracht hatten, schon einschätzen konnte. Wie gut ich mich in ihn hineinfühlen konnte. Mir war klar, dass ihm die letzten Tage nahe gegangen waren. Bei mir war es genauso gewesen. Mein Kopf war angefüllt mit Bildern von Mason Hunter. Bildern von ihm beim Putzen auf allen vieren, beim Autofahren, mit der Hand auf der Schaltung. Bilder von ihm, wie er mich frech angrinste, wie er leise lachte, wie er seine Hand in meinen Nacken legte und mich an sich zog, um mich zu küssen. Bilder von ihm zwischen meinen Beinen ...

Die heißen Wellen, die mich durchrauschten, waren unpassend, und ich wusste, dass sich meine Wangen in regelmäßigen Abständen röteten, während sich mein Bauch zusammenzog und mein Höschen überschwemmt wurde, wenn ich an unsere gemeinsamen Stunden dachte. Ich fühlte mich, als würde jeder merken, was sich in meinem Kopf abspielte. Doch es merkte ... fast keiner. Außer Mason natürlich, der eindeutig wütend auf mich war. Zuerst hatte ich ihn vor meinem Vater verleugnet, dann auch noch behauptet, dass Max mein Freund sei. Normalerweise sagte er immer die Wahrheit, dementsprechend ging es ihm gegen den Strich, dass ich gerade im Bezug auf uns log. Aber das war meine Wahrheit. Seine war offenbar eine andere.

Nichtsdestotrotz, ich konnte es jetzt und auch während der letzten Tage drehen, wie ich wollte: Ich war eine Anstandsdame. Er ein Rotzrocker. Wir waren also inkompatibel. So besagte es zumindest die Gesellschaft, die Moral, der Anstand – all das, worauf ich Wert legte. Schweigend saß ich also da und quälte mich deswegen. Um etwas zu sein, was ich nicht mehr war. Ich spielte ein Spiel, das ich nicht spielen wollte; eine Rolle, in der ich mich schon lange nicht mehr wohl fühlte, und ließ mich von meinen Schwestern darüber ausfragen, wie lange Max und ich schon zusammen waren. Dabei wollte ich mich am liebsten unter dem Tisch verkriechen und so tun, als wäre ich nicht da.

»Und wie weit seid ihr denn so?«, fragte Magda natürlich, denn sie konnte es einfach nicht lassen, mich irgendwie zu reizen.

»Das geht dich nichts an!«, zischte ich sofort. Doch sie lachte nur.

»Komm schon, Hannah, jetzt stell dich nicht so an. Wir sind hier doch unter uns.«

»Ja, natürlich …«, antwortete ich nur herablassend und trank einen Schluck von meinem Rotwein. »Wir sind hier so was von unter uns.«

»Komm schon, Schnuckiputzi. Erzähl Magda, was für ein Hengst ich im Bett bin«, säuselte Max und schickte mir ein angedeutetes Küsschen. Ich nahm mir vor, mich bei Gelegenheit für das hier zu rächen.

»Hengst im Bett«, schnaubte Mason, grinste aber plötzlich, was in diesem Moment kein gutes Zeichen war.

Dann legte er sein Besteck zur Seite, tupfte sich akkurat den Mund ab, legte die Serviette weg und richtete seinen Blick auf mich – spießte mich förmlich damit auf.

»Mich würde es auch interessieren, Miss Obermeier. Was sind ihre sexuellen Vorlieben? Mögen sie es lieber hart oder weich? Warm oder kalt? Feder oder Reitgerte?« Und schon war ich die Tomate des Jahres. Denn er hatte sich leicht über den Tisch gebeugt, sein Kinn auf einer Hand abgestützt und schaute mich mit hochgezogener Augenbraue und frechem Grinsen an. Die Rache war sein ... Typisch Rotzi! Er bemerkte meine Verunsicherung. Seine wachsamen Augen nahmen das leichte Winden meiner Hüften in sich auf und er spielte weiter mit meinem Kopfkino. »Finger ... oder Lippen?« Er betonte jede einzelne Silbe und noch nie hatten sich diese zwei Worte erotischer für mich angehört. Der Rest dieses Raumes verschwand und zwei Scheinwerfer richteten sich auf Mason und mich. »Saugen oder Lecken?« Seine rosafarbener Mund bildete sinnlich die Worte. Dann biss er sich auf die Unterlippe, bevor er sie einsaugte. Mit aller Kraft unterdrückte ich ein Stöhnen. Erst ein sehr lautes Räuspern von Friedls Seite riss mich aus Mason Hunters Bann. Die Scheinwerfer gingen aus und das Licht im Raum an.

»Was war das denn?«, fragte Rosi verwundert und schaute blinzelnd zwischen Mason und mir hin und her.

»Was?«, japste ich und senkte meinen Blick auf meine mittlerweile kalten Nudeln.

»Wenn ich es nicht besser wüsste, dann würde ich sagen, das war der beste Blickfick deines Lebens, Schwesterchen!« Sie lachte und Magda stimmte mit ein. OH JA! DAS beherrschte er!

»Ich bitte dich, Rosi ... Ich bin es nun mal nicht gewohnt, am Esstisch nach meinen sexuellen Vorlieben ausgefragt zu werden. Aber so ein Benehmen werde ich Mister Hunter schon noch austreiben«, verteidigte ich mich mit angestrengter Stimme.

»Ach ja?« Mason lehnte sich zurück und schob den leeren Teller von sich. »Miss Obermeier ... ich glaube, Ihnen gefallen sie ganz gut ... diese Gespräche über Ihre Vorlieben. Besser, als Sie jemals zugeben würden!« Jetzt trat ich ihn unter dem Tisch, denn er sollte aufhören, mich zu verwirren und bloßzustellen. Er zuckte nicht mal zusammen, als ich in sein Schienbein trat.

»Hannah ist gar nicht so ein Klemmi, wie sie immer tut!«, informierte Magda.

»Sie hat nur Angst vor Gefühlen!« Rosi gab natürlich auch noch ihren Senf dazu.

Nun legte auch ich das Besteck zur Seite, denn der Hunger war mir vergangen. Mit warnendem Blick trank ich noch einen Schluck und starrte Mason über den Rand meines Glases hinweg an. Er sollte dieses Gespräch SOFORT beenden! Sein Grinsen wurde breiter, der Schlag meines Herzens legte einen Takt zu.

»Sag mal, Magdalena ...« Sanft streichelte seine Stimme ihren Namen. »Habt ihr auch was Kühles zu trinken? Cola oder so ... mit EISWÜRFELN?« Ich erschauerte ... fühlte die eiskalten Tropfen auf meiner Haut, seine heiße Zunge, die die Nässe von mir leckte ... und wand mich mehr auf meinem Stuhl.

»Klar!«, rief Magda, die alles für ihn tun würde – sogar bis in die Antarktis laufen, um ihm Eis zu holen.

»Und, Hannah ... wann willst du es tun?«, fragte Rosi jetzt.

»NEIN, Rosi!«, presste ich zwischen den Zähnen hervor. Magda flitzte in die Küche und Max und Friedl vertieften sich in ein Gespräch über die richtigen Drumsticks. Rosi verdrehte nur die Augen und lachte sanft, bevor sie ihre Haare über die Schulter warf und noch ein wenig Spaghetti aß.

Magda kam mit den Eiswürfeln und dem Glas Cola. Wieso war es so faszinierend, dabei zuzusehen, wie der klare Klumpen Eis in der Flüssigkeit landete?

Ich ignorierte Masons Blick, als er sich gewohnt charmant bei ihr bedankte und einen Schluck von seinem Getränk nahm. Leider betrachtete ich dabei seine vollen rosa Lippen, und das war mindestens genauso schlimm, wie in seine Augen zu sehen. Kurzerhand entschloss ich mich dazu, diese Farce hier zu beenden, und stand auf.

»Ich denke, ihr werdet es schaffen, abzuwaschen und den Raum so zu verlassen, wie ihr ihn vorgefunden habt. Ich gehe schlafen!«, verkündete ich, mied das funkelnde Braun und stolzierte in die Küche. Die anderen ließen es sich natürlich nicht nehmen, lautstark kundzutun, was sie von meinem frühen Abgang hielten. Aber sollten sie doch ohne mich ihren Spaß haben. Ich fühlte mich sowieso unwohl und fehl am Platz, wenn ich mit Gleichaltrigen zusammen war. So war das auch zwischen meinen Schwestern und mir. Unsere Ansichten waren einfach zu verschieden. Außerdem hatte ich keine Lust, mich vor Mason löchern zu lassen, wie es um meine Jungfräulichkeit stand. Denn ER bestimmte, wann ich diese verlieren würde. In der Hinsicht vertraute ich ihm komplett und ich wusste, er würde sie mir erst dann nehmen, wenn ich bereit dafür war.

Ich überließ es meinen Schwestern und den Männern, das Wohnzimmer herzurichten und die Luftmatratze aufzublasen, und machte mich in Ruhe für die Nacht fertig. Da Mason nicht nach oben gekommen war, um mich mit seinen Frechheiten auf die Palme zu bringen, war er wohl mit meinen Schwestern beschäftigt. Aber ich verdrängte jegliche Eifersucht bei diesem Gedanken, weil ich genau wusste, dass ich kein Recht auf ihn und somit auch keinen Grund zur Eifersucht hatte. Leider war das leichter gesagt als getan. Denn nachdem ich noch meine Blusen gebügelt und das restliche Chaos beseitigt hatte, schlüpfte ich in mein Bett und konnte kein Auge zumachen.

Während ich hellwach in der Dunkelheit lag und an die Decke

starrte, an der noch ein paar Planeten-Aufkleber aus Kindertagen leuchteten, widerstand ich dem Drang, nach unten zu gehen und nachzusehen, was sie trieben. Irgendwann fing ich an, Schafe zu zählen. Wie immer wirkte es und schon nach ein paar Minuten war ich eingeschlafen. Nur um kurz darauf aufzuschrecken, weil jemand mein Zimmer betrat. Es war Magda, die in einem leichten rosa Hemdchen in der Tür stand und schnalzte, damit ich aufwachte, so, wie sie es schon als kleines Kind immer getan und mich damit zur Weißglut gebracht hatte.

»Hannah?«, flüsterte sie, sobald ich mich verschlafen aufrichtete und mir die Augen rieb.

»WAS?«, zischte ich genervt.

»Schläfst du?« *Na, jetzt nicht mehr! Eine der dämlichsten Fragen, die es gibt. Wer immer behauptet, es gäbe keine dämlichen Fragen, kennt die hier nicht. Oder die Nummer, wenn dich einer auf dem Festnetz anruft und sich erkundigt, ob du zu Hause wärst.*

»JA!«, murrte ich augenrollend und sie lachte leise.

»Weißt du, wo Mason ist?« OH GOTT, ER WAR NICHT BEI IHR, ZUM GLÜCK!

»NEIN!«, rief ich aggressiver als beabsichtigt, weil ich wusste, dass ich jetzt sicher nicht mehr einschlafen konnte. So war es auch. Sobald Magda mein Zimmer verlassen hatte, lag ich erneut hellwach da. Aber der nächste Besucher ließ nicht lange an auf sich warten. Wenigstens klopfte der Jemand, also war es sicher keine von meinen Schwestern.

»Heee!«, flüsterte mir jetzt ein blonder Friedl Wuschelkopf zu und blieb in der Tür stehen.

»WAS?«, schrie ich schon fast und fragte mich, wieso sie nicht alle schlafen konnten. So wie normale Menschen.

»Weißt du, wo Magda ist?«

»NEIN, FRIEDL!«, knurrte ich. Wenigstens entschuldigte er sich noch für die Störung, bevor er die Tür hinter sich schloss und mich erneut in der Dunkelheit allein ließ. Schnaubend drehte ich mich auf die Seite und starrte die Wand an. Braune Augen ... lange Finger ... sanfte Lippen ... auf meiner Haut. Hmmm, ich seufzte genießerisch und kuschelte mich enger in meine warme Decke, da ging doch tatsächlich schon wieder meine Tür auf und Rosi stand da wie eine Erscheinung, mit weißem langem Nachthemd und goldblonden Haaren.

»BOAH, ROSI!«, rief ich aus und setzte mich mit einem Ruck auf. »ICH WEISS NICHT, WO ER IST!«

»Oh, okay!« Kichernd trat sie wieder den Rückzug an und ich blieb sitzen ... wusste, dass ich jetzt wirklich nicht mehr schlafen konnte, und stand schließlich auf. Gerade als ich zu meinem Schrank stapfen wollte, um mir eine Jogginghose anzuziehen, und mich fragte, wie sie es zustande brachten, sich in diesem relativ kleinen Haus zu verfehlen, als würden sie in einem Schloss wohnen, klopfte es schon wieder.

»WAS?«, rief ich in dem Moment, als Max seinen Kopf reinsteckte.

»Hey ... weißt du vielleicht, wo deine heiße blonde kleine Schwester ...«

»SAG MAL!«, schrie ich jetzt. »BIST DU BLIND! Die war eben noch hier! Habt ihr euch abgesprochen, mich zu nerven? Macht ihr eine Völkerwanderung, oder was ist bei euch falsch gelaufen?«

»Oh, äh ... keine Ahnung. Nein! Sorry, Prüdi!«, stammelte er nur und verschwand so schnell es ging. Mit verengten Augen schaute ich die Tür noch einen Moment an, doch kein weiterer Eindringling nervte mich, also schlüpfte ich in meine Jogginghose und schnappte mir meine riesengroße Kuscheldecke vom Bettende. Wenn ich nicht schlafen konnte oder es mir in diesem Chaotenhaus zu viel wurde, so wie jetzt, dann verschwand ich immer an meinen geheimen Ort.

Für eine Frühlingsnacht war es warm, also würde ich nicht mehr anziehen müssen als meine Puschelengelpantoffeln. Zwanghaft verdrängte ich jeden Gedanken an IHN, nahm meine Thermoskanne mit Tee und klemmte mir meine kleine Taschenlampe zwischen die Zähne, während ich die Decke um meine Schultern zusammenhielt, und schlurfte zur Tür. Doch kurz davor drehte ich mich noch mal um, denn ich hatte mein Tagebuch vergessen, in dem ich gerne meine intimsten Gedanken notierte. Ich holte es aus dem Nachtkasten, schob mir einen Bleistift hinters Ohr und klemmte das Buch zwischen zwei Finger der Hand, welche die Decke an Ort und Stelle hielt.

Gerade als ich so vollbepackt bei der Tür ankam und mich fragte, wie ich sie öffnen sollte, ging sie schon sehr langsam und quietschend auf – ohne vorheriges Klopfen. So … rotzfrech konnte nur einer sein! Wie angewurzelt blieb ich hinter der Tür stehen und sah dabei zu, wie Mason sich leise ins Zimmer schob. Sein Blick wanderte als Erstes zum Bett und ich hätte wetten können, dass er die Augen verengte, als er mich nicht darin vorfand. Also ging ich die zwei Schritte, die uns trennten, auf ihn zu.

»Maschon«, murmelte ich mit der Taschenlampe im Mund. Mittlerweile stand ich fast neben ihm und er ließ den absoluten Todesschrei los, als ich ihn plötzlich von der Seite ansprach.

»SHIT! Jetzt hab ich vor Schreck gefurzt! Ich bin Angstfurzer!«, verkündete er auch noch leise kreischend und fasste sich an die Brust.

»Gut schuu wischn«, murmelte ich immer noch mit der Taschenlampe im Mund, und Mason verdrehte die Augen, bevor er sie mir abnahm.

»Wohin schleichst du dich denn mitten in der Nacht?

Zu einem deiner Verehrer?«, stichelte er.

»Wenn du brav bist, nehm ich dich mit«, erwiderte ich lächelnd. Die Verehrer-Geschichte ignorierte ich, denn ich konnte wirklich nichts dafür. Ich machte den Männern hier im Dorf keine falschen Hoffnungen, und doch liefen sie mir nach.

»Pfff, was heißt hier, wenn ich brav bin … Es ist Nacht, Blowjob Girl, und ich habe schon zu lange auf meine Spiele mit dir verzichtet … Also vergiss das Wort BRAV ganz schnell. Das ist ein böses Wort!« OH GRUNDGÜTIGER! »Schau mich nicht an wie ein sexy Auto, und GEH … Ladys first, würde Prüdella wohl sagen, oder?«

Damit schob er mich bestimmt aus der Tür. Ich fühlte seinen Blick auf meinen nackten Beinen, während ich zum Ende des Flurs ging und die Dachbodenluke öffnete. Mason schaute mich fragend an, als ich ihm bedeutete, vorzugehen. Denn ich wollte nicht, dass er mir beim Hochklettern auf den Hintern starrte. Laut Knigge hätte ich als Frau zwar vorgehen müssen, aber das war mir im Moment egal. Auf dem verstaubten Dachboden, der mit Kinderzimmermöbeln und Kisten vollgestellt war, führte ein kleines Fenster auf das Dach. Wir mussten auf einen Karton steigen, um nach oben zu gelangen, und ich kreischte leise auf, als Mason mich einfach hochhob. Er lachte und folgte mir an die frische Luft. Das Fenster führte direkt auf das flache Garagendach, auf das ich sprang und mir einen empörten Blick von Mason einhandelte.

»In der Nacht über Dächer zu klettern, ist aber nicht gerade damenhaft«, flüsterte er. Ich kicherte nur leise und beobachtete ihn dabei, wie er sich anmutig auf den kühlen Beton schwang. Er musste ein Lachen unterdrücken, als er den uralten, mitgenommenen Klappstuhl sah, den ich schon vor Jahren hier hochgebracht hatte. Dieser würde uns beide wohl nicht aushalten, also breitete ich die Riesendecke auf dem Boden aus, legte all meine Utensilien ab, setzte mich im Schneidersitz darauf und klopfte neben mich, damit er Platz nahm. Und dabei fühlte ich selbst, wie ich STRAHLTE. Es war aufregend, mit ihm hier oben zu sein. Er bannte mich mit seinem Blick und schlenderte langsam auf mich zu. Seine dunklen Haare wehten leicht im warmen Frühlingswind und das Mondlicht schmeichelte seiner ebenmäßigen Haut. Er war schöner als der Rest der Menschheit. Immer wieder fiel es mir auf. Und er war hier oben … BEI MIR, und ich war so … aufgeregt und auch .. glücklich. Noch nie war ein Mann mit mir hier gewesen. Was war das nur mit Mason Hunter? Und wieso kribbelte es immer stärker, je näher er mir kam? Mason setzte sich mit einer fließenden Bewegung neben mich und einige Sekunden lang schauten wir beide nach oben. Der Himmel war sternenklar. Keine einzige Wolke störte. Die Luft war frisch und rein. Ein paar Grillen zirpten auf dem Feld, das sich nicht weit von unserem Haus entfernt befand.

»Und hier gehst du also immer hin, wenn du Zeit für dich brauchst«, stellte er fest und stützte seine Unterarme locker auf seinen aufgestellten Knien ab.

»Hm hm … Dieser Ort ist für mich wie dein Sessel für dich«, antwortete ich leise.

Ich traute mich nicht, ihn anzusehen, denn dann hätte ich ihn nur berühren wollen. Also legte ich mich kurzerhand auf den Rücken und schaute nach oben. Mason tat es mir gleich und verschränkte die Hände hinter dem Kopf. Wir schwiegen einträchtig, bis er leise sagte:

»Es hat mich verletzt, als du mich heute zurückgewiesen und verleugnet hast.« OH MEIN GOTT! Was sollte ich denn jetzt darauf antworten? Außer der Wahrheit. Er hatte ein Recht darauf, die Wahrheit zu erfahren, denn ich wollte ihn nicht unnötig quälen. Und ich wollte auch, dass er es wusste. Also schloss ich die Augen und antwortete leise:

»Ich fühle mich zu dir hingezogen, Mason. Ich weise dich nicht zurück, weil ich dich nicht will. Ehrlich gesagt muss ich viel öfter an dich denken, als es mir guttut, und ich fühle mich wohl, wenn ich mit dir zusammen bin – meistens zumindest. Diese Gefühle waren in meiner Lebensplanung nicht vorgesehen, und sie machen mir Angst, weißt du? Ich kenne dich doch eigentlich gar nicht …« Im Augenwinkel nahm ich wahr, wie er sich auf einen Ellenbogen stützte. Ich tat es ihm gleich, um ihn anschauen zu können.

»Glaubst du etwa, ich habe Ahnung von diesen Dingen? Glaubst du, ich habe keine Angst? Ich habe so eine verfluchte Angst davor, dass ich mir schon in die Hose pisse, wenn ich nur daran denke!« Er hatte tatsächlich Angst vor seinen Gefühlen für mich, das konnte ich ihm ansehen. Dabei war ich doch nicht für ihn gefährlich, sondern er für mich.

»Mason, du bist ein Herzensbrecher und ein Spieler. Du spielst ständig mit den Menschen um dich herum und manipulierst sie. Woher soll ich wissen, dass du es ausgerechnet mit mir ernst meinst? Immerhin betonst du immer, dass ich dein Spielzeug bin.« Sein Gesichtsausdruck wurde etwas weicher, was ihn nur schöner machte.

»Nicht DU, Babe … DU bist kein Spielzeug für mich. Dein Körper ist mein Spielzeug. Aber mit deiner Seele würde ich niemals spielen. Dafür ist sie viel zu unschuldig und rein, zu kostbar.« Wusste er überhaupt, wie man NICHT mit Menschen spielte?

»Aber was ist, wenn sie bei diesem Spiel trotzdem zerbricht?« Jetzt konnte ich nicht anders, als meine Finger zu kneten und meinen Blick von ihm zu lösen. Ich betrachtete eingehend die schön karierte Decke. Doch nur so lange, bis er mein Kinn mit Daumen und Zeigefinger anhob und mit seinem Blick den meinen wieder einfing.

»Bei dir ist alles anders, Babe. Ich will dich bei diesem Spiel nicht besiegen … Ich will nicht gegen dich kämpfen, sondern mit dir meinen Horizont erweitern. Wir stellen beide die Regeln auf. Und spielen dann in einem Team … Ich lerne von dir, du lernst von mir«, flüsterte er.

»Aber wir sind so verschieden. Wie soll das funktionieren? Du bist ein Rockstar. Du gehst auf Tourneen … Du hast ein Image in der Öffentlichkeit, zu dem ich absolut nicht passe. Du lebst in den Tag hinein, denkst nicht an morgen oder an die nächste Stunde; denkst nicht über Konsequenzen nach, sondern handelst einfach. Du nimmst dir skrupellos, was du brauchst, ohne lang zu fackeln, während ich jeden noch so kleinen Schritt mindestens hundert Mal überdenke. Ich gehe in die Kirche und lese die Bibel. Du gehst in den Stripclub und schaust dir den Playboy an. Außerdem will ich mir eine sichere Zukunft aufbauen, während du nichts von Verantwortung wissen willst. Du bist ein Chaot und ich bin ein Ordnungsfanatiker … Du bist laut … ich bin leise …«

Jetzt lachte Mason endlich und lockerte die Stimmung, indem er einschmiss: »Ich bin die Leber, du bist die Wurst … Ich bin der Bohner, du bist das Wachs … Was, wenn wir uns gegenseitig zum Ausgleich nutzen können? Was, wenn wir vom anderen lernen und an ihm wachsen können? Was, wenn wir aus unseren Gegensätzen Vorteile machen? Wo ein Wille ist, ist auch ein Weg, Babe. Das habe ich schon früh im Leben gelernt.«

Jetzt richtete ich mich auf und schaute auf sein entspanntes, absolut offenes und wunderschönes Gesicht hinunter. Ich konnte nicht glauben, was er gesagt hatte.

»Meinst du das ernst?« Er verdrehte die Augen und setzte sich ebenfalls ein wenig auf, um mit mir auf einer Höhe zu sein.

»Ich bin nicht nur der verrückte Rockstar. Ich bin vor allem ein Mann. Ein Mann, der weiß, was er will, und der all seine Leidenschaft in das steckt, was ihm wichtig ist und was er bewundert. Ich bewundere dich, Hannah, du bist mir wichtig ... und: Ich. Will. DICH! Mit allem Drum und Dran.« Er strich mir bei seinen brennenden Worten eine Strähne hinters Ohr und mein Gesicht wechselte abrupt die Farbe.

»Echt?« Ich brachte nicht mehr als ein Hauchen zustande.

»Ja ... in den letzten Tagen wurde es mir klar. Ich dachte, ich könnte einfach so weitermachen wie davor, aber ich kam mir so allein gelassen vor, nachdem du gegangen warst. Und auch wenn ich wusste, dass du wiederkommst, zogen sich die Tage hin wie Wochen. Verrückt, oder? Dabei kennen wir uns noch gar nicht so lange. Das ist mir schon klar ... aber davon abgesehen bin ich nicht der Einzige, der dich vermisst hat. Selbst Dom Dom und Sub Sub ging es so, die wollten nicht mal mehr poppen ... Es war zu ruhig im Haus. Keine kleine Stimme, die mir befiehlt, meinen Mist wegzuräumen und meinen Geist zu ordnen. Kein kleiner Körper, der mich in der Nacht wärmt. Kein Zeigefinger, der vor meiner Nase rumfuchtelt, und keine Lippen die mich gleichermaßen verführen und in den Wahnsinn treiben. Es war einfach SCHEISSE ohne dich ... deswegen bin ich zu dir gefahren ... Ich muss dich sehen, dich fühlen ... dir nahe sein – am besten immer! Also frag mich nie wieder, ob ich dich wirklich will. Denn das tue ich!« Behutsam umfasste er meine Wange mit einer Hand und strich mit seinem Daumen über meinen Wangenknochen.

»Ich will mit dir darüber streiten, wer die Zahnpasta offen gelassen hat. Ich will, dass du mich anschreist, wenn ich meine Klamotten durch die Bude schmeiße. Ich will meine sexy Prüdella sehen, die mich mit ihrem Rohrstock bedroht, und ich will Prüdella haben, die sich an mich klammert, weil eine

Schildkröte auf sie zumarschiert ... Ich will ... Blowjob Girl ... jede Nacht ... aufs Neue verführen, als wäre es das erste und das letzte Mal ... und sie so lange vögeln, bis wir beide nicht mehr laufen können. Das alles habe ich mir davor mit keiner Frau vorstellen können. Aber seitdem ich dich kenne, denke ich immer öfter an diesen Kram, und du fragst dich, ob es mir ernst mit dir ist? Mann, ich würde dir sogar bei einer Magen-Darm-Grippe den Kotzeimer halten!«

OH Gott. Er war ja so ... diese ganzen Vorstellungen ... Mir wurde ganz warm im Bauch. Ich spürte, wie sich in Überallschallgeschwindigkeit mein Herz für ihn öffnete. Genau so, wie es tagtäglich tausenden von Mädchen und Frauen auf diesem Erdball ging.

»Aber was, wenn ich dir nach einiger Zeit nicht mehr reiche? Du hast so viel Erfahrung mit Sex und all diesen Dingen. Da kann ich nicht mithalten!«

Für einen Moment sah er fast wütend aus. »Babe ... Es kommt, wie es kommen muss, wieso sich jetzt schon den Kopf über Dinge zerbrechen, die noch gar nicht stattfinden. Es gibt im Leben für nichts eine Garantie. Es ist der Moment, der zählt, und im Moment ist das hier mehr als genug ... Es ist alles für mich.« Dann hob er seine Hand und seine Fingerspitzen strichen federleicht über meinen Kiefer, während er samten flüsterte: »Mir reicht es, deine Haut unter meinen Fingern zu fühlen, zu hören, wie du schneller atmest, zu merken, wie ich dich errege ... Mir reicht es, wenn du errötest, weil ich dir Schweinereien ins Ohr flüstere und mit deinem Kopfkino spiele.« Langsam beugte er sich zu mir vor und hielt dabei meinen Blick fest. »Alles, was du mir gibst, ist für mich das größte Geschenk«, hauchte er und schaute mir in meine Augen, die vor Verlangen mittlerweile sicher pechschwarz waren. »Aber jetzt im Moment ...«

Er schluckte und seine Stimme wurde leicht rau. »…würde ich an deiner Stelle aufhören, mich so verlangend mit deinen Augen zu ficken, denn wenn du das tust, will ich dich mit meinen Fingern ficken.« Ich keuchte schockiert auf, als Bilder, in denen er seine Ankündigung wahr machte, auf mich einprasselten. Er lachte heiser und gab mir einen Kuss unters Ohr … ließ seine Lippen über meinen Hals gleiten.

»Ich begehre dich mit jeder Faser meines Körpers. Aber ich begehre nicht nur deinen Körper, sondern auch deinen Geist. Vergiss das nicht.« Ich erschauerte, als sein heißer Atem meinen Nacken kitzelte.

»Also geht es dir nicht nur um Sex?«, fragte ich mehr als atemlos und erschrak, als er abrupt von mir abrückte.

»Was denkst du, wieso ich mich so lange zurückhalte?«, knurrte er fast schon und seine Augen funkelten aufgebracht. »Wenn überhaupt, dann geht es um EROTIK, nicht um Sex. Um Sinnlichkeit, nicht um Geilheit, und um das Spiel mit der Lust, nicht darum, dass ich schnell Druck abbauen will. Der Weg ist das Ziel, Babe. Es geht nicht um plattes Rein und Raus. Es geht hier um DICH und MICH. Zwei Seelen. Zwei Körper. Und um nichts anderes.« Seine Augen gaben den Ausschlag … Dieser warme Blick, der bis tief in mein Inneres vordrang und dort gemeinsam mit seinen Worten alles aufwühlte.

»Okay …«, flüsterte ich heiser, denn die Zeiten, in denen ich ihm widerstehen oder ihm etwas abschlagen konnte, waren schon lange vorbei. »Aaaber ich bleibe am Tag Prüdella. Ich erledige meine Aufgabe. An erster Stelle bin ich immer noch deine Anstandsdame für die drei Monate«, murmelte ich noch schnell dazu.

»Und danach?«, fragte er wie aus der Kanone geschossen, und so etwas wie Freude breitete sich in mir aus … und ganz viele Schmetterlinge, wenn ich an *danach* dachte.

»Danach sehen wir, wie sehr wir uns angenähert haben.« Ich hatte so den Verdacht, dass es sehr nah sein würde, denn innerlich war ich jetzt schon untrennbar mit ihm verbunden.

»Gut, dann haben wir ja alles geklärt, Babe. Wir haben einen Deal ... und der Deal heißt Rock *und* Liebe!«, rief er und verwuschelte mir die Haare. Ich lachte leise und lehnte mich gegen seine Wange, als er sich vorbeugte und mich erneut am Hals küsste. Seine Hand legte sich leicht auf meine Hüfte und sein Daumen streichelte unter dem Oberteil meine Seite.

Eine Zeit lang schmiegte ich mich an ihn, fühlte die Berührung seines Daumens und seiner Hand mit jeder Faser und ließ mich von seinem atemberaubenden Duft einlullen. Als er die Bewegung kurz stoppte und dann mit seiner ganzen Hand über meine Haut glitt, setzte er dabei ein Prickeln in meinem Körper frei, das sich zwischen meinen Beinen sammelte. Ich wusste sofort, dass er das vorsätzlich machte, spürte, wie die Stimmung kippte ... Mein Herz schlug schneller ... Ich fühlte instinktiv, dass er gleich etwas sagen würde ... etwas ... Anrüchiges ...

»Das vorhin war kein Spaß. Ich will dich so gerne fühlen ... von innen ...« Bei seinen sanften, aber dreckigen Worten verschluckte ich mich fast. »Das heißt, ich würde dich gerne fingern, aber ich werde es nicht tun, wenn du es nicht willst.« Dann entstand eine kurze Pause, in der ich wieder mal Tomate spielte.

»Was, wenn ich es will ...«, flüsterte ich stockend an seinem Hals, denn ich genoss jeden seiner Finger auf mir. Wie wunderbar würde es sich da erst anfühlen, seine langen talentierten Finger IN mir zu haben? Er lachte leise, was mich erneut erschauern ließ, und rückte dann ein Stück von mir ab. »Wir müssen aber erst unsere Spielstunde einleiten ...«, verkündete er amüsiert, wenn auch rau.

»Okay«, antworte ich fast tonlos. Meine Kehle war mit einem Mal so schrecklich trocken. Seine Hand legte sich wieder an meine Wange und fuhr in meine Haare. OH ... ich liebte es, wenn er mich an den Haaren festhielt und meine Bewegungen lenkte. Das war so erotisch. Langsam beugte er meinen Kopf ein Stück und flüsterte: »Hi, Blowjob Girl!« Dann küsste er mich einmal sanft. Glatte, warme Lippen auf meinen.

»Hi, Mason«, japste ich. Er grinste breit und strich mit seiner Nase über meine.

»Möchtest du mit mir spielen?«, hauchte er und ich brachte das »Ja, Mason« beinahe nicht mehr raus. Aber ich schaffte es doch, und im nächsten Moment küsste er mich schon verlangend. Ausgehungert, drängend, berauschend ... unaufhaltsam zog er mich in seinen Bann. Immer und immer wieder ... Immer intensiver ...

Jetzt würde ich ihn das erste Mal in mir fühlen ... und alles, was ich versuchte, war nicht vom Dach zu fließen, weil er mich mit seinen Küssen schon wieder zum Schmelzen brachte.

CUT!

# Intro (Long Version)
## The xx

Langsam lehnte er sich zurück, sein intensiver Blick war auf mich gerichtet. Verlangend, glühend und gleichzeitig kühl. Ich wusste, dass er im Moment mit seiner Beherrschung kämpfte. Langsam, aber sicher wurde mir klar, was es für ihn bedeutete, jedes Mal aufs Neue so sanft und mitfühlend mit mir umzugehen. Es wurde mir klar, weil ich selbst am liebsten auf seinen Schoß gestiegen wäre, um ihn mit all der Leidenschaft zu überfallen, die ich für ihn empfand.

Natürlich beherrschte Mason sich. Denn ich bedeutete ihm etwas. Nicht nur etwas ... Vielleicht war er sogar in mich verliebt ... *verliebt* ... Ein Wort, das, bevor ich ihn getroffen hatte, in meinem Wortschatz nicht vorhanden gewesen war. Aber jetzt war es da. Er schmunzelte, bevor er sich noch einmal vorlehnte und seine Lippen sanft auf meine legte.

Zu früh löste er sich von mir.

»Ich will nicht, dass du dich erkältest, also lassen wir deine Traumrundungen verhüllt«, hauchte er an meiner Schläfe und seine Hand strich über meinen Oberarm bis zu meiner Schulter. »Ich werde dir nicht die Augen verbinden und ich werde dich nicht fesseln. Fühl dich frei zu tun, was auch immer du tun willst, Babe. Heute bin ich genauso dein, wie du mein bist ... Okay?«

Mein Verstand lief wieder mal auf Sparmodus, also bekam er nicht mehr als ein Nicken und ein leises Keuchen, als seine Finger völlig unerwartet über den dünnen Stoff meiner Jogginghose strichen ... einmal rauf und einmal runter ... direkt an meinem Schritt.

Er setzte sich gerade auf, streckte die Beine von sich und beugte die Knie ein bisschen, sodass er locker da saß. »Komm«, forderte er und hielt mir seine Hand hin. Als ich sie ergriff, half er mir hoch. »Leg deine Beine über meine Oberschenkel, winkel die Knie an und setz dich mir gegenüber so hin, dass es gemütlich für dich ist.« Etwas unsicher ließ ich mich breitbeinig vor ihm nieder, meine Knie lehnten an seinen Seiten. Er umfasste mit beiden Händen meine Oberschenkel, während er sich lächelnd nach vorne lehnte. Als er sprach, streiften seine Lippen mein Ohr.

»Irgendwann werde ich dich auf meinen Schoß heben, du wirst deine Füße hinter meinem Rücken verschränken und dann wirst du mich so in dich aufnehmen. Aber jetzt bleibt dein geiler Arsch auf dem Boden.«

Ich stöhnte leise, weil seine Stimme so erotisch klang, und drehte ihm mein Gesicht zu, um ihn zu küssen. Meine Zunge strich hauchzart über seine, bevor er den Kuss vertiefte und mit seinen Händen meine Knie von seinen Seiten löste, meine Beine etwas weiter spreizte und an meinen Innenschenkeln Kreise malte. Mein Atem strömte schneller in seinen Mund, als ich fühlte, wie seine Fingerspitzen sich in der Mitte trafen und am obersten Ansatz meiner Innenschenkel über den Bund meines nassen Höschens strichen. Er summte zufrieden in unseren Kuss, als er spürte, dass sogar meine Jogginghose durchnässt war. Es war mir ein bisschen peinlich, aber er küsste mich nur intensiver. Damit zeigte er mir, wie sehr es ihn erregte. Dann strich er mit dem Zeigefinger über die Mitte meines Höschen ... bis nach oben ... Den Punkt kannte ich schon und doch schockierte es mich, als ein Blitz durch mich fuhr, mein Rücken sich durchbog und ich laut in die sternenklare Nacht stöhnte.

»Mhhmm, ich liebe es, wenn du deine Lust unverhohlen hinausstöhnst und mir damit zeigst, wie sehr ich dich anmache«, raunte er heiser an meinen Lippen und verstärkte den Druck, sodass ich erneut nicht anders konnte, als zu stöhnen und ihn mit meinen Küssen zu überfallen.

»Das ist es, Babe ...«, murmelte er und ließ seine Finger nun kreisen. »Spürst du es? Dein Körper schreit nach Erlösung.« Und dann strich seine Hand langsam über meinen Venushügel nach oben. Er küsste mich sanft, während er sie zwischen den Bund meiner Hose und meine empfindliche nackte Haut schob – gleich unter mein Höschen. Nun entkam ihm ein kehliges Stöhnen, sobald er durch meine Locken fuhr. OH GOTT! Ich LIEBTE es mindestens genauso sehr, wenn ich spürte, wie sehr ich IHN anmachte!

»Du machst mich verrückt«, presste er hervor. Doch in dem Moment, als er mit einem Finger sanft zwischen meinen Falten entlang strich, lehnte er sich leicht zurück und blickte mir tief in die Augen. Seine Lippen waren geteilt, seine Nasenflügel gebläht, weil er schneller atmete. Sein Blick glühte und flackerte wild. Er sah wunderbar raubtierhaft und erotisch aus.

»Du bist so weich ... wie Seide ... Ich fühle schon jetzt, dass du hier wunderschön bist ...« Seine rauen Fingerspitzen glitten über meine empfindliche Haut. Ich wand mich ein wenig, strich mit den Händen über seine muskulösen Arme und umfasste sie. Mein Atem ging stoßweise und ich streckte ihm meine Hüfte entgegen, denn ich liebte es, wie er mich berührte.

»Du bist ... so einladend ...«, flüsterte er leise, umfasste meinen Kiefer mit der anderen Hand und drückte leicht gegen meinen Eingang, sodass ich genau fühlen konnte, dass ich ihm dort Widerstand leistete.

Gleichzeitig schob er einen Finger in meinen Mund ... was mich irritierte, aber gleichzeitig unsagbar erregte. Erschrocken keuchte ich auf und ließ von seinen Armen ab. Stattdessen klammerte ich mich an sein Shirt und schaute ihn fragend an, denn ich war doch bereit und wollte mich ihm nicht verschließen. Er lächelte wissend, war wunderschön und gleichermaßen gefährlich.

»Du musst dich entspannen, meine süße kleine Jungfrau«, singsangte er mit seiner zum Verzaubern geschaffenen Stimme. Dann beugte er sich vor und küsste mich sanft und beruhigend. Aber er konnte mich nicht täuschen. Seine Atmung ging genauso schnell wie meine – er war genauso aufgeregt wie ich.

»Lass mich herausfinden, wie du auf mich reagierst ... und wie genial du dich HIER anfühlst.« In dem Moment, als er das mit heiserer Stimme gegen meine Lippen hauchte, durchbrach er den Widerstand meiner Muskeln mit einem Finger ... glitt problemlos tief in mein Inneres, sodass ich ihn tief in mir spürte. Es war komisch, aber auch exquisit ... Besonders, als er den Fingern nach oben bog und zudrückte.

»AHHH!«, stöhnte ich und warf den Kopf nach hinten, meine Augen rollten zurück. Er drückte erneut auf den Punkt. »GOTT, Mason«, keuchte ich völlig überrumpelt von der Intensität der Impulse, die durch meinen Körper rauschten. Der Musiker in ihm wusste offensichtlich, wie er diese besondere Seite in mir zum Schwingen brachte.

»So ist es richtig, Babe ... Du bist so wunderschön, wenn du für mich stöhnst. Du fühlst dich so GUT an ...« Seine Stimme klang heiser, erregt und gleichzeitig völlig verbissen. Dann bewegte er seinen Finger langsam rein und raus, drückte dabei in konstantem Rhythmus auf diesen Punkt. Unsere wirren Blicke waren verwoben. »Du hast keine Ahnung, wie sehr es mich anmacht, dich so zu fühlen. Deine Muskeln, die sich bald um meinen Schwanz herum zusammenziehen werden ... deine

HITZE …«

»OH MEIN GOTT.« Er drückte fester auf den magischen Punkt in meinem Inneren. Meine Hüften kamen ihm entgegen und ich lehnte mich mit einem Ruck vor, vergrub mein Gesicht an seiner duftenden Halsbeuge, um das laute Stöhnen an seiner Haut zu dämpfen, das nun konstant im Rhythmus seines Fingers durch die Nacht hallte.

»Fühlst du das, Hannah?«, knurrte er rau in mein Ohr. »Du bist MEIN!« Meine inneren Muskeln zogen sich heftiger zusammen, woraufhin er in mein Ohr zischte. »Ich möchte, dass du für mich kommst, verflucht … Ich will spüren, wie du um meinen Finger herum pulsierst. Jetzt, Babe!«

Ein letztes Mal drückte er zu und alles in mir spannte sich an, bevor sich meine angestaute Energie mit einem von seiner Haut gedämpften »OHHH MEEEEIN GOOOOOTT« entlud. Fest presste ich die Augen zusammen und meine Hände krallten sich in sein Shirt, während meine Beine unkontrolliert an seinen Seiten bebten. Masons Finger bewegte sich im Einklang mit den heftigen Muskelkontraktionen. Im Einklang mit meinem Körper.

Er keuchte nun auch, was ich nur am Rande registrierte, da ich irgendwo durchs Universum schwebte.

Sein Zauberfinger glitt, als ich wieder halbwegs zu mir gekommen war, langsam mit einem schmatzenden Geräusch aus meinem Inneren. Dann umfasste er mit seiner großen Hand besitzergreifend die aufgeheizte, durchnässte Haut zwischen meinen Beinen, während ich mich immer noch in sein Shirt krallte. Träge strich ich mit meiner Nase über seinen Hals, versuchte meinen nach wie vor hektischen Atem zu kontrollieren und meinen umnebelten Kopf zu klären, da merkte ich erst, dass er geradezu keuchte.

Und ich fühlte mich schuldig.

Während er mich nach allen Regeln der Kunst verführt und wahre Wunder mit meinem Körper vollbracht, alle negativen Gefühle mit meinem Orgasmus vernichtet hatte, war er leer ausgegangen. Während ich nun geistig und körperlich aus einer wabbligen Endorphinmasse bestand, hatte er nichts von mir zurückbekommen und war nun noch angespannter als zuvor. Aber das war nicht der einzige Grund dafür, dass ich mein Gesicht enger an seine Halsbeuge presste, meine Hände langsam löste und sie an ihm hinuntergleiten ließ. Sein Körper versteifte sich komplett, als ich mit den Fingerspitzen vorsichtig über seine steinharte Erregung glitt, die sich aufbegehrend gegen den dünnen Stoff seiner Hose drängte. Es war wundervoll, ihn zu spüren. Nun wusste ich, was er meinte … Auch ich wollte ihn berühren, wollte ihn sich so wunderbar fühlen lassen, wie ich mich wegen ihm immer noch fühlte. Aber vor allem wollte ich auch mit ihm spielen!

»Was willst du an meinem harten Knochen?«, fragte er halb amüsiert, halb gepresst, und ich kniff die Augen zusammen.

»Ich will auch mit dir spielen …«, nuschelte ich und leckte mit meiner Zunge über seine süße Haut.

Er erschauerte und fragte: »War das gerade deine Zunge?« Ich lachte leise. Mit zitternden Fingern strich ich wieder herauf.

»Ich weiß nicht, wie ich dich berühren soll …« Mein Gesicht wurde garantiert knallrot, während er an meinen Haaren tief durchatmete.

»Sieh mich erst mal an, Babe«, forderte er ruhig. Er lehnte sich etwas zurück und hob mein Kinn an, sodass ich in seine dunklen Augen sehen musste, die mich gerade mit ihrem wachsamen Blick analysierten. Meine Finger waren erstarrt und ich schaute ihn an wie ein geblendetes Reh. Dieser wunderschöne Mann. Er gehörte MIR! Ich beugte mich vor und küsste ihn, ließ ihn aufstöhnen und dann grinsen. Seine freie Hand legte sich auf meine. Wie beim Tanzen verschlang er unsere Finger und strich mit meiner Hand an seinem Schritt hinunter. Und wieder hinauf … langsam … Fester als ich … Er ließ mich seine Form genau fühlen, bis nach unten … und nach oben … nach unten … und nach oben … Dabei zischte er in meinen Mund, und es erregte mich erneut, dass ich ihm solche unbeherrschten Geräusche entlocken konnte. Mason brach aus unserem Kuss aus, indem er den Kopf mit einem strangulierten Stöhnen nach hinten fallen ließ. »Oh SHIT, Hannah …«

OH GOTT! Wie in dem Lied … Er ließ mich seine Form umfassen, und ich konnte fühlen, wie er zuckte. »Du fühlst dich genial an …«, flüsterte er und führte unsere ineinander verschränkten Finger nach oben, schob sie unter den Bund seiner Hose und fing dabei mit seinen dunklen Augen meinen Blick auf. Ich biss mir auf die Lippe, als ich seine Spitze fühlte. Er umfasste *ihn* mit unseren Händen und forderte mit rauer Stimme: »Zieh die Hose runter!« Ich tat es und sah nach unten …

Da war er. SEHR hart, SEHR groß, absolut gerade und genauso wunderschön wie der Rest … direkt in meiner Hand. Mein Blick flog zu ihm hoch und er lehnte seine Stirn gegen meine. Ich LIEBTE es, wenn er das tat.

»Ich habe so lange davon geträumt, deine Hand um meinen Schwanz zu fühlen. Du weißt nicht, was du mir antust, wenn du mich dabei auch noch so unschuldig anschaust, Hannah …« Langsam ließ er unsere Hände nach oben gleiten, sodass seine Eichel komplett unter seiner Vorhaut verschwand, und wieder zurück. Fasziniert beobachtete ich das erregende Bild. Ich konnte ihn nur mit äußerster Mühe umfassen. »Du solltest immer langsam anfangen, wenn du mich berührst. Denn deine Hände auf mir fühlen sich so berauschend an, dass ich ansonsten sofort explodiere«, flüsterte er mit zusammengepressten Zähnen.

»Schau, wie du mich erregst.« Er glitt noch mal nach oben und aus seiner Eichel floss ein Tropfen weißer Flüssigkeit. »Das ist der Lusttropfen ... Er hat einen wirklich passenden ... ARGH!« Ich hatte meinen Daumen über seine Spitze streichen lassen, um die Feuchtigkeit aufzusammeln. »OH SHIT«, fluchte er, als ich meine Hand hob und den Daumen ableckte, einfach aus Neugier, weil ich wissen wollte, wie Mason schmeckte.

Er verharrte in der Bewegung und starrte mich schockiert an, während ich die leicht bittere und doch süßliche Flüssigkeit von ihm kostete. »Willst du mich vielleicht töten?«, fragte er nur und schloss die Augen. Ich biss mir auf die Lippe und überlegte, mit was ich den Geschmack vergleichen könnte. Allerdings fiel mir nichts Sinnvolles ein.

»Wie schmeckt's?«, erkundigte er sich leicht schmunzelnd.

»Nach dir ... also lecker!«, erwiderte ich grinsend und beugte mich vor, um ihn zu küssen. Sollte er doch selber kosten ... Sanft strich ich mit meiner Zunge über seine Unterlippe und legte meine Finger erneut fest um seine warme Härte. Er zischte und streichelte mit einer Hand über meine Wange, während er den Kuss vertiefte und ich langsam an ihm rauf und runter strich.

»Du machst das gut, Babe«, versicherte er mir und ich erschauerte, weil die Erregung in seiner tiefen Stimme mich fast wahnsinnig machte. Automatisch wurde ich nach einiger Zeit schneller und meine Zunge streichelte ihn fester ... Sein Atem beschleunigte sich ... Seine Hand presste sich enger gegen meinen Unterkörper und ich seufzte, als sein Handballen gegen meinen obersten Punkt drückte. Er drückte noch mal.

»Ahh«, stöhnte ich in seinen Mund und fühlte, wie seine Lippen sich erneut zu einem Lächeln verzogen. Und obwohl er so heftig atmete ... obwohl er schon härter als Stein in meiner Hand war, obwohl er augenscheinlich kurz davor war, die Kontrolle zu verlieren, war er noch in der Lage, sich zu beherrschen, und versenkte unerwartet einen Finger in mir. Keuchend bog ich meinen Rücken durch und drängte mich enger an ihn, wobei ich seine Bewegungsfreiheit einschränkte, doch er rieb weiterhin seinen Handballen an mir und fand mit seinem Mittelfinger erneut diesen bestimmten Punkt in meinem Inneren. Seine magische Zunge tat den Rest. Nach nur wenigen Berührungen waren wir erregungsmäßig auf demselben Level.

»Mason ...«, wimmerte ich gegen seine Lippen und küsste ihn heftiger ... umschloss ihn fester ... bewegte mich schneller.

»Hannah ...«, erwiderte er kehlig stöhnend. Er klang genauso verzweifelt wie ich. »Ich werde dich ... verflucht noch mal ... anspritzen ...«, warnte er mich noch gepresst, als ich bereits das Zucken seiner Härte fühlte. Dann geschah es auch schon. Er drückte und rieb mich zum nächsten Orgasmus, während wir uns leidenschaftlich küssten und er durch mich auch seine Erlösung fand. Sein Sperma schoss aus ihm heraus und ich verschmierte alles zwischen seiner Haut und meinen Fingern, während ich nun langsam und genüsslich an ihm herunterstrich.

Im Moment unserer höchsten Lust hielten wir beide die Luft an. Fühlten uns gegenseitig beben. Doch sobald sich alles entladen hatte, wurde unser Kuss sofort sanft und leicht. Vorsichtig zog er seinen Finger aus mir zurück und ich hörte auf, ihn zu massieren. Nach und nach wurde er in meiner Hand weicher, während wir uns weiterküssten, komplett vom Geschmack des anderen berauscht.

»Wow«, murmelte ich irgendwann an seinen weichen, geschwollenen Lippen und spürte sein breites Grinsen.

»Du sagst es!«, hauchte er und küsste mich noch mal, während er seine Hand aus meiner Hose zog. Grummelnd beschwerte ich mich. Doch er lachte nur leise und gab mir einen abschließenden Kuss, bevor er seinen Finger an seinen Mund führte und ihn genüsslich ableckte.

»Mhhmmm, ich wusste, dass du geil schmeckst … und ich weiß, was unsere nächste Lektion sein wird, Miss Obermeier. Ich werde dich mit meinem Mund kosten!«

»Oh GOTT!« Ich hatte wegen diesem Mann gerade zwei phänomenale Orgasmen gehabt, dennoch wurde ich sicher tiefrot, als er das gewohnt frech und gleichzeitig so sinnlich sagte. »Babe … keine falsche Scham. Meine Wichse klebt noch an deinem Bauch und ich muss sagen, sie gefällt mir dort außerordentlich gut. Auch wenn sie mir in deinem hübschen Mund noch besser gefallen würde«, stichelte er weiter und tippte mir auf die Unterlippe.

»Mason!«, rief ich empört aus und ärgerte mich, dass ich meinen Rohrstock nicht dabei hatte, sonst hätte er von mir damit einen Schlag auf seinen süßen Hintern bekommen. »Wo ist mein Rohrstock, wenn ich ihn brauche!«

»Oh oh oh!« Er rückte von mir ab, schaute mich gespielt schockiert an und schlug seine Hand vor dem Mund. »Nicht der Rohrstock! Ich bin keine Sub!« Ich konnte nicht anders, als zu lachen und er packte mich enger um meine Hüften, setzte sich in den Schneidersitz und platzierte mich jetzt doch auf seinen Schoß. Ich verschränkte die Arme hinter seinem Nacken und vergrub mein Gesicht an seinem Hals, was er mir nachtat und eine Melodie gegen meine Haut summte.

Meine Finger strichen sanft durch seine dichten Haare, massierten seine Kopfhaut, während meine Ohren dem lieblichen Klang seiner Stimme lauschten.

Da fiel es mir ein. »Sub … was heißt Sub eigentlich?«, flüsterte ich.

»Sub ist die Abkürzung von Submissive. Übersetzt heißt es Unterwürfige. Frei übersetzt heißt es Gehorsame oder Devote. Das Gegenteil davon ist der Dom. Eine Abkürzung für dominant. Das muss ich wohl nicht übersetzen.« Meine Augen wurden groß.

»Wie kommst du darauf, deinen Schildkröten solche Namen zu geben?« Er zuckte mit den breiten Schultern.

»Das kommt aus dem BDSM-Bereich.« Ich runzelte die Stirn, denn nun war ich komplett verwirrt.

»Aus dem Babes-die-Salat-mögen-Bereich?« Er lachte leise.

»Nein, Babe ... das war eine Verarsche. Sorry, aber ich kann einfach nicht widerstehen. BDSM ist eine sexuelle Ausrichtung, in die oft verschiedene Fetische einfließen. Das kommt von dem Wort Fetischismus, das die Verehrung bestimmter Gegenstände bezeichnet. Fetische können aber auch bestimmte Vorlieben beim Sex sein. Manche stehen auf normalen Geschlechtsverkehr, manche auf Anal, manche auf bestimmte Gegenstände ... andere auf bestimmte Körperteile oder anderen, sehr kranken Scheiß, den ich dir jetzt hier nicht erläutern werde. Ich steh beispielsweise auf deine Lippen und auf deine Titten ... und ich steh auf dich. Du bist *mein* Fetisch.« Er lachte und strich mit seiner Hand an der Seite meiner Brust entlang. »Auf jeden Fall beinhaltet BDSM Bondage und Disziplin, Dominanz und Unterwerfung und Sadismus und Masochismus.«

»Und was heißt das alles in Klartext?«

»Das heißt, dass du machst, was mir gefällt. Wenn du brav bist, während ich mich an dir austobe, bekommst du anschließend eine Belohnung ... Wenn du nicht brav bist, wirst du bestraft. So sind die Spielregeln. Die plumpe Kurzfassung.« Er grinste.

»Aber ich mache doch gar nichts, weswegen du mich bestrafen müsstest«, entgegnete ich mit einem schmollenden Unterton.

»Wer suchet, der findet. So ist das auch bei Fehlern ... nicht wahr, Prüdella?«, neckte er mich. »Außerdem tust du ständig Dinge, für die ich dich gerne bestrafen würde«, ergänzte er schmunzelnd.

Und ich wusste, dass er das alles wieder mal nicht ernst nahm und auch nur die Hälfte von dem, was er sagte, ernst meinte.

»Gut zu wissen«, murmelte ich und wollte gerade zu der Frage ansetzen, ob DAS wirklich SEINE persönlichen Vorlieben waren, als von unten Magda rief.

»HAAAANAAAAAAAH, bist du schon wieder auf der Garage?«

»OH NEIN!«, rief ich aus und drückte Mason runter. Nur ungern gehorchte er und ließ sich nach hinten sinken, während ich meine Beine unter ihm hervorzog, um mich flach auf ihn zu legen. »Sei ruhig«, flüsterte ich ihm zu und lauschte. Wie erwartet ging unten die Tür auf.

»HANNAHAA, bist du da oben?«, rief sie mit ihrer penetranten, zu hohen Stimme. Mason grinste nur und zog mich mit beiden Armen an sich, wuselte seine Nase in mein Haar. »Ja, Hannah ist oben …«, raunte er leise lachend in mein Ohr und ich verdrehte die Augen.

»Ja, Magda!«, antwortete ich und hielt ihm mit einer Hand den Mund zu. »Ich bin hier oben! Ich komme gleich!«

»Yeah!«, freute sich Mason mit funkelnden Augen.

»Hannah! Der sexieste Mann auf dieser Welt ist irgendwo bei uns im Haus und du verkriechst dich, um Trübsal zu blasen! Du bist offiziell nicht mehr ganz dicht!«, rief Magda und ich musste mir mein Lachen verkneifen.

Der sexieste Mann auf dieser Welt lag unter mir, und ich hatte während der letzten Stunde alles andere gemacht, als Trübsal zu blasen, sondern meine Zukunft mit ihm geplant und meinen Körper mit ihm geteilt … also war ich offiziell dicht!

»JA, Magda, IST GUT!«, erwiderte ich nur und verdrehte die Augen, als sie schnaubte und irgendwas vor sich in grummelnd davonmarschierte. Die Haustür fiel mit einem *Rumms* zu und ich schaute schüchtern lächelnd auf Mason hinunter. Gleichzeitig blies ein kühler Wind über meine Haut und ich erschauerte.

»Dir ist kalt«, stellte er fest und ich wollte fast widersprechen, als er mich von sich hob und meine Utensilien zusammensuchte. Als er mein Tagebuch in die Hand nahm und es grinsend zwischen seinen langen talentierten Fingern drehte, schnappte ich es ihm weg.

»Meine Gedanken!« Fast hätte ich ihm die Zunge rausgestreckt, aber ich verkniff es mir und ließ ihn alles andere aufsammeln, bevor wir uns auf den Weg nach unten machten. Mason wickelte mich davor aber noch in die Decke ein.

»Wir müssen leise sein! Sehr leise!«, warnte ich ihn mit erhobenem Zeigefinger und erschrak mich zu Tode, weil er einfach über das Dach sprang und gleich in das Fenster schlüpfte. Als ich zu ihm sah, stand er schon ungeduldig auf der Kiste und hielt mir seine Arme entgegen.

Ich ließ mich rückwärts runtergleiten und wurde von ihm das letzte Stück gehoben. Bevor ich die Dachluke öffnete, lauschte ich natürlich, ob die Luft rein war.

Alles war still.

Also kletterten wir die Treppe nach unten, aber nicht, ohne dass Mason sich den Kopf an den Dachbalken anschlug.

Wir schafften es unbemerkt in den Flur, dann dachte Mason, er müsse mich aus dem Konzept bringen, und piekste mir zielsicher in die Seiten. DAS KITZELTE!

»HÖR AUF!«, rief ich leise kichernd und stürmte in mein Zimmer, bevor ich das ganze Haus zusammenlachte. In meinem Zimmer wollte ich ihm die Tür vor der Nase zuknallen, aber er war schneller und stellte seinen Fuß dazwischen.

»AHH!« Mit einem leisen Kreischen stürmte ich davon, doch er schmiss die Tür mit einem lauten Knall zu, sperrte sogar noch ab und packte mich gleichzeitig mit einem Arm um die Taille …

»Ich bin im Hunter-Modus. Es gibt kein Entrinnen für dich«, flüsterte er grinsend in mein Ohr und marschierte, mich dominant vor sich her schiebend, zum Bett. Seine Arme schlang er um meinen Bauch, seine Lippen strichen über meinen Hals.

»Das habe ich schon ge…MERKT!«, quiekte ich, als er uns herumschleuderte und mich mit sich auf die Matratze zog.

»PSST … leise … Babe … Sonst kommen deine Schwestern und wollen mich wieder mit Schweineohren füttern!« Mit seinen amüsierten Worten schwang er uns erneut herum, sodass ich an der Wand lag und er neben mir.

»HEY! Ich mag Schweineohren! Und du magst meine Schwestern«, stellte ich nicht so erfreut fest. Mason richtete sich auf und zog mir die Hausschuhe aus.

»Ja … sie sind nett … und heiß. .. aber dich mag ich trotzdem lieber, und du glaubst doch wohl nicht wirklich, dass ich dumm genug bin, eine deiner Schwestern zu vögeln oder auch nur daran zu denken?« Schon folgte sein Shirt und ich riss meine Augen auf, um ihn in der Dunkelheit erkennen zu können. Seine Haut strahlte hell, während die Tätowierung dunkel herausstach. Ich konnte nicht anders und hob meine Hand, um mit dem Zeigefinger an seinem blitzenden Brustwarzenpiercing rumzuspielen. Sein Nippel versteifte sich und er schnaubte.

»Hey … was wird das? Willst du noch eine Revanche?« Er legte sich wieder hin und versuchte, sich seiner Hose im Liegen zu entledigen, während er das ganze Bett zum Wackeln brachte. Ich starrte seinen Körper an … sah zu, wie er die Jogginghose über seine Hüften zerrte, und zog meine zitternden Finger zurück. Als er es geschafft hatte und ich gelähmt von seinem Anblick neben ihm lag, breitete er die Decke über uns aus und schlang seinen Arm um meine Hüfte.

Mit einem bestimmenden Ruck wurde ich gegen seinen Körper gepresst und lächelte an seiner Brust, küsste ihn einmal zwischen seinen Brustmuskeln, legte meine Hände auf seine nackte Haut.

Ich war zu Hause ...

»Morgen fahren wir wieder zu dir ...« Und ich freute mich darauf!

»Ja, dann können wir wieder auf dem unbequemen Sessel schlafen, was für eine Freude«, fügte er ironisch hinzu. Ich kicherte leise und kuschelte mich enger an seinen harten Körper. Schon bald schliefen wir ein ... auch wenn es mir nicht gerade leicht fiel, denn meine Finger wollten ihn weitererkunden und meine Lippen sehnten sich nach seinen Küssen.

Aber vielleicht war es besser, mich schon mal in Zurückhaltung zu üben, denn ich musste schließlich meinen Job erledigen, das hatte für mich oberste Priorität.

\*\*\*

Am nächsten Morgen war ich erst mal geschockt, dass jemand bei mir im Bett lag, doch dann erkannte ich, dass es Mason war, und mein Herz begann, schneller zu schlagen. Meine Hände wurden feucht und mein Mund trocken. Ich wollte ihn ... SOFORT! Mein Körper schrie nach ihm.

Aber es war Tag, also schmiss ich ihn halb schlafend aus meinem Bett, sodass er ohne einen Kuss im Morgengrauen nach unten schleichen und so tun musste, als hätte er mich gestern Nacht nicht um den Verstand gefingert, wie er das so schön nannte ... und als hätte er in meiner Hand keinen Orgasmus gehabt.

Ich verschüttete Kaffee über den ganzen Tisch, ließ einen Teller auf den Boden fallen und stellte mich bei dem Gespräch mit meinem Vater wie ein vierzehnjähriges Mädchen an, weil meine Gedanken die ganze Zeit zu Mason Hunter schweiften – und seine Finger in mir.

Komischerweise konzentrierten sich Magda und Rosi nicht auf Mister Ich-lasse-dich-nicht-klar-Denken, sondern tänzelten um Max und Friedl herum, als wären sie von nun an ihre Götter. Die beiden Männer wurden gefüttert und verhätschelt, was das Zeug hielt, während mein Vater an der Stirnseite des Tisches saß und alles mit verengten Augen beobachtete. Anscheinend hatten ihre Wege sie gestern Nacht irgendwie zusammengeführt. Ich war verwundert, wie schnell sich doch ihre Gefühlswelt ändern konnte. Als ich auf die Toilette ging, fragte mich Rosi über mein Verhältnis zu Max aus, wohlgemerkt während ich auf der Schüssel saß, was sie, so wie immer, nicht interessierte.

Ich versicherte ihr gelangweilt, dass das zwischen uns nichts Ernstes war. Sie schien erleichtert zu sein, denn sie hatte die Nacht damit verbracht, mit ihm zu reden, was ihr gut gefallen hatte. Und schon bald ließ sie mich in Ruhe mein Geschäft zu Ende erledigen. Dann kam Magda dran, die mich mit Fragen über Friedl löcherte.

Als ich einen Tobsuchtsanfall bekam, verschwand diese jedoch. Ich stand auf und sperrte hinter den beiden motzend ab, bevor noch jemand anders auf die Idee kam, mich zu stören. Mason oder vielleicht mein Vater …

Nach dem Frühstück bekam ich Charlies Zorn zu spüren und wurde über sie Situation im Bad ausgefragt. Ich versuchte ihm aufzutischen, dass ich fast in der Wanne ertrunken wäre und Mason mich mit Mund-zu-Mund-Beatmung gerettet hätte. Doch mein Vater war nicht dumm und sein skeptischer Blick erfasste jede meiner Bewegungen.

Er kannte mich nur als sachlichen und vorausschauenden Menschen, deswegen hatte ihn das gestern ziemlich aus dem Konzept gebracht. Außerdem war ihm bewusst, was ich normalerweise über das männliche Geschlecht dachte, und er machte sich Sorgen um meinen Gemütszustand. Zum Glück lenkten ihn meine Schwestern von mir und Mason ab ... während wir ins Auto einstiegen. Denn Magda hing an Friedls Hals und steckte ihm die Zunge in diesen, während Rosi mit Max noch mal die Schildkröten streichelte.

Nachdem ich meine Schwestern umarmt und meinem Vater einen Kuss auf die Wange gegeben hatte und mir alle damit gedroht hatten, mich bald zu besuchen, wurde ich von Mason auf die enge Rückbank der Ente gezogen, wo ich aber so weit wie möglich von ihm abrückte. Max setzte sich mit Dom Dom und Sub Sub nach vorne, während Friedl fuhr und die Musik aufdrehte. Natürlich musste er sie sofort wieder leiser drehen, denn ich hatte keine Lust, einen Hörschaden zu erleiden.

»Was tun wir, wenn wir wieder in meinem Revier sind?«, flüsterte mir Mason plötzlich ins Ohr und seine langen talentierten Finger legten sich auf meinen Oberschenkel. Ich schaute ihn warnend mit hochgezogener Augenbraue an, und das so lange, bis er die Augen verdrehte und seine Finger zurückzog. »Ich hasse Prüdella!«, murmelte er nur vor sich hin, verschränkte die Arme vor der Brust und schmollte die ganze Fahrt über wie ein Kind. Mein Lachen unterdrückend schaute ich aus dem Fenster. Die Fahrt war die Hölle. Da war diese Elektrizität zwischen uns, das Knistern und der enge Raum. Keine gute Mischung. Doch ich lenkte mich von Mason ab, indem ich die nächsten Lektionen im Kopf durchging.

Einen Anzug hatte ich ihm bereits bestellt, denn die Maße kannte ich ja. Wir mussten auf jeden Fall noch an seiner Ausdrucksweise arbeiten und an seinem Auftreten. Außerdem wollte ich erfahren, wieso er sich immer so unmöglich benahm, obwohl er es besser konnte, wenn er wollte. Dazu musste ich einige tiefgründige Gespräche mit ihm führen Auf diese freute ich mich schon, hatte aber gleichzeitig Angst davor. Denn ich wusste, ihn verfolgten dunkle Schatten aus seiner Vergangenheit.

Ich wusste, dass er hart mit ihnen kämpfte und dass er sich mit ihnen arrangieren musste, um sich der Gesellschaft gegenüber »normal« verhalten zu können. Jedoch war da auch meine persönliche Seite, die sich zu ihm hingezogen fühlte und mit ihm leiden würde. Diese musste ich unbedingt zurückstellen.

Es gab noch viel zu tun ... also nahm ich mir vor, mich vorerst wieder auf das zu konzentrieren, weswegen ich hier war ... Dem Rüpelrotzer Manieren beizubringen und ihn gesellschaftstauglich zu machen. Auch wenn ich wusste, dass seine Spielstunden meine Gedanken immer wieder aufs Neue vernebeln und mich vom eigentlichen Thema ablenken würden.

***

Als wir das Haus betraten, fiel ich fast rückwärts wieder hinaus, denn es roch darin wie in einer Schnapsbrennerei. Während Mason seine Monsterschildkröten verstaute und ihnen Futter gab, lief ich erst mal zu den Fenstern und öffnete sie alle sperrangelweit. Dann drehte ich mich zu ihm um, stemmte die Hände in die Seiten und betrachtete ihn mit verengten Augen, wie er da unschuldig vor dem Schildkrötenhäuschen saß.

»Es waren drei Tage und hier sieht es wieder so aus wie am ersten Tag!« Ich zeigte auf die diversen leeren Whiskyflaschen, auf die überall verteilten Chips ... auf die herumliegenden Decken und die überquellenden Aschenbecher auf dem Tisch.

»Du bist schuld«, verkündete er nur locker und zuckte mit den Schultern, während er in die Küche marschierte, als wäre hier keine Bombe explodiert, um sich einen abartigen Instantkaffee zu machen.

»Ich bin schuld? Tja, es ist wohl immer leichter, alles, was schief geht, auf andere zu schieben, oder?«, fragte ich mit hochgezogenen Augenbrauen und ging ebenfalls in die Küche, um ihm die Mülltüten in die Hand zu drücken. Er seufzte genervt, ließ den Kopf nach vorne hängen … schmollte göttlich … machte sich aber auf den Weg ins Wohnzimmer und fing an, den dort verstreuten Müll einzusammeln.

»Ja, du bist schuld. Ich hab doch gesagt, mir ging es scheiße ohne dich! Scheiße innen, scheiße außen! Und ich musste mich nun mal irgendwie davon ablenken, dass ich ohne dich … Wäääähh …« Er leerte angewidert einen Aschenbecher aus, in den irgendein sehr schlauer Mensch – vermutlich Mason – Whisky geschüttet hatte.

»Ich wollte heute eigentlich wieder unsere professionelle Zusammenarbeit aufnehmen, aber es scheint so, als müssten wir wirklich komplett bei null anfangen und erst mal putzen.« Ich goss heißes Wasser über sein Kaffeepulver. »Mit ›wir‹ meine ich natürlich SIE«, ergänzte ich noch schmunzelnd.

»WOAH! Was hab ich dir getan? Ich soll den ganzen Scheiß alleine aufräumen?«

»Japp!« Ah, sein verdatterter Gesichtsausdruck war Genugtuung pur, aber ich verkniff mir mein schadenfrohes Lachen.

»NEIN, das mach ich nicht!«, rief er aus und schmiss den Müllbeutel hin. Ich schüttelte tadelnd den Kopf und schnalzte mit der Zunge.

»Muss ich erst meinen Rohrstock holen?«, erkundigte ich mich grinsend und Mason schnaubte, bevor ein atemberaubend teuflisches Grinsen sein Gesicht verdunkelte.

»Kannst du gerne machen, Babe«, säuselte er. Langsam ging ich auf ihn zu.

»Wissen Sie was, Mister Hunter?«, fragte ich, und nahm einen kleinen Schluck von dem Kaffee, bevor ich ihm die Tasse reichte. Er grinste und nahm ihn überheblich entgegen, wartete darauf, dass ich weiterredete.

»Wenn Sie es schaffen, das Haus innerhalb von zwei Stunden allein wieder in den Zustand zu bringen, in dem ich es verlassen habe, bekommen sie eine Belohnung von mir«, verkündete ich und ignorierte mein zu schnell schlagendes Herz.

»Belohnung?« Er zog eine Augenbraue hoch, denn in seinem Kopf klangen sicher die Glocken. »Was für eine Belohnung?« Seine Augen wurden einen Tick dunkler, sein Kiefer einen Tick härter ... Vorfreude durchfuhr mich und ich lächelte ihn an. Sicher wurde ich knallrot, als ich mich mit einer Hand an seinem muskulösen Oberarm festhielt und mich auf die Zehenspitzen stellte, um meine Lippen ein einziges Mal weich auf seine nachgebenden Götterlippen zu pressen. Er stöhnte sofort, denn er hatte sicher nicht damit gerechnet, dass ich ihn einfach so küsste.

»So in der Art«, murmelte ich und strich mit meiner Zunge über seine süße Unterlippe, widerstand dem Drang, das hier auszuweiten und in seinen Mund vorzustoßen, um mit ihm zu verschmelzen. Ganz im Gegensatz zu ihm. Doch ich ahnte, was er vorhatte. Als er seinen Arm um meine Taille legte, um mich an sich zu ziehen, löste ich mich von ihm und lief die Treppe nach oben.

»Zwei Stunden, Mister Hunter!«, rief ich und verschwand im Bad, damit ich mir andere Sachen raussuchen und mich ein wenig frisch machen konnte. Nur um dort festzustellen, dass ich soeben meine Menstruation bekommen hatte. NA TOLL! Am liebsten hätte ich meinen Kopf gegen die Wand geschlagen, denn so hieß es, noch eine Woche länger auf die ultimative Vereinigung mit dem Verführungskünstler da unten zu warten.

\*\*\*

Die Woche verging schnell. Am Tag arbeitete ich mit Mason, und das viel und so lange, bis er motzte und quengelte und mich als Sadistin beschimpfte. Ständig saß ich ihm im Nacken, denn ich wusste, dass man am Ball bleiben musste. Aber er würde schon bald wieder anfangen zu arbeiten. Promotion, Tonstudio, Interviews, rote Teppiche, Fotoshootings, die Vorbereitung für die nächste Tournee und einiges mehr. Das alles stand auf seinem Plan und ich musste ihn begleiten. Schon jetzt saß er stundenlang mit seiner Gitarre da und klimperte vor sich hin, sang dazu wahnsinnig ausgefeilte Melodien und verbrachte unzählige Stunden mit Max und Friedl in seinem Keller.

Solange er noch nicht voll arbeitete, machte ich also Dampf. Ich kaufte ihm einen Knigge, den wir zusammen studierten, begleitete ihn zum Einkaufen und ließ ihn seine Fehler berichtigen, sobald er sie bemerkte ... was oft erst Stunden später der Fall war. Wir gingen zusammen Kaffee trinken und übten mit Friedl und Max noch mal Begrüßungs- und Verabschiedungsformen. Außerdem inspizierte ich seinen Kleiderschrank und teilte seine Kleidung verschiedenen Anlässen zu. Wir machten gute Fortschritte, aber jedes Mal, wenn ich mich mit ihm tagsüber hinsetzte und tiefer in seine Psyche vordringen wollte, blockte er ab ... oder provozierte mich, damit ich das Thema sein ließ. So verschlossen, wie wir beide am Tag waren, so offen waren wir in der Nacht.

Mason flippte fast aus, als ich ihm schriftlich mitteilte, dass ich verhindert war, weil ich meine monatliche Blutung hatte:

*Freistellungstellungsantrag.*

*Hiermit beantrage ich vom 05. bis 12.04.16 eine Freistellung meiner unteren Körperhälfte wegen Menstruationsbeschwerden.*

*Hochachtungsvoll,*

*Hannah Amalia Hauptmeier*

Als er sich nach seinem Tobsuchtsanfall wieder beruhigt hatte, wurden seine Spielstunden umfunktioniert, denn er konnte mich auch in andere Sphären versetzen, ohne meinen Unterleib zu berühren. Er war wie immer süß und mitfühlend, drängte mich nie und machte mich schier wahnsinnig, indem er mich nur durch die Reizung meiner Brustwarzen, die er geradezu vergötterte, mit seinen Fingern und seinen Lippen zum Orgasmus brachte.

Am nächsten Abend bekam ich eine ausgiebige Ganzkörpermassage ... zuerst kraftvoll, um Verspannungen zu lockern, dann so weich und sanft, dass ich unter seinen wundervollen Händen einschlief. In den nächsten Nächten kam er mit ein paar komischen großen Büchern daher ... und diese hatten es echt in sich.

Eins davon hieß: »Das Kamasutra«. Darin gab es Abbildungen diverser Stellungen und er erklärte mir, wieso sie gut oder nicht so gut waren, welche Punkte auf welche Art gereizt wurden, und brachte mich zum Orgasmus, indem er mir die besagten Punkte an mir zeigte.

Natürlich war ich während des gesamten Gesprächs rot wie eine Tomate, und schließlich keuchte ich, als wäre ich einen Berg hinaufgestiegen.

Aber noch schlimmer wurde es, als ich danach verschwitzt in seinen Armen lag und er von mir wissen wollte, welche Stellungen mir mit ihm gefallen könnten.

Er brachte mich damit so sehr in Verlegenheit, dass ich aus lauter Verzweiflung so tat, als würde ich schlafen. Natürlich reizte er mich weiter und entlockte mir letztendlich mit ein paar gezielten Berührungen und Küssen, dass ich ihn gerne auf mir hätte ... und dass ich mir auch vorstellen konnte ... auf ihm zu sitzen ... während er mich liebte ... aber mehr war erst mal nicht drin!

Er hatte viele Bücher über Sex und alles, was damit zu tun hatte. Tantra, BDSM.

»Die Geschichte der O« … Letztere schockten mich ziemlich, doch Mason wusste, wie er mir Stück für Stück die Scham nehmen konnte. Ihm war klar, wie er mit mir sprechen und wie er auf mich eingehen musste.

Wieso war er in der Nacht so ein einfühlsamer Lehrmeister und am Tag so ein aufsässiger Schüler?

Wie auch immer … die Stunden mit ihm vergingen wie im Flug. Tagsüber brachte er mich zur Weißglut und in der Nacht zur Ekstase … Und zwar so sehr, dass ich es kaum aushielt.

Ich wollte mehr, wollte mehr Intensität, wollte mich weiter von ihm an die Grenzen treiben lassen.

Ich wollte eins mit ihm werden, wollte ihn nur für mich und ich wollte, dass er der erste und einzige Mann in meinem Leben werden würde.

Denn obwohl er diese rotzige Seite in sich trug, mit der ich mich nur schwer abfinden konnte, existierte da auch eine andere, faszinierende Seite, mit der er mich süchtig nach sich gemacht hatte.

Wie eine Spinne hatte er sein Netz gesponnen, sein Opfer angelockt, betäubt und es mit Haut und Haaren gefressen. Er hatte mich dazu gebracht, dass ich mich in ihn verliebte. Bis über beide Ohren. Hals über Kopf.

Und das innerhalb von zwei lausigen Wochen. Aber welche Frau hätte ihm schon widerstehen können?

Er war wunderschön, mächtig, hatte Geld, Charisma und Humor, war mitfühlend, wenn er wollte.

Und er wusste, wie man eine Frau verzauberte, auch wenn er ihre Grenzen überschritt.

Außerdem war er großherzig und vor allem absolut ehrlich und offen mit mir! Ich konnte ihm vertrauen. Und das war das Wichtigste.

Cut!

# Unausgesprochenes Verlangen

## (Muse)

Shit. Die Tage zogen sich endlos dahin, obwohl ich einen Haufen zu tun hatte. Mein Plattenboss machte Druck. Er wollte ein neues Album, und zwar so schnell wie möglich. Also ging die Maschinerie um *Sex on two Legs* wieder so richtig los.

Friedl, Max und ich konzentrierten uns auf nichts anderes als darauf, Songs zu schreiben. Das war uns noch nie schwergefallen. Ein paar Sachen schrieb ich alleine, meistens in der Nacht, während ich Prüdella beobachtete, wieder andere kreierten wir zusammen. Dieses Album würde genial werden. Es würde unsere letzten Alben von den vorderen Plätzen verdrängen, das wusste ich schon jetzt. Denn in einzelnen Songs war deutlich herauszuhören, dass sich mir neue Gefühlswelten eröffnet hatten, als die kleine braunhaarige Jungfrau in mein Leben getreten war. Die ihre verfluchten Tage hatte.

Ich wollte sie lecken. Und das schon, seitdem ich sie auf dem Garagendach ihres Elternhauses gefingert hatte.

Aber nein, wir sprachen ja hier von Prüdella, die offensichtlich nichts Besseres zu tun hatte, als mir permanent das Leben schwerzumachen. Aber dass ihr Körper jetzt nachzog, indem er die verfluchte rote Welle bekam, ging eindeutig zu weit.

Trotzdem hielt ich mich zurück, sorgte stattdessen dafür, dass sie sich mit mir vollkommen losgelöst fühlte und jegliche Scham fallen ließ und dass sie mir komplett verfiel, bevor wir weitergehen würden.

Sie half mir im Gegenzug, meine Denkweise zu ändern. Durch ihre ständigen Ermahnungen wurde ich wirklich achtsamer. Ich begann langsam, aber sicher, meine Umwelt anders wahrzunehmen und über Sachen nachzudenken, die mir vorher egal gewesen waren. Ich begann, Verantwortungsgefühl zu entwickeln. Und zwar für Hannah. Außerdem begann ich, eine andere Person *zu schätzen* – erneut Hannah. Aber vor allem begann ich, jemanden zu vergöttern, der nicht ich selbst war – mein Babe.

Es gab Momente, da fühlte ich mich in ihrer Gegenwart mehr als wohl. Ausgeglichen … glücklich. Doch es gab auch Momente, in denen es mir die Kehle zuschnürte, wenn ich nur daran dachte, dass sie irgendwann nicht mehr da sein würde. Und das machte mir echt verdammt Angst. Ich wollte von keinem anderen Menschen abhängig sein. Nie wieder. Also achtete ich trotz meines inneren Wandels darauf, sie wenigstens am Tag auf Abstand zu halten, schön rotzig zu sein und sie auf die Palme zu treiben, denn so wahrten wir unsere Distanz. Sie war die Furie und ich der Rüpel – am Tag. In der Nacht wiederum spielte ich den perfekten Liebhaber und sie meine hingebungsvolle Jungfrau. Das war unsere geheime Vereinbarung, und sie klappte perfekt.

\*\*\*

Eine Woche war vergangen. Hannah hatte mich gequält und ich hatte sie gefoltert. Jetzt waren wir gerade auf dem Weg in die Studios unserer Plattenfirma »Samy«.

Prüdellas Anstandswauwautraining bestand vor allem darin, mir überall am Arsch zu kleben und zu allem ihren Senf dazuzugeben, also fuhr sie natürlich mit. Und sie sah HEISS aus, denn auch sie hatte sich durch mich geändert. Zwar trug sie nach wie vor keine Hosen, aber mir war klar, dass ich sie irgendwann dazu bringen würde. In ihrem schwarzen engen Pullover und dem gleichfarbigen engen Rock, der bis knapp über die Knie ging, gab sie gutes Fickmaterial ab. Kombiniert mit ihrem weißen Gürtel, den weißen Ballerinas sowie ihren offenen Haaren, und ich konnte meine Finger einfach nicht bei mir lassen. Außerdem wusste ich, dass die rote Drecksphase vorbei war und dass wir heute Abend ENDLICH zur Tat schreiten konnten. Heute Abend würde ich sie ENDLICH lecken! Yeah!

Ich verlagerte meinen Schwanz in meiner Hose und rutschte auf meinem Sitz herum, als ich sie mir mit gespreizten Beinen vor mir liegend vorstellte und wie ich mich über sie lehnte, um mit meiner Zunge über ihre wunderschöne Spalte zu gleiten.

»SHIT«, fluchte ich und riss somit meinen Anstandswauwau aus seinen Gedanken. Sie runzelte die Stirn und schaute mich mit mahnend erhobener Augenbraue an, weil ich bei dieser Bilderflut in meinem Kopf unmöglich still sitzen konnte.

»Was ist denn nun schon wieder?«, fragte sie mit gewohnt sachlichem, leicht gelangweiltem Tonfall, und ich grinste, bevor ich meine Hand auf ihr Knie legte und den Stoff ihres Rockes nach oben schob.

»Nichts, Babe«, antwortete ich mit Unschuldsmiene, neigte mich dann aber zu ihr rüber, um heiser in ihr Ohr zu flüstern: »Ich habe nur daran gedacht, was ich heute Nacht mit dir anstellen werde … Mein Schwanz wiederum fand diese Idee offenbar großartig, denn er zuckte zustimmend und wurde hart …« Sie keuchte und ich fühlte förmlich, wie sie errötete.

»Zu viel Information, Mister Hunter!« Ihre Stimme war nicht mehr sachlich, sondern ziemlich schwach, als sie eine Hand auf meine Brust legte und mich von sich schob.

»Machen Sie ihr Kopfkino aus und konzentrieren Sie sich auf die Aufgaben, die direkt vor Ihnen liegen!«, klugscheißerte sie auch noch und brachte mich zum Glucksen. Ich fand es ziemlich geil, wenn sie mich *Mister Hunter* nannte. Da kam ich mir so wichtig vor.

»Ich mag mein Kopfkino ... und du solltest dich geehrt fühlen, dass es sich seit Taaaaageeeen nur noch um dich dreht!« Ich ließ mich von ihr in den Sitz zurückdrücken, strich aber durch ihre Haare, packte mir eine Strähne und kitzelte sie damit an der Nase. Sie konnte sich ein kleines Schmunzeln nicht verkneifen und schlug nach meiner Hand. Doch gleichzeitig musste sie niesen, worauf sie errötete, als Friedl und Max ihr von vorne zweistimmig »Gesundheit!« wünschten. Ich lachte schallend los, als sie sich ihre Nase rieb und mich vorwurfsvoll anfunkelte.

»Och ... Babe. Lach doch mal für mich, du weißt, ich stehe auf dein Lachen!« Mit dem Zeigefinger zog ich ihren Mundwinkel nach oben und sie verdrehte die Augen, während sie mich von sich abhielt. Ich mochte ihre kleinen zarten Hände, wenn sie mich berührten – egal wo. Die Art, wie sich ihre Finger anfühlten, machte mich irgendwie an.

»Mister Hunter!« Nun keifte sie nachdrücklicher. »Könnten Sie bitte Ihr vorpubertäres Verhalten abstellen und mich in Frieden lassen, solange wir fahren? Sie haben heute Morgen eine Stunde mit mir über das Essen ihrer Sexschildkröten diskutiert. Mir klingeln immer noch die Ohren, also wären Sie so freundlich, wenigstens jetzt ruhig zu sein und meinen Gehörgängen eine Pause zu gönnen?«, fragte sie und versuchte zwanghaft nicht zu kichern, als meine Finger über ihren zarten Hals strichen und sie dabei kitzelten.

»Keine Chance ...« Gespielt ernst teilte ich zwei dicke Strähnen ihrer Haare ab und drehte diese ein. Dann hielt ich ihr die zwei entstandenen Knoten rechts und links an ihren Kopf, sodass sie wie diese seltsame Prinzessin aus *Star Wars* aussah. Sie verdrehte lediglich die Augen. »Und dass ich mich wie ein Teenie verhalte, ist nur deine Schuld, Prüdella, *weil ich dein Ficker bin*«, kommentierte ich mit tiefer, knapper Stimme und sie kicherte TATSÄCHLICH, als ich breit lächelnd ihre Haare losließ und sie wieder in duftenden Wellen über ihre Schultern fielen. Ich hätte sie einfach den ganzen Tag begrapschen und beschnuppern können. Also beugte ich mich vor und vergrub meine Nase in ihren nach Pfirsich duftenden Locken. »Du riechst SO verflucht gut, Babe«, summte ich anschließend gegen ihren Mundwinkel und verdrehte jetzt selber die Augen, als sie mich erneut knallhart von sich schob. Diese toughe Seite von ihr machte mich erst recht tierisch an!

***

»Wir müssen uns konzentrieren. Sie müssen sich da drinnen ordentlich verhalten!«, verkündete sie, als wir durch die Absperrung des Firmengeländes fuhren, auf dem die Studios für Ton- und Videoaufnahmen untergebracht waren. Etwas skeptisch ließ sie ihren Blick über mein schwarzes Hemd gleiten, an dem ich die Ärmel nachlässig hochgekrempelt hatte und das schlampig in meiner tief sitzenden, halb zerrissenen grauen Hose steckte. Ein paar Knöpfe hatte ich auch falsch zugeknöpft. Als sie jedoch die zwei Gürtelketten um meine Hüften betrachtete, seufzte sie leise und ich lachte, denn ich wusste, dass sie meinen Rockerstyle eigentlich scharf fand.

»Babe … das sind alles meinesgleichen. Wenn ich denen mit deinem hochtrabenden Geschwafel komme, dann erklären die mich für verrückt!«, antwortete ich nur und zerwuschelte ihr noch mal die Haare, bevor ich schleunigst aus dem Auto hechtete, das soeben stehen geblieben war, denn ich wusste, sie hasste es, wenn ich ihre Frisur durcheinanderbrachte … Am Tag zumindest.

Als ich ihr brav die Tür aufhielt, stieg sie aus und sah sich auf dem riesigen Gelände um, auf dem es vor Menschen nur so wimmelte. Diese Gelegenheit nutzte ich, um auf ihren kleinen Arsch zu schlagen und andächtig dem darauf folgenden vertrauten empörten Quieken zu lauschen, was sie von sich gab, bevor ich ihr den Arm um die Schulter legte und sie in das Innere eines kleinen zweistöckigen Gebäudes führte. Jeder Wichser sollte sehen, dass sie zu mir gehörte. Aber was noch besser war ... sie ließ es zu. Wir durchquerten die untere Halle, in der alles Mögliche an Equipment wie Kameras, Kabel, Scheinwerfer und Monitore auf seinen Einsatz wartete, während ich die Augen nach Vanessa aufhielt.

Sie war hier die Oberbitch ... Vor Jahren mit dem Plattenboss verheiratet gewesen, machte sie, seitdem sie mich einmal gesehen hatte, immer alles Geschäftliche mit uns. Während ich mich immer noch nach Vanessa umsah, folgten uns Friedl und Max – und das nicht gerade unauffällig. Endlich kam die Gesuchte in Sichtweite und ich fühlte, dass sich Hannah, die das ganze Drumherum mit großen Augen in sich aufnahm, verspannte.

Denn Vanessa war wirklich eine kleine Schlampe wie aus dem Bilderbuch ... Sie hatte noch weniger Anstand und Benehmen als ich! Und das sollte schon etwas heißen. Aber in dieser Branche wurde ohnehin nicht viel Wert auf Anstand gelegt. Das war nun mal so. Doch Vanessa war schon ein spezieller Fall von dämlicher Überheblichkeit. Manchmal fragte ich mich, ob ihre Eltern zu sehr damit beschäftigt gewesen waren, ihr Geld in Reisen und Häuser zu investieren, anstatt ihrem verzogenen Kind ordentlich den Arsch zu versohlen. Denn sie war eine der Tussen, die dachten, sie würden alles in ihrem Leben bekommen, ohne auch nur einen Finger dafür krumm machen zu müssen. Die dachten, sie seien etwas Besseres als alle anderen, nur weil sie Kohle hatten und gut aussahen. Und die gleichzeitig zu dumm waren, um zu erkennen, dass ihr Leben keine Tiefe beinhaltete, sondern nur Oberflächlichkeit. Erst wenn ihre Schönheit verblasste – wie bei jedem Menschen, der älter wird –, würden sie merken, was das Leben wirklich lebenswert machte. Doch dann war es zu spät, denn diese Menschen, denen die richtigen Werte etwas bedeuteten, würden längst nichts mehr mit ihnen zu tun haben wollen. Genau so lief das bei diesen Schlampen, und ich gönnte es ihnen! Zum Ficken waren sie gut genug, aber sobald man versuchte, sich mit ihnen zu unterhalten, wurde einem schnell klar, wie hohl sie wirklich waren.

Als ich Vanessa dabei beobachtete, wie sie ihre Angestellten ankeifte, konnte ich nicht anders, als die Augen zu verdrehen. Der kurze Lederminirock gepaart mit etwa 19 cm hohen Stiefeln sowie einem Oberteil zum Binden, was beinahe transparent und ohne BH an ihrem abgemagerten Körper klebte, sodass sich deutlich ihre Nippel darunter abzeichneten, war genauso grauenhaft wie die dunkelblaue, viel zu intensive Schminke auf ihren Lidern. Kombiniert mit dem roten Lippenstift und den wilden dunkelbraunen Locken sah sie wie das Abbild der Geschmacklosigkeit aus. Aber das Ganze wurde noch schlimmer, als sie mich erblickte, denn sie kreischte so lautstark, dass ich versucht war, mir die Ohren zuzuhalten und fluchtartig die Halle zu verlassen. Verdammt, die konnte es locker mit zehn hysterischen Teenagern gleichzeitig aufnehmen. Als Nächstes rannte sie in ihren Monsterabsätzen auf mich zu – obwohl das eher einem Stöckeln glich und ihr Minirock dabei noch ein Stück nach oben rutschte. Mit jedem Schritt kroch mir ihr ekelhaftes Parfum mehr in die Nase, nur um mir schließlich den Rest zu geben, als sie sich einfach ohne Rücksicht auf Verluste an meinen Hals hängte wie eine verfluchte Handtasche …

»Oh mein Gott, Mason! Schön, dass du da bist!« Diese Ansicht teilte ich eindeutig NICHT.

»Hmmm«, war nur meine gelangweilte Ansage. Ich schob sie so schnell von mir, wie sie mich angesprungen hatte, und legte meinen Arm wieder um Hannahs Schulter, die durch Vanessas Attacke einfach so davongeschleudert worden war. »Welches Studio können wir heute benutzen?«, fragte ich knapp, denn ich war tatsächlich zum Arbeiten hier.

»Aber, Mason …«, schleimscheißte sie und ignorierte Hannah komplett, die verdattert zu mir aufschaute. »Keine nette kleine Begrüßung? Du weißt, ich bin nur wegen dir extra aus Amerika eingeflogen!«

»Nein, keine kleine nette Begrüßung, du kannst wieder ausfliegen …« *Und jetzt halt's Maul* ... Ich wollte gar nicht daran denken, wie es gewesen war, als ich sie aus Versehen gefickt hatte. Aber es hatte sich einfach nicht vermeiden lassen. Sie war SO knochig und SO laut gewesen, dass ich dachte, mir würden der Schwanz und meine Ohren auf einmal abfallen. Sollte sie gerade dieselben Bilder im Kopf haben und mit diesem Scheiß vor meiner süßen Hannah anfangen, würde ich Amok laufen und ihr auf eine sehr nachdrückliche Art das Nuttenmaul stopfen. Vanessa wirkte sichtlich enttäuscht, gab jedoch nicht auf und schmollte mit ihren aufgepumpten Schlauchbooten.

»Na gut, wir können uns ja auch später noch mal unterhalten, nicht wahr?« Hoffnungsvoll blinzelte sie mich an, wobei ich befürchtete, von ihren künstlichen Wimpern davongeweht zu werden. Ich verdrehte die Augen. »Ihr seid heute bei Rico in Studio zwei.« Vanessa deutete in die richtige Richtung.

»Kay«, murmelte ich und ließ Hannah los, um ihr den Vortritt zu gewähren, denn wir mussten uns zwischen ein paar rumstehenden Monitoren durchzwängen. Sie ging gerade mal zwei Schritte und stolperte über ein herumliegendes Kabel. Ich wollte sie gerade auffangen, da kamen mir andere Männerhände zuvor und packten sie an den Oberarmen. Dann säuselte auch schon eine mir zu gut bekannte Stimme:

»Gut, dass ich vor Ort war und so etwas Liebliches vor Schaden bewahren konnte ...« Oh no ... nicht der Schwachmat! Während er MEIN Babe aufrichtete und sich von ihr anstarren ließ, begann ich, zunächst auf kleiner Flamme, vor mich hin zu köcheln. Ich hasste diesen Kerl, der gerade meine Frau so charmant angrinste, als wäre er einer dieser Vertreterdeppen, die grundsätzlich an einem Samstagvormittag vorbeischneien, um einem ein Ohr abzukauen. »Entschuldigen Sie bitte meine Unhöflichkeit. Ich bin Riley Narns – Miteigentümer von Samys Records –, und Sie sind?« Er wollte tatsächlich ihre Hand anheben und ihr einen verkackten Handkuss geben, doch in dem Moment kochte ich über und zog ihre Hand aus seinen Wichsgriffeln.

»Nicht interessiert!«, vollendete ich seinen Satz und gab ihr einen Klapser auf den Arsch, denn es kotzte mich an, wie sie ihn ansah – worauf sie errötete. »Ab!« Funkelnd bedeutete ich ihr, dass sie weitergehen sollte. Für eine Sekunde verengte sie die Augen, setzte sich dann aber etwas wankend in Bewegung und ging vor. Sobald wieder genügend Platz war, um nicht mehr im Entenmarsch hintereinanderzulaufen, holte ich zu ihr auf und schlang einen Arm um ihre Taille. Anschließend drehte ich mich noch mal zu dem Arschloch in dem dunkelblauen Hugo Boss Anzug um, um ihm durch einen eindeutigen Blick zu zeigen, dass Hannah keinem anderen außer mir gehörte. Er verdrehte die froschgrünen Glubscher und ein überheblicher Ausdruck erschien auf seinen Zügen, den ich ihm gerne mit meiner Faust vom Gesicht gewischt hätte.

»Riley ist so ein ätzender Schleimscheißer!«, beschwerte sich Friedl natürlich hinter uns, worauf Max ihm sofort beipflichtete und seine Art nachahmte. Als er Friedl einen Handkuss geben wollte, fing er sich allerdings ein paar Watschen auf die Wange.

»Sie wissen schon, dass Sie gerade überreagieren?«, raunte Hannah mir zu, während wir das Tonstudio betraten und uns vor einem Hippie mit Rastalocken und bunter Hanfkleidung an den Mischpulten wiederfanden.

»Heeey, meine Lieblingsrocker«, schleimte Rico lallend und hielt mir erst mal seinen dicken Joint unter die Nase, den ich freudig annahm.

»Hey, Alter, was geht?«, fragte ich und schlug mit ihm ein. Wir begrüßten uns alle, während Prüdella theatralisch hustete und die Fenster aufriss. Verschiedene andere Tontechniker kamen vorbei … und wir plauderten über die Songs, während wir uns an den großen Tisch in der Mitte des Raumes setzten. Hannah wies ich einen Platz neben mir zu. Sie schien vollkommen glücklich mit der Situation zu sein und fing an, auf ihren Block zu kritzeln.

Als auch Vanessa ihren Senf abgegeben hatte – die, in den Raum gestürmt gekommen war und sich schnurstracks auf meinen Schoß gesetzt hatte, von dem sie von mir wieder runtergeschubst worden war –, ging es also nun darum, das erste Lied unseres Albums aufzunehmen. Es sollte ein Coversong werden. Ein Stück, zu dem mich Hannah inspiriert hatte und von dem alle begeistert waren. Und gleichzeitig unsere erste Singleauskopplung. Die Musik dazu hatten wir schon gestern eingespielt, als Hannah ihren freien Tag gehabt hatte, den sie hauptsächlich im Bad verbracht hatte. Jetzt fehlte nur noch meine Stimme. Für mich hieß das, in die Tonkammer zu schlüpfen und keine Kontrolle mehr über meine kleine Furie zu haben.

Der Gedanke gefiel mir nicht, weil Riley sicher noch sein Riechorgan hier reinstecken würde. Ich setzte sie auf einen braunen Ledersessel, der genau gegenüber der Kabine stand, und beugte mich zu ihr, indem ich meine Hände auf den Armlehnen aufstützte, um ihr noch sechs Worte zu sagen, die ich todernst meinte. »Beweg dich nicht von der Stelle!« Sie verschränkte die

Arme vor der Brust. Natürlich.

»Was ist, wenn ich austreten muss?« Ich verengte die Augen.

»Dann wirst du Max oder Friedl mitnehmen!«

»Was ist, wenn ich mich verschlucke und zu ersticken drohe?«

»Dann werden sich Max oder Friedl um dich kümmern.«

»Was ist, wenn ich mich übergeben muss?«

»MAX UND FRIEDL!«

»Ja, ist gut!« Prüdella gab sich augenverdrehend geschlagen und lächelte mich aufmunternd an, damit ich mich an die Arbeit machen konnte und nicht noch länger Zeit damit verschwendete, ihr einen Vortrag darüber zu halten, wieso sie ihren sexy Arsch genau hier lassen sollte.

Sobald ich in der Kabine war, stellte ich das Mikrofon auf meine Höhe ein. Von der Außenwelt war nichts mehr zu hören, aber ich hatte Hannah in meinem Sichtfeld. Also zeigte ich ihr »I'm watching you« mit meinen Fingern und musste grinsen, als sie die Augen verdrehte und lächelte. Shit ... süßes kleines Ding ... MEIN süßes kleines Ding, wie sie auf dem Sessel saß und auf mich wartete. Friedl und Max hatten sich verpisst, um Essen zu suchen, und wurden wahrscheinlich gerade von ein paar heißen Models oder Schlampen, die hier immer so rumliefen, abgelenkt, also befand sich Hannah mit Rico alleine im Aufnahmeraum. Doch dieser war zu prall, um sie anzumachen, und er wusste auch, dass er die Finger von meinen Begleiterinnen zu lassen hatte.

»So, Mason«, hörte ich seine langsam redende Stimme ...
»Du weißt ja: Setz all deine Vibes in den Song, mach ihn zu etwas Fantastischem, etwas Unsagbarem, sodass den Ladys die Höschen wegschmelzen. Du weißt, was sie von dir erwarten, right, Bruder? Lass es einfach fließen!«

»Soll ich dir hier in die Kabine strullern?«

»NEIN!«

»Dann halt die Klappe!« Ich setzte die Kopfhörer auf, schloss meine Augen, atmete tief durch und fing an zu singen, fühlte noch einmal alles, was in mir war, wenn ich Hannah beobachtete.

Es lief unsagbar gut, ich machte keine Fehler. Nur hier und da musste ich ein paar Passagen neu einsingen, die Töne länger ziehen oder meine Stimme sanfter ausklingen lassen. Rico war bis auf ein paar Kleinigkeiten völlig weg vom Fenster – und das nicht nur vom Weed. Zwischenzeitig öffnete ich kurz meine Augen, die ich immer beim Singen gedankenverloren schloss, und dachte, mich hätte der Schlag getroffen. Denn Schleimbacke Riley stand neben Hannah und hatte auch noch leicht seine Hand auf ihre zierliche Schulter gelegt. Sie schaute zu ihm hoch und unterhielt sich WIRKLICH angeregt mit ihm. Ihre Wangen waren leicht gerötet und ihre kleinen Finger spielten an dem Kreuz herum, das sie immer um den Hals trug.

War sie bescheuert?

Riley fragte sie anscheinend etwas. Ihre Augen fingen an zu strahlen, sie nickte und er machte sich davon, nur um ein paar Minuten später mit einem verschissenen Obstteller wiederzukommen. Wo hatte das Arschloch den Scheiß her?

Er stellte ihn neben Hannah auf ein kleines Tischchen, während er sie anlächelte. Sie packte sich natürlich sofort ein großes Stück Melone und dann … brachte sie mich mal kurz um, indem sie den Saft von der roten Spitze leckte.

»Mason, konzentrier dich!«, hörte ich Ricos raue Kifferstimme. OH! Ich sang nicht mehr, sondern keuchte nur noch ins Mikrofon. Also konzentrierte ich mich auf meine Stimme, zumindest versuchte ich es, war aber zu abgelenkt. Stattdessen ließ ich Hannah, die mich anscheinend komplett vergessen hatte und weiterhin mit dem Arschloch redete, nicht aus den verengten Augen. Sie verspeiste das Melonenstück ohne weitere Vergewaltigung, aber dann packte sie sich die Banane und begann, sie geistesabwesend zu schälen.

SHIT!

Wie sagten die Ärzte schon so schön? *Nicht die Banane!*

Jetzt trat mir der Schweiß auf die Stirn. Ich sah, dass dieser Wichser Riley ziemlich interessiert an ihr war. Das verriet mir seine protzige Körpersprache und die notgeile Art, mit der er sie beobachtete. Das gefiel mir nicht! Überhaupt kein bisschen, und zu allem Übel war sie nun mit dem Schälen fertig und brachte ihn nur noch mehr auf falsche Gedanken, indem sie die Banane ziemlich TIEF in ihren Mund nahm und ein großes Stück abbiss. Gieriges Luder! Fazit: Sie mochte Bananen nicht nur, sie liebte sie – eindeutig! Und ich würde sie UMBRINGEN, wenn sie ihn weiter so aufgeilte. Er riss seine Augen auf und sein ganzer Körper versteifte sich, als er Zeuge davon wurde, was sie mit dem unschuldigen Obst anstellte. Und ich verkackte schon wieder meine Aufnahme!

»KONZENTRATION, MANN! Es war schon wieder dieselbe Stelle!«, rief Rico und ich fluchte, bevor ich den Abschnitt wiederholte, dabei aber meine Lider schloss. Gleichzeitig versuchte ich, mich mit dem Gedanken daran zu beruhigen, dass sie das nicht mit Absicht machte. Sie wusste gar nicht, was sie tat. Sie war eine eiserne Jungfrau und ganz sicher hatte sie es nicht auf den Schleimscheißer abgesehen, auch wenn ihr sein Höflichkeitsmist sicher imponierte. Und garantiert hatte sie keine Ahnung, wie verflucht sexy sie in ihrer Unschuld sein konnte!

Doch als ich die Augen wieder öffnete, wollte ich auf der Stelle tot umfallen, denn plötzlich hatte sie ein Schälchen mit Vanilleeis in der Hand und leckte gerade genüsslich den Löffel ab. Meine Augen fielen fast aus meinen Höhlen, mein Schwanz zuckte, weil er der Löffel sein wollte, und der Schweiß schoss mir aus all meinen Poren.

Im nächsten Moment lachte sie auch schon und fuchtelte mit dem Löffel rum, während sie den Kopf nach hinten warf. Dabei landete ein dicker Batzen Eis auf Schleimscheißers Schritt, genau wie damals bei dem grünäugigen kleinen Scheißer und mir. DANN fing sie an, hektisch in ihrer Handtasche zu wühlen, und noch bevor ich reagieren konnte, tupfte sie dem Arschloch das EIS mit einem Stofftaschentuch WEG!

Ein Tupfer ... Zwei Tupfer ... Ich platzte fast ... und Hannah erstarrte ... mit der Hand an seinem Schritt. Plötzlich flogen ihre Augen ertappt zu mir. Als sie sah, wie ich in der Kabine stand und versuchte, mich zu beherrschen, biss sie sich heftig auf die Unterlippe und zog ihre Hand mit dem Taschentuch zurück, als hätte sie sich verbrannt.

Jetzt war es genug.

Ich riss mir die Hörer vom Kopf, schmiss sie auf den Boden und stürmte aus der Kabine. Hannah versteifte sich am ganzen Körper, als ich auch vor ihr nicht haltmachte und sie am Oberarm packte. Wortlos drehte ich mich um und zerrte sie hinter mir her in die Kabine, knallte die schalldichte Tür hinter uns zu und schob sie auf meinen Hocker.

Sobald sie saß, sah sie gepeinigt zu Boden und ich wusste, dass sie sich für ihr Verhalten schämte. Fast hätte sie mir leidgetan, doch dann glitt mein Blick zu dem überheblich grinsenden Wichser Riley und ich spreizte Hannahs Beine, um mich dazwischen zu stellen und mein Becken bestimmt gegen ihres zu pressen.

Sie keuchte. Ihr Blick flog hoch zu mir.

Im nächsten Moment waren meine Hände schon in ihren vollen Haaren und zogen ihren Kopf zurück. Ich küsste sie ... hart ... besitzergreifend ... dominant ... und verlor dabei fast die Kontrolle über mich, denn ihre Hitze drückte sich gegen meinen Unterkörper, und sie war wie immer verflucht verlockend.

Hannah wimmerte hilflos in meinen Mund, absolut von der Intensität des Kusses überrumpelt, doch sie schob mich nicht von sich, sondern packte meinen Kragen und klammerte sich an mir fest.

Ahhh ... ihr süßer Geschmack besänftigte die Wut in mir, denn ich erinnerte mich daran, dass ich immer noch der Einzige war, der jemals von ihr gekostet hatte. Der jemals von ihr kosten würde! Sie war mein! Wenn es um sie ging, fühlte ich mich wie Gollum. Denn sie war mein Schatz, ich wollte sie, ich brauchte sie und musste sie haben.

Mit einem sanfteren letzten Kuss löste ich mich von ihr, bevor sie mich schlug ... Atemlos drehte ich mich um, ließ sie sitzen und machte mit der Aufnahme weiter. Zog dabei meine sexy Show für sie ab, bewegte meine Hüften, ließ sie leicht kreisen und wusste genau, dass sie meinen Arsch sowie meinen muskulösen Rücken abcheckte – und dabei langsam, aber sicher dahinschmolz.

*Yeah ... Baby ... so ein Exemplar wie mich wirst du nicht noch mal finden und ich kann dir so viel mehr bieten als Schleimscheißerei!* Obwohl Hannah hier hinter mir saß und den Kuss erwidert hatte, war da draußen immer noch das Arschloch Riley und beobachtete sie. Nach der Obst-Nummer, die sie IHM geboten hatte, war es ja wohl so was von klar, dass er sie wollte ... Mich nervte es. ENORM. Doch ich konzentrierte mich tatsächlich auf das Lied. Alles andere blendete ich aus ... und ließ mich komplett auf das Knistern in der Kabine ein, das deutlich spürbar war, seitdem ich Hannah zu mir geholt hatte, was das Feeling des Songs nur noch besser rüberbrachte.

Nach gefühlten zehntausend Stunden war alles im Kasten. Während Rico seinen Rausch ausschlief, erledigten Max und Friedl die Arbeit routiniert. Ich nahm die Kopfhörer ab und drehte mich zu Hannah um.

Die saß reglos auf dem Hocker, hatte verschleierte Augen und ein verträumtes Lächeln lag auf ihrem lieblichen Gesicht. Den Kopf hatte sie zur Seite geneigt.

»Alles klar, Babe?«, erkundigte ich mich sanft und strich mit den Fingerknöcheln über ihre glatte Wange. Damit riss ich sie aus ihren Träumereien und ich wusste, sie war mir wirklich absolut verfallen, als sie mich ansah und rot wurde. Denn ICH war der Grund ihrer Träumereien.

»Hmmm ... Jaaaa ... aber ... was hast du da eigentlich gesungen? Es hat sich wahnsinnig schön angehört ...«, fragte sie mich neugierig. Ihre großen braunen Augen brachten mich dazu, mich direkt vor sie zu stellen und meine Lippen an ihr Ohr zu legen, während ich den Text auf Deutsch flüsterte ... Den Text, der uns beide perfekt beschrieb.

»Ich weiß, du hast gelitten, aber ich will nicht, dass du dich versteckst. Es ist kalt und lieblos, doch ich will nicht, dass du dich verleugnest. Beruhigung, ich sorge dafür, dass du dich rein fühlst. Vertrau mir, du kannst dir sicher sein.«

Sie erschauerte, während ich meine Lippen über ihren Kiefer gleiten ließ. Von einer Seite zur anderen.

»Ich möchte die Gewalt in deinem Herzen schlichten; ich möchte erkennen, dass deine Schönheit nicht nur eine Maske ist; ich will die Dämonen deiner Vergangenheit austreiben; ich will deine unausgesprochenen Verlangen befriedigen.

Du täuschst deine Freunde, du seist boshaft und göttlich; du magst eine Sündige sein, aber deine Unschuld gehört mir. Gefalle mir, zeig mir, wie man es macht, quäle mich; du bist die Einzige.«

Shit ... sie *war* die Einzige, und ihre Unschuld *gehörte* mir! Aber eigentlich ging es in dieser Strophe und vor allem in der nächsten um mich ... Ich küsste ihr die Tränen von den Wangen, die sich lösten, und fühlte, wie sich ihre Hände an meine Hüften legten und sie mich enger an sich zog.

»Der Text ist wunderschön«, flüsterte sie mit gebrochener Stimme und gab mir einen kleinen, kurzen, weichen Kuss auf die Lippen. »Ich gehöre dir, Mason Hunter, und ich vertraue dir …« Sie küsste mich noch mal. »Denn du gibst mir alles, was ich will … und auch das, was ich nicht will«, gab sie leise lachend dazu und ich summte zustimmend, bevor ich es nicht mehr aushielt und unsere Lippen verschmolzen. Ein ätzendes Räuspern ließ mich allerdings zusammenzucken … Neben uns stand das Arschloch im Anzug, als wäre er dort schon die ganze Zeit, und hielt Hannah seine Visitenkarte hin. »Ich muss jetzt los … also … Danke für deine Nummer. Hier ist noch meine …« DANKE FÜR DEINE NUMMER? »Wir können ja mal zusammen essen gehen und uns weiter über unser Lieblingsthema unterhalten.« Er zwinkerte ihr zu. Hannah nahm die Karte entgegen und ihre Augen fingen schon wieder an zu strahlen.

»Liebend gern!« Sie lächelte untypisch und steckte die Karte in meine hintere Hosentasche, denn ich gab ihr ansonsten keinen Bewegungsfreiraum. Sofort fühlte ich mich, als wäre ich im verflucht falschen Film.

»Neeeiiiin«, lehnte ich lang gezogen ab und hob Hannah vom Hocker. »Ganz sicher nicht!«

»Warum nicht?« Riley versperrte uns den Weg nach draußen, doch ich stellte mich einfach mal mit meiner Nase an seine und starrte ihm in die Augen.

»DARUM!« *Lass deine Finger von meinem Spielzeug oder ich muss sie dir brechen!* Er verstand meine stumme Drohung und trat einen Schritt zur Seite. Brodelnd zog ich Hannah an ihm vorbei und achtete nicht darauf, dass sie verwirrt hinter mir her stolperte. Sie hatte ihm ihre Nummer gegeben? DAS KOTZTE mich an! Im Vorbeilaufen klatschte ich einer Tussi auf den Arsch, die im Bikini an mir vorbeistakste, und Hannah keuchte empört auf.

»Oops, da war die Hand schneller als das Hirn!«, kommentierte ich und zerrte Hannah zum Auto.

Natürlich sammelte ich erst Friedl und Max ein, die sich am Fressautomaten versammelt hatten. Wortlos stieg ich ein und zog sie mit mir auf den Rücksitz.

Sie schaute mich an, als hätte ich meinen Verstand verloren, doch ich verengte nur meine Augen in ihre Richtung und sie unterdrückte jegliche Kommentare. Friedl drehte die Musik auf und lenkte seinen blauen Trabbi durch den Feierabendverkehr, während ich versuchte, mich zu beruhigen und mir in die Nasenwurzel kniff.

Wieso hatte sie ihm ihre Nummer gegeben? Und wieso hatte sie dem Essen zugestimmt?

War ihr das gute Benehmen tatsächlich so wichtig, dass so ein gestriegeltes Arschloch sie mir irgendwann wegnehmen könnte? Wuuu … in mir brodelte es gefährlich … Das allererste Mal in ihrer Gegenwart.

Ich wusste, ich war weder am richtigen Ort noch in der richtigen Stimmung für die Spielstunde, die bevorstand, und auf die ich mich schon die ganze Woche wie dämlich freute. Aber ich konnte mich einfach nicht beruhigen. Konnte nicht runterkommen. Egal, wie sehr ich es versuchte.

Ich würde es nicht ertragen, sie an einen anderen zu verlieren. Ich würde es nicht ertragen, wenn sie mir in die Augen sehen und sagen würde, dass sie eine Beziehung mit einem anderen Mann hatte.

Dass sie mit ihm glücklich war.

KEINER konnte sie so fühlen lassen, wie ich sie fühlen ließ, und KEINE würde mich so fühlen lassen, wie ich mich fühlte, wenn sie in meiner Nähe war.

Verflucht … mein Blut rauschte unkontrolliert durch meine Adern … Erregung, Testosteron und Adrenalin vermischten sich zu einem gefährlichen Cocktail. Ähnlich wie nach dem Auftritt, als ich sie auf der Bühne bearbeitet und sie mir zum Dank vor Tausenden von Zuschauern eine geschmiert hatte. Oder als sie davongefahren war, um sich um CHARLIE zu kümmern.

*Eifersucht* ... es war Eifersucht ... ich war tatsächlich eifersüchtig, und ich HASSTE das Gefühl! Sie hatte mich gerade total hirngefickt. Sie würde es bereuen, mich so fühlen zu lassen, und gleichzeitig würde sie es lieben ... hoffentlich. Ehrlich gesagt war es mir im Moment scheißegal – so egal, wie es ihr war, wie es mir ging.

»Wenn wir daheim ankommen, werden wir gleich anfangen zu spielen, und es ist mir scheißegal, ob ich mir Blowjob Girl oder Prüdella gefügig machen muss ... Es wird kein Vorspiel geben ... keine Worte ... keine Zärtlichkeit ... Du bekommst einen geistigen Vorsprung, indem ich dir schon mal sage, wie es ablaufen wird. Aber eigentlich sollte ich dich gleich hier auf dem Rücksitz an deine Grenzen treiben«, flüsterte ich ihr heiser ins Ohr, denn ich konnte die brodelnden Gefühle nicht aus meiner Stimme raushalten, und biss als Bekräftigung meiner Worte in ihr Ohrläppchen.

Sie erschauerte und keuchte erschrocken auf, rutschte schockiert von mir weg. Dabei schaute sie mich an, als würde sie mich nicht kennen, doch gleichzeitig war sie fasziniert – und eindeutig erregt.

Ich grinste diabolisch. Ihre Augen verdunkelten sich vor Vorfreude und Erregung als Antwort auf mein Grinsen. Ich zog eine Augenbraue hoch, zeigte ihr mit einem eindeutigen Blick, dass ich genau wusste, was gerade in ihrem Körper vorging, und strich über ihre heftig pochende Halsschlagader. »Heute Nacht wird es kein Entrinnen geben ... Keine Fragen ... Keine Freiheit ... Keine Gnade ... für meine kleine süße Jungfrau.«

Ihre Augen wurden noch ein Stück größer bei diesen Worten, und ich gluckste leise ... Liebte es schon jetzt, wie ich sie aus dem Konzept brachte und wie sich die Spannung zwischen uns aufbaute.

CUT!

# The Catalyst

(Linkin Park)

Als die Haustür hinter uns zuknallte, fühlte ich schon das Feuer in mir lodern. Im dunklen Flur drückte er mich gegen die nächstbeste kühle Wand und zerrte meinen Pullover nach oben … mitsamt meinem Oberteil …

Als Nächstes ließ er meinen BH aufspringen und zog ihn von meinem Körper, als wäre ich eine Schlenkerpuppe.

So schnell war ich noch nie oben herum entblößt worden. Er ließ mir keine Verschnaufpause, sagte kein Wort, sondern küsste mich nur … Dominierte mich, benebelte mich mit seinem Geschmack, seinem Auftreten und seinem Duft.

»Oh Gott … Mason … Was?«, brachte ich zwischen seinen frenetischen Küssen hervor und krallte mich an seinen starken Schultern fest.

»Still!« Er neigte seinen Kopf leicht zur Seite, legte seinen langen Zeigefinger auf meine Lippen und leckte sich über die Unterlippe.

Sein flackernder Blick flog über mein Gesicht, über meinen entblößten Oberkörper, meine steifen Nippel, und seine Finger strichen herab … über mein Dekolleté, verharrten über meinem heftig pochenden Herzen.

Seine Augen glühten geradezu … seine Haare waren ein einziges Chaos, in dem ich meine Finger verschwinden lassen wollte; seine vollen Lippen eine einzige Einladung, der ich nachkommen wollte … seine langen Wimpern flatterten, bevor er die Lider zukniff und den Kiefer aufeinanderpresste. Tief atmete er durch die Nase … Ich fand mich in zwei brennenden Infernos wieder, als er mich erneut mit zu Schlitzen verengten Augen anblickte.

»Du bist mein, Hannah Amalia Obermeier. Ich habe mich an die Abmachung gehalten, also wirst du es auch tun. Verstehst du das? Ich kann dich in den Himmel befördern, aber genauso gut kenne ich mich mit der Hölle aus!« Ich erschauerte bei seinen ruhigen Worten, die wie eine Drohung klangen. Adrenalin rauschte durch meine Blutbahn, alle meine Sinne waren geschärft. Ich biss mir auf die Unterlippe und schloss die Augen. »Zu unseren Spielen gehören Spielregeln. Wenn du dich nicht daran hältst, werde ich das auch nicht. SIEH mich an, wenn ich mit dir rede!« Seine Finger griffen in meine Haare, zogen meinen Kopf zurück, sodass ich ihm in die Augen blicken musste.

Langsam beugte er sich vor … hielt mich bestimmt fest und ignorierte meine kleinen Hände, die sich in seine Brust krallten, als er über meine Lippen leckte. »Das heißt, ich werde auf meine selbst auferlegten Regeln der Zurückhaltung SCHEISSEN und mir einfach nehmen, was ich will. ICH werde auch gegen die Spielregeln verstoßen …«, hauchte er gegen mein Gesicht. Ich wimmerte tatsächlich, was unsagbar peinlich war. Leider konnte ich nicht anders, denn er war so nah, so beherrscht und gleichzeitig so WÜTEND, was einem sinnlichen, aber extrem explosiven Mason-Cocktail glich. »Hast du mich verstanden, Hannah?« Ich nickte, ziemlich bewegungseingeschränkt. »Ich will dich LECKEN. Also ZIEH. DICH. AUS. Jetzt!« Somit ließ er mich mit einem Ruck los und ging einen Schritt von mir weg. Wie der Jäger seine Beute musterte er mich auffordernd, verschränkte die Arme arrogant vor der Brust, sodass seine Oberarmmuskeln gut zur Geltung kamen ... Mit einem Grinsen nahm er wahr, wie ich ihn mit erröteten Wangen und unter halb gesenkten Lidern anblickte – völlig verstört, schüchtern, aber auch bis unter die Haarspitzen erregt. So kannte ich ihn nicht. Er zog eine Augenbraue hoch.

»Wird's heute noch was?« Ich schluckte mühsam. Meine zitternden Finger bahnten sich einen Weg zum Reißverschluss meines Rockes, den ich nach unten zog. Auf halbem Weg klemmte er und ich bemühte mich ungeschickt, ihn zu öffnen. »Anscheinend willst du meine Zunge nicht zwischen deinen Beinen?«, stichelte er gelangweilt, und als ich nervös zu ihm hochsah, spielte ein kleines sadistisches Lächeln um seine göttlichen Lippen. Es war dunkel im Flur. Um das Licht anzuschalten, hatten wir keine Zeit gehabt. Doch der Mond schien durch die verglaste Scheibe der Tür. Es reichte aus, um zu erkennen, wie himmlisch und gleichzeitig gefährlich er aussah, wenn er mich so taxierte. Sein Blick sagte, dass ich gleich wirklich Ärger bekommen würde, und der Schweiß schoss mir aus allen Poren.

In diesem Moment ging der Reißverschluss mit einem Ruck auf und ich kämpfte den Rock mitsamt meinem Höschen nach unten. Als ich mich wieder aufrichtete, spürte ich die Hitze in meine Wangen steigen ... So peinlich stellte ich mich normalerweise nicht an! Gleichzeitig fühlte ich mich schutzlos und entblößt, wollte am liebsten zu ihm und mich an seinen vertrauten Körper schmiegen, der allerdings noch nie unerreichbarer gewirkt hatte – zwei Schritte entfernt von mir und komplett bekleidet.

»Mason ...«, wimmerte ich fast, streckte meine Finger nach ihm aus, wollte nach seiner Hand greifen und diese auf meinen Körper legen, seine beruhigende Wärme fühlen.

Doch er hob nur eine Augenbraue, nahm meine Hand ... und drehte mich mit einem Ruck mit dem Gesicht zur Wand. Sie war eiskalt und mich durchlief ein Schauer, als er meinen erhitzten Körper dagegen drückte. Er berührte mich nicht mit seinem Körper, aber seine Lippen fuhren über meine Schulter, seine Zunge leckte über meinen Nacken, sandte eine Gänsehaut über meine Rückseite.

»Du kleines Luder ... Hast du auch nur den Hauch einer Ahnung, wie verflucht sauer du mich heute gemacht hast? Und jetzt wagst du es auch noch, nach mir zu verlangen?« Sein heißer Mund wanderte über meine Wirbelsäule ... seine Hände stützten sich rechts und links von meinem Körper ab, als er in die Hocke ging. »Kein Mann außer mir darf dich berühren, wird von dir berührt, isst mit dir ... oder bekommt deine Telefonnummer!« Er küsste mich auf mein Hinterteil ... ich wand mich leicht. Als wolle er seinen Worten Nachdruck verleihen, biss er mir in die rechte Pobacke. Dann richtete er sich auf, wirbelte mich an der Schulter herum und hob mein Kinn an, sodass ich ihn ansehen musste. »Hast du mich verstanden?« Nur auf den ersten Blick völlig ruhig sah er auf mich herab, aber seine Augen waren aufgewühlt ... erbarmungslos ... lüstern ... und fordernd. Gott, hätte ich nur geahnt, wie wütend ich ihn heute gemacht hatte, dann ... Ja, was dann? Ehrlich gesagt wusste ich es nicht. Nur eins war klar, das hatte ich nicht gewollt, auch wenn mir nicht gefallen hatte, als Vanessa ihn mit ihren Blicken verschlang. Womöglich war ich deswegen sauer gewesen, sodass ich Riley Narnes unterbewusst benutzt hatte, um mich zu rächen.

»Ja, Mason«, flüsterte ich mit piepsiger Stimme.

»Lauter! Ich kann dich nicht hören.« Er zog eine Augenbraue nach oben und grinste diabolisch.

»JA, Mason!«, rief ich aus, denn ich wollte ihn unter keinen Umständen weiter verärgern.

Wortlos lehnte er seine Stirn an meine ... glitt mit seiner Nase langsam über meine und küsste mich dann heftig. Wütete in meinem Mund. Stellte seinen Besitzanspruch klar. Bevor ich mich versah, wanderten seine Lippen an meinem Hals hinunter, zogen eine feuchte Spur über mein Dekolleté und über meinen Bauch.

OH GOTT! Mein Kopf schwirrte von seinen Berührungen ... Die Luft entkam stoßweise meinen Lungen ... und meine Hände zitterten heftig, als ich sie in seinen Haaren vergrub, um Mason wieder zu mir hochzuziehen. Was auch immer er da mit seinem Mund anstellte, meine Beine würden jeden Moment unter mir nachgeben, wenn er mit dieser süßen Folter weitermachte.

»Hannah«, murmelte er warnend und mit einem Mal richtete er sich auf, packte meine beiden Handgelenke und zog sie mit einer Hand über meinem Kopf hoch. »Du kennst dieses Spiel ... Es heißt Blowjob Girl am Haken.«

Meine Augen wurden groß, als er mit der anderen Hand seine Gürtelkette von seinen Hüften abzog und sie um meine Handgelenke schlang. MIST! Mein Mund klappte auf und zu, sodass ich vermutlich viel Ähnlichkeit mit einem Karpfen aufwies, als er mich weiter nach rechts zerrte und TATSÄCHLICH an den Haken seiner Garderobe hing. Genau über seine schwarze Lederjacke. Genau wie damals nach dem Auftritt.

Ihm gefiel das Bild, das ich ihm bot – eindeutig ... Ich sah es in seinen glühenden Augen, die jeden Zentimeter meines hilflosen Körpers in sich aufnahmen, aber vor allem hinter seiner Jeans.

»So gefällst du mir, meine kleine süße Jungfrau. Hilflos, erregt und nackt!« Langsam ging er vor mir in die Hocke, schaute zu mir hoch, lehnte sich nach vorne. Seine Haare kitzelten meinen nackten Unterleib, als er mit seiner Nase über meinen Venushügel strich und tief durchatmete.

»Ich wollte noch nie eine Frau so dringend schmecken wie dich, und ich werde es jetzt tun, werde dich kosten … So lange es mir Spaß macht. Du wirst mein Spielzeug sein, das keinen eigenen Willen hat, und du wirst es über dich ergehen lassen, weil du verrückt nach mir bist … Du wirst wissen, dass kein anderer dich jemals so fühlen lassen kann, wie ich es tue … Dass kein anderer dich jemals so begehren wird, wie ich dich begehre.« Während er diese Worte gegen meine heiße Mitte flüsterte, strich er mit seiner Nase weiter herauf und seine Lippen küssten den obersten Ansatz meiner Schamlippen. Dann nahm er meine Unterschenkel und spreizte mit einem Ruck meine Beine, sodass ich vollkommen offen und entblößt für ihn war, denn die Garderobe hing nicht besonders hoch. Er stützte sich mit den Händen an meinen Oberschenkeln ab, hielt sie fest und strich mit seiner warmen, nassen Zunge zwischen meinen Beinen entlang – hauchzart. Mir entkam ein stranguliertes Geräusch, das einem Schluchzer glich, und ich kniff die Augen zusammen, als ich seine seidige warme Zunge fühlte, die bis zu meinem Eingang leckte.

»Mason … Mason … ich …«, bettelte ich fast, als er gegen meine pulsierende Haut summte und wieder zurückglitt. Zielsicher fand er meine Klitoris und strich darüber – fest, ohne Umschweife … Ohne Zurückhaltung. Ich zuckte zusammen, als er erneut darüberleckte, noch mal und noch mal – feste Züge seiner wendigen Zunge, und ich explodierte fast auf der Stelle. Keuchte und stöhnte, wand meine Hüften, während ich Angst hatte, dass meine Beine tatsächlich ihren Dienst verweigerten. Vor meinen geschlossenen Augen zuckten Blitze und mein Verstand verlor sich in dichtem Nebel. Ich fühlte in jeder seiner Berührungen, wie sehr er mich wollte, wie er sich nach mir verzehrte, wie erregt er war … und das brachte mich schließlich dazu, hilflos zu zucken. Doch kurz bevor ich über die Ziellinie schoss, lehnte er sich abrupt zurück und ließ mich am ganzen

Körper summend und vibrierend zurück.

Ich lief aus … wirklich … Die Feuchtigkeit strömte meine nackten Schenkel herab. Meine komplette Sicht war getrübt und mein Herz spielte in meiner Brust verrückt. Fassungslos starrte ich ihn an und versuchte meinen verwischten Blick zu fokussieren, denn so etwas Gemeines hatte er noch nie getan. Ich wollte jetzt meine Erlösung, sofort!

Er gluckste, als er bemerkte, wie ich mit mir kämpfte, um nicht um Erlösung zu betteln. Ohne ein Wort stand er auf und küsste mich. Er schmeckte nach mir, doch ich konnte mich nicht dazu durchringen, ihn von mir zu stoßen oder es widerlich zu finden, denn es war Mason, der mich küsste. Seine wissenden Hände strichen über meinen nackten erhitzten Körper. Berührten mich hier und dort … Reizten mich noch mehr … aber nicht so weit, dass mein Verlangen gestillt wurde.

»Mason …«, wimmerte ich erneut an seinen vollen Lippen, presste meine Hüften gegen seine, doch ich erntete nichts weiter als ein abfälliges Schnauben und zwei synchrone Klatscher auf meinen Arsch. Ich kreischte auf. Doch er nahm seine Hände nicht von meinen Pobacken, sondern knetete sie und hob mich schließlich hoch, sodass ich meine Arme vom Haken nehmen konnte. Automatisch klammerte ich mich mit Armen und Beinen an ihm fest. Während er mich küsste, trug er mich ins Wohnzimmer, legte mich dort auf den Esstisch und rieb mit seinem Schritt zwischen meinen nassen Falten. Dabei brachte er mich zum Stöhnen und saute mit meinen Körperflüssigkeiten sicher seine ganze Hose voll. Seine Lippen verließen mich eine lange Zeit nicht.

Stattdessen spielten sie mit mir, küssten mich einen Moment zart und langsam, im nächsten grob und gebieterisch. Doch seine Hüften rieben kontinuierlich mit seiner Härte zwischen meinen Beinen, sodass ich emporstieg …

Die Ziellinie kam in mein Sichtfeld und abrupt ließ er wieder von mir ab, lachte nur, als ich mich hilflos an ihm rieb und zur Marionette meiner unbefriedigten Lust mutierte.

»BITTE …«, flehte ich jetzt doch, aber er war knallhart.

»Noch lange nicht, Babe«, flüsterte er heiser und schon machten sich seine Lippen wieder über meinen Körper her … in südliche Regionen. Seine Finger spreizten mich und seine Zunge drang in mich ein … Meine Hüften ruckten ihm entgegen, er leckte ALLES … leckte jeden Millimeter meines Fleisches zwischen meinen Beinen, stöhnte dabei kehlig und gab urähnliche Laute von sich.

Der Höhepunkt baute sich erneut in mir auf … Mein Körper war schon komplett überhitzt und ich war sicher, langsam zu dehydrieren, denn es konnte nicht gesund sein, so viel Flüssigkeit auf einmal zu verlieren. Mason konzentrierte sich – als würde ich nicht bald vor Erregung sterben – wieder auf den obersten Punkt, umfing ihn mit seinen Lippen und saugte daran. Er schnalzte mit der Zunge dagegen und ich beugte hilflos meinen Rücken durch.

Da war sie wieder … Die geheiligte Ziellinie. Sie schimmerte verlockend und ich flog ihr nur so entgegen, doch erneut stellte er mir hinterlistig ein Bein, indem er seine Lippen von meinem heißesten Punkt löste und sie unschuldig zu meinem Oberschenkel wandern ließ. Das. Konnte. Doch. Nicht. Wahr. Sein!

Dort legte er zu allem Überfluss sein Gesicht ab, fuhr mit seiner Nase über mein überempfindliches Fleisch, während seine Hand sowie sein heftiger Atem über meine Mitte strichen. Hauchzart, mit nur einem Zeigefinger verwöhnte er meine sicherlich angeschwollenen Schamlippen und löste seinen glühenden Blick in dem Moment von meinem Unterkörper, um mir ins Gesicht zu sehen, als er einen langen Finger in mich gleiten ließ. Da wurde mir erst klar, dass er meine untere Region zum ersten Mal in seinem Leben betrachtet hatte. Jetzt verstand ich den Blick der puren Seligkeit, als er wieder nach unten schaute und für mich deutlich spürbar seinen Finger aus mir herauszog und erneut einführte. Gott! War das gut! Er zischte, als ich mich um ihn herum zusammenzog, und er blickte wieder dunkel in meine Augen, als er den Finger bog und unbändige Wellen durch meinen Körper zucken ließ, in dem er mich wissend massierte.

Er spielte tatsächlich mit mir wie mit einem Spielzeug.

Mein Rücken bog sich erneut durch. Hilflos wand ich mich, woraufhin er mich heftiger mit seinem Finger bearbeitete ... Tiefer, härter ... Ein paar Mal sah ich die Ziellinie noch ... er ließ mich nie darüber. Nicht ein einziges Mal. Entweder er reizte mich mit seinen Lippen oder seinen Fingern, aber stets war ich ihm hilflos ausgeliefert.

Irgendwann begann ich leise zu weinen, denn es pochte schmerzhaft zwischen meinen Beinen. Außerdem fühlte ich mich, als würde ich jeden Moment einen Schlaganfall erleiden, wenn er nicht sofort all diese angestauten Energien freiließ, doch er war wirklich gnadenlos, so wie er es angekündigt hatte. Ich nahm mir vor, ihn nie wieder zu verärgern, denn so himmlisch sein Liebesspiel sein konnte und so sehr er es genoss, mich zu erlösen, genauso genoss er es anscheinend auch, mich zu quälen.

Er sprach kein einziges Wort ... schien lediglich andächtig meinem Stöhnen, meinem Wimmern, meinem Flehen, meinem Keuchen zu lauschen ... Als ich vom Tisch flüchtete, griff er leise lachend nach mir und beugte mich über die Couchlehne, wo er sich hinter mich stellte, meine Hände festhielt und mich erneut mit einer Engelsgeduld, die ich ihm niemals zugetraut hätte, bearbeitete. Mal sanft, mal hart küsste er mich am Nacken. Er biss und leckte über meinen Rücken, er rieb sich an mir ...

Kurzum: Mason Hunter verwandelte mich die Nacht über in eine wabbelige, willenlose Masse weiblichen Fleisches.

Die Sonne ging tatsächlich schon rötlich leuchtend vor den großen Fenstern auf und ich war der Ohnmacht nahe, als er seine Finger ein letztes Mal kurz vor dem Orgasmus aus mir herauszog. Ich war zu schwach für alles; ich war sogar zu schwach, um zu wimmern oder meinen Körper zu bewegen, also blieb ich einfach schwer keuchend über der Lehne hängen und gab mich diesem wattigen Gefühl in meinem Kopf hin.

»Lebst du noch?«, fragte er auch noch belustigt, als wäre die Nacht komplett an ihm vorbeigegangen, wenn auch etwas verbissen.

»Ich … werde … nicht mehr … nie wieder … nur du … Mason …« Schwach streckte ich ihm mein Hinterteil entgegen. Meinen letzten Rest Würde hatte ich bereits vor drei Stunden hinter mir gelassen. Er lachte und drehte mich um, ließ mich dann über die Couchlehne gleiten, sodass ich in die weichen Kissen sank. Das war soooo gut … Ich schloss erschöpft meine Augen. Doch er folgte mir über die Lehne, kniete sich zwischen meine Beine und küsste mich erneut auf die geschwollenen, wunden Lippen. Sanft … geradezu zärtlich und behutsam. Anders als in der Nacht zuvor … wodurch er zum allerletzten Mal meinen absolut verausgabten, verschwitzten Körper mit Erregung zum Leben erweckte.

»Ich weiß, du bist jetzt fertig mit der Welt …«, murmelte er an mein Ohr, als er sich über mich gebeugt hatte. »Vielleicht beruhigt es dich zu erfahren, dass es mir nicht anders geht … Das hier war nicht nur eine Folter für dich, das kannst du mir glauben!« Ich wollte gerade fragen, wie er das meinte, da rutschte er schon wieder mit seinen feuchten Traumlippen an meinem Körper herab.

»Nein … bitte … ich kann nicht noch mal … Mason …

Ehrlich! Ich … OHHH«, flehte ich und wollte ihn mit meinen immer noch aneinander geketteten Händen nach oben ziehen, doch er hielt sie fest und presste sie gegen meinen Bauch … drückte mit der anderen einen Schenkel nach unten, bevor er erneut über meine Klitoris leckte.

»AHHH!« Ich bog meinen Rücken durch. Unsere Blicke verflochten sich, als er diese Berührung wiederholte und mich damit direkt über die Ziellinie katapultierte. Es war so unverhofft und so lange ersehnt, dass der Orgasmus mit Fanfaren und Trompeten über mich hinwegfegte und mir dabei fast alle Sinne raubte. Doch ich hörte und fühlte noch Masons heiseres Stöhnen an meinem pulsierendem Fleisch. Seine Lippen berührten mich, während er mich ENDLICH erlöste, und er schien alles von meinem unglaublich intensiven Orgasmus mit zusammengekniffenen Augen in sich aufzusaugen.

Erst als ich wieder einigermaßen klar denken konnte, bemerkte ich, dass er seine Stirn gegen meinen Venushügel gelehnt hatte.

Wortlos hob er sein Gesicht und öffnete die Augen, lehnte das Kinn auf meinen Unterbauch, um mich frech und vor allem bezaubernd schmunzelnd anzusehen. Er zog eine Augenbraue nach oben, als ich ihn fragend anblickte. Aber sein Gesichtsausdruck hatte sich entspannt und er wirkte so befriedigt wie ein Löwe nach dem Mahl, dass ich mir die Worte sparte. Dennoch verdrehte er die Augen und richtete sich auf, sodass ich genau den nassen Fleck auf seiner Hose sehen konnte. DAS WAR UNGLAUBLICH HEISS!

»Ja, ich bin gerade wie ein kleiner Teenie in meine Hose gekommen, während ich dich geleckt habe«, stellte er klar, was ihm natürlich peinlich war. GOTT! Er hatte gerade einen Orgasmus gehabt, nur weil er mich die ganze Nacht über mit seinen Fingern und seiner Zunge gequält hatte.

»Kannst du mich bitte losmachen?«, fragte ich mit schwer beherrschter Stimme denn ich wollte etwas tun.

»Jupp.« Mason war wieder ganz der Alte und beugte sich mit seinem gesamten Körper über mich, als er die Kette von meinen Handgelenken löste. Sobald meine Hände frei waren, packte ich ihn an den Schulterblättern und zog ihn auf mich. Vergrub mein Gesicht an seinem schweißnassen Hals. Doch er hob seinen Kopf, um mich anzusehen. Dann umfasste er mit seinen großen, warmen Händen meine Wangen. Er küsste meine Stirn, ließ seine Küsse über meine Schläfe wandern, bis zu meinem Kinn und von dort aus auf die andere Hälfte meines Gesichts. Ein träges Lächeln erhellte meinen Ausdruck, während er mich weiterhin sanft berührte. Ich wusste, dass er sich gerade für die vergangene Nacht entschuldigte, aber das musste er nicht, denn er hatte mich vielleicht auf seine Art bestraft ... aber auf so eine geniale Art und Weise, dass ich die letzten Stunden sicher nie mehr vergessen würde und sie auf keinen Fall bereuen konnte.

Gott ... ich LIEBTE alle seine Spiele ... ich liebte die Spannung, liebte die pure Gier, liebte das Animalische an ihm, wenn er so wie heute Nacht war. Und ich liebte es, mich ihm hilflos ausgeliefert zu fühlen. Diesem wunderschönen, begehrenswerten Mann, dem ich vollkommen vertraute.

»Mach so etwas nie wieder, Hannah. Ich bin verflucht eifersüchtig, was ich bis gestern Nachmittag nicht einmal wusste. Doch als er dich berührt hat, als du ... ihn angesehen hast ... als du mit ihm gelacht hast ... wäre ich fast wahnsinnig geworden, und jetzt willst du auch noch mit ihm Essen gehen? Nenn mich krankhaft, aber wenn ich sage, du bist MEIN, dann meine ich das auch so! Also will ich nicht, dass du dich mit anderen Männern abgibst. Verstehst du das?«

»Ja ...« Bei mir sah das nicht anders aus. Ich wollte ihn auch ganz oder gar nicht. »Es tut mir leid, wenn es auf dich den

Eindruck gemacht hat, als wäre ich an Mister Narns interessiert ... Dem ist aber nicht so. Der einzige Mann, der mich interessiert, bist du. Selbst wenn du mich durch die Hölle schickst.« Jetzt lachte er wieder leise ... küsste meine Lippen.

»DAS war noch GAR nichts, meine kleine Unschuld vom Lande. Ich bin noch zu viel Schlimmerem fähig. Hoffen wir, dass ich mich soweit beherrschen kann, um diese Seite zu unterdrücken, wenn sie mich wieder überfallen will. Weißt du, am liebsten hätte ich dich bereits in dieser Kabine vor allen Anwesenden gefickt wie ein billiges Flittchen.« Sein Blick war entschuldigend und gleichzeitig traurig, aber auch dunkel und intensiv.

»Hast du aber nicht und das würdest du auch nie«, beruhigte ich ihn, denn ich wollte ihn nicht vor Selbstzweifeln zerfressen sehen. Nicht wenn er danach so vertrauensvoll auf mir lag und dabei so umwerfend war. Ich umfasste sein wunderschönes Gesicht mit beiden Händen und küsste träge seine Lippen, worauf er sofort in meinen Mund vordrang und seine Zunge die meine langsam und genüsslich umkreiste.

»Ich bin sooo müde ...«, murmelte ich und seufzte.

»Du hast doch gar nichts gemacht. Ich hab die ganze Nacht gearbeitet«, erwiderte er mit einem Grinsen gegen meine Lippen und richtete sich auf, um sich die Kleidung vom Leib zu zerren. Dann legte er sich neben mich und umfasste mit der rechten Hand meine Brust. Massierte sie und streichelte mit dem Daumen hauchzart über meine Brustwarze. Ich schloss ENDLICH die Augen und hielt seine Hand von mir ab, als kleine Blitze von seiner Berührung ausgehend durch meine Haut rieselten. »Bitte ... nicht ... mehr ... Nicht heute ...«, flüsterte ich und hob seine Hand, um seine Fingerspitzen zu küssen, die mich heute Nacht so oft und so gekonnt gleichzeitig verzaubert und gequält hatten.

Er lachte leise, fuhr mit seiner Nase durch meine Haare und ließ seine Hand an meinem Körper nach unten gleiten. Dann umfing er besitzergreifend das Dreieck zwischen meinen Beinen, seufzte zufrieden und zog die Decke über uns. Uhh, seine Hand an dieser Stelle fühlte sich so wahnsinnig verrucht und gleichzeitig so wunderschön intim an. Ich lächelte breiter und drückte ihm mein Becken entgegen, kicherte leise, als er zischte, und drehte mich dann ganz zu ihm ... Schwang mein Bein um seine Hüfte und legte mein Gesicht an seinen Hals ... roch ihn ... fühlte ihn ... und liebte es, wie unsere Körper harmonierten.

*Himmel.*

Das war das Letzte, was mir durch den Kopf ging, bevor sich mein geschundenes Bewusstsein verabschiedete und ich in einen tiefen, komaähnlichen Schlaf fiel.

***

Das penetrante Geräusch des Weckers riss mich viel zu früh aus meinen Träumen. Ich fühlte mich, als hätte ich keine einzige Sekunde geschlafen. Blinzelnd versuchte ich über Masons nackten Körper zu klettern, doch er unterband jede meine Bewegungen, indem er mich sofort an der Taille festhielt. Verschlafen verdrehte ich die Augen, denn ich wollte doch gar nicht aufstehen, sondern nur dem nervenaufreibendem Piepen ein Ende bereiten. Das tat ich auch, indem ich mir das kleine schwarze Digitalteil packte und oben auf »Snooze« drückte ... Ich wusste, das hieß *Schlummern* ... Erschöpft ließ ich mich zurück auf den Rücken sinken und fühlte, wie Mason im Halbschlaf an mich heranrückte, mich auf die Schulter küsste und seinen Arm enger um mich schlang.

Ich versuchte meinen Blick auf die digitalen Zahlen zu fokussieren und stöhnte, als ich sah, dass es schon halb acht war ... Heute war Sonntag und ich hatte etwas Besonderes mit ihm vor. Etwas, was mir sehr wichtig war und worauf ich die letzten zwei Wochen wegen ihm verzichtet hatte.

»Mason …« Ich drehte mich auf die Seite und betrachtete sein seliges Gesicht, mit dem leichten Lächeln auf den Lippen. Wie von selbst fuhren meine Finger über seine Augenbrauen, über seine Nase und schließlich über seine volle glatte Unterlippe. Gott … sie fühlte sich sooo gut an … Sie schmeckte auch gut, wie ich mittlerweile aus Erfahrung zu gut wusste … Seufzend gab ich nach und beugte mich vor, drückte meine Lippen sanft gegen seine und fühlte, wie er breiter lächelte, während seine Hand an meinem Arm nach oben strich und sich mit einer vertrauten Bewegung in meine Haare grub. Dort wühlte er erst mal, was das Zeug hielt, und öffnete seine wundervollen Lippen für mich.

Natürlich küsste ich ihn voll und ganz … genoss jede Sekunde … bis er sich mit einem strangulierten Stöhnen von mir löste.

»Was ist?«, fragte ich, doch ich bekam keine Antwort. Mason schaute mich nur an, als wäre ich der Weihnachtsmann, streckte seine Zunge raus und bewegte sie hin und her.

»AUA!«, beschwerte er sich anklagend und rieb sich prüfend den Kiefer.

»Was ist? Hast du Zahnschmerzen?«, fragte ich alarmiert und beugte mich über ihn, um in seinen Mund zu blicken … Alles weiß … gerade … keine einzige Füllung oder ein Loch.

»Ich haekeie Zahschmerzn«, nuschelte er und es hörte sich ganz ehrlich an, als bräuchte er eine Sprachtherapie. Ich konnte mir ein Kichern nicht verkneifen.

»Wie bitte?«, fragte ich immer noch gackernd, denn sein zum Teil empörter, zum Teil anklagender Gesichtsausdruck war wirklich witzig.

»Ich ha Muskelkata in da Fresse!«, rief er aus und hielt sich beide Wangen.

»Ohhh, mein armes Baby ...« Ich beugte mich wieder über ihn, kichernd natürlich, und küsste ihn auf die Unterlippe. Er schnaufte nur und löste eine Hand von seinem malträtierten Gesicht und schlang den Arm um mich.

»Du un dein köschtlicher Schlitz ... ihr seid Schuld«, beschwerte er sich und streckte mir danach gebieterisch seine Lippen hin, die ich sofort wieder küsste.

»Wieso? Ich hab dich nicht darum gebeten, mich die ganze Nacht ... zu ... *quälen*.« Ich küsste ihn noch mal.

»Wie auch immer ... Geh nicht mit dem Spacken essen, OKAY?« OH! Jetzt lehnte ich mich zurück und sah ihm in seine Augen ... In seine besorgten Augen. Das gab ihm wirklich zu denken, und das wollte ich nicht. Das war es nicht wert. Also seufzte ich schwer.

»Ist in Ordnung.«

»Danke, Babe!« Zufrieden fuhr er erneut in meine Haare, bog meinen Kopf ein Stück zur Seite und stützte sich auf einen Ellbogen, in dem Versuch mich zu küssen. Der aber kläglich scheiterte, weil er wegen der Schmerzen wieder abbrechen musste. FAST hatte ich ein schlechtes Gewissen gehabt, weil ich ihn gleich aus den Federn schubsen würde, aber ich nahm mir vor, dass wir danach unseren Schlaf nachholen würden. Dazu kam, dass ich ihn gleich aus den Federn schubsen würde, weswegen sogar das schlechte Gewissen an mir nagte, aber nur ein klein wenig. Also beschloss ich, dass wir unseren Schlaf nach meinem Vorhaben nachholen würden. Ich tippte ihn an, um seine Aufmerksamkeit zu erhalten, aber er schien zu ahnen, was ich vorhatte, denn er rührte sich nicht. Daher forderte ich ihn konkret auf, endlich aufzustehen, weil eine Lektion anstand, doch er grummelte nur was von Sonntag und dem Tag des Herrn. Also zerrte ich ihn von der Couch und schob ihn Richtung Treppe.

Vor unseren Zimmern trennten sich unsere Wege, aber ich

konnte seinen sehnsüchtigen Blick auf meiner Rückansicht spüren, als ich meine Tür öffnete, um mich in Prüdella-Schale zu werfen.

***

Eine halbe Stunde später kamen wir absolut abgehetzt vor der kleinen katholischen Kirche des Verortes an. So schlecht drauf wie heute hatte ich Mason noch nie erlebt. In seiner gewohnt typischen Rockerkluft und mit dem tödlichen Blick brachte er die Leute dazu, einen SEHR weiten Bogen um ihn zu machen und ihn anzusehen, als wäre er ein Außerirdischer. Zugegeben, ein übermenschlich schöner Außerirdischer. Wir waren so spät dran, dass wir nur Plätze in der vorletzten Reihe bekamen und uns zwischen eine Frau mit einem Neugeborenen und eine ältere Dame quetschen mussten, was Mason noch weniger gefiel als dieser ganze Ausflug.

Ich setzte mich neben die Frau mit Kind, Mason wiederum neben die ältere Dame. Mir war klar, dass er das bereute, als deren Augen hinter der dicken Hornbrille ziemlich auffällig über seinen Körper wanderten. Zwanghaft unterdrückte ich ein Lachen, als ich sah, wie sie ihm zuzwinkerte und sein Mund daraufhin aufklappte. Hilfesuchend drehte er mir sein Gesicht zu, aber ich tat so, als hätte ich es nicht mitbekommen, und gab vor, stattdessen in meiner Tasche zu wühlen. Der Pfarrer begann mit seiner Predigt und die ältere Dame fing an, Mason noch mehr Avancen zu machen. Ich versuchte, der Messe zu folgen. Versuchte, mich von den Worten und von der Orgelmusik davontragen zu lassen. Versuchte, mich auf den Weihrauch-Duft und die vertrauten Geräusche des alten Gemäuers zu konzentrieren. Aber es war einfach zu witzig, was neben mir geschah. Ich hätte fast gekichert, als die Frau ihr Bein hob und an seinem Unterschenkel hoch und runter rieb.

Nur ein Taschentuch, was ich mir vor den Mund hielt, hinderte mich daran, in ein lautes Lachen auszubrechen, weil sein geschocktes Gesicht Bände sprach. Irgendwann nahm mein Mitleid dann doch überhand. Mit dem Vorhaben, ihn von dem Bösen zu erlösen, fragte ich, ob er die Plätze tauschen wolle, doch das war genau der Moment, als ihre kleine runzlige Hand auf seinem Oberschenkel landete.

Natürlich nahm er meinen Vorschlag eilig an, und so fand ich mich neben der älteren Frau wieder und wurde ab jetzt mit tödlichen Blicken durchbohrt. Doch Mason traf es auf der anderen Seite auch nicht besser. Denn die Frau mit dem Baby schien ihn zu kennen und versuchte die ganze Zeit, ihn in ein geflüstertes Gespräch zu verwickeln. Was unter normalen Umständen, und wenn wir nicht in einer Kirche gewesen wären, nicht so schlimm gewesen wäre, aber er hatte ja Muskelkater und hörte sich auch so an, wenn er etwas sagte. Zum Glück musste er keine Radiointerviews oder so was geben. Auf jeden Fall blieb sein Tuscheln erfolglos, insbesondere weil ich jede Unterhaltung unterband, indem ich ihm zielsicher meinen Ellenbogen in die Seite jagte.

Die junge Dame wurde zum Ende der Messe plötzlich ganz grün im Gesicht, und ehe er sich versah, hatte mein Rüpelrocker ein fast Neugeborenes auf dem Arm, während dessen Mutter nach draußen rannte. Wahrscheinlich um sich zu übergeben. Suspekt schaute er das kleine Bündel an, nahm es wie einen Knochen oder ein Stück Holz und hielt es etwas von sich weg, als wäre es giftig. Ich verdrehte die Augen, als ich sah, wie skeptisch er das Baby beobachtete … So als könnte es ihm jeden Moment ins Gesicht springen und ihm in die Nase beißen. Doch es kam schlimmer … In dem kleinen Bäuchlein begann es zu grummeln, dann zwickte das Baby die winzigen Äuglein zusammen und runzelte angestrengt die Stirn … Bis es knallrot war … und man riechen konnte, was es fabriziert hatte. Als der »Duft« zu mir wehte, hielt ich mir ein Taschentuch vor die Nase und verkniff mir ein weiteres Lachen, weil Mason lauthals würgte ... Heute war echt nicht sein Tag.

Eilig hielt ich ihm auch ein Taschentuch hin, das er sich vor Mund und Nase presste. Zum Glück kam die Mutter schon ... entschuldigte sich tausendmal und sah komplett verschwitzt aus ... Sie erzählte nur etwas von: »Wahrscheinlich wieder schwanger«, nahm ihr Kind, das sie einfach so, einem Fremden überlassen hatte, ließ sich von Mason noch ein Autogramm unterschreiben und verschwand. Wahrscheinlich würde sie ihr Baby nie wieder waschen und die volle Windel bei Ebay verkaufen. Sie wirkte leicht verrückt, und ich beschäftigte mich aber nicht weiter mit Gedanken daran, wie jung sie war und was sie wohl so für ein Leben hatte.

Endlich konnte ich mich dem Rest der Messe widmen. Es lag nur noch ein ganz kleiner Hauch Kot in der Luft, also ließ ich irgendwann das Taschentuch sinken und ignorierte alles, außer dem weißhaarigen Pfarrer vor dem Altar. Mason schlief teilweise laut schnarchend ein und ich musste ihm regelmäßig auf den Fuß treten oder ihn mit meinem Ellbogen stoßen, um ihn wach zu halten. Während wir zur Eucharistiefeier nach vorne gingen, taumelte er, als hätte er getrunken. Aber wir hatten vielleicht zwei Stunden geschlafen, also sahen wir wohl beide aus wie Zombies auf einem Sonntagausflug.

Wir reihten uns in den Strom der Menschen ein, um uns unseren Segen zu holen. Mason eher unfreiwillig, aber ich hatte ihn förmlich von der Bank geschmissen und ihm angedroht, ein Treffen mit der älteren Dame zu verabreden.

Er war sauer ... also nicht wirklich ... Vermutlich eher genervt. Was ich ihm nicht mal verübeln konnte. Zumindest nicht richtig.

Doch insgeheim freute ich mich, dass er das alles über sich ergehen ließ, wenn auch widerwillig, und hoffte, er würde endlich beginnen, die Kirche zu respektieren. Aber sobald ich meine Hostie im Mund hatte und der Pfarrer »Gott segne dich« gesprochen hatte, wurde ich eines Besseren belehrt. Mason Hunter respektierte die Kirche nicht, denn als wir uns umdrehten, um wieder zu unseren Plätzen zu gehen, beugte er sich plötzlich vor und flüsterte mir ins Ohr:

»Heute Nacht geht's deiner Jungfräulichkeit an den Kragen!« Und auch wenn er nichts weiter sagte und sich sofort zurückzog, ohne mich berühren … wusste ich, was er meinte und verschluckte mich knallhart. Mason klopfte mir auf den Rücken, während mein Husten von den heiligen Wänden widerhallte. Die Menschen, die uns noch nicht schief anschauten, taten das auf jeden Fall JETZT, denn mein Gesicht nahm nicht nur vom Husten eine ungesunde Rotfärbung an. Mason grinste, als er vor mir in die Bank rutschte. Ich war nicht nur ein wenig aufgeregt. Mein Herz holperte und polterte in meiner Brust und meine Hände wurden schweißnass. Mason neben mir hingegen war die Ruhe selbst.

Jetzt saß ich hier also in meiner geliebten Kirche vor Gott und hatte absolut unflätige Bilder in meinem Kopf. Ich musste beichten gehen. Sehr bald. Mason ebenfalls, dafür würde ich sorgen! Die Messe ging mit einem schön gesungenem »Halleluja« zu Ende und wir warteten, bis der Hauptstrom die Kirche verlassen hatte, ehe wir aufstanden. Dann nahm Mason meine Hand und zog mich hinter sich her.

Vor dem Gotteshaus hatten sich tatsächlich drei Fotografen eingefunden, die zur Abwechslung nicht ihre volle Aufmerksamkeit ausschließlich auf Mason richteten. Es hatte sich schnell herumgesprochen, dass Spank Ransom tatsächlich in einer Kirche war, weswegen sich auch einige Fans versammelt hatten, die wohl über die sozialen Netzwerke informiert worden waren. Vermutlich normal, wenn man als weltbekannter Rockstar etwas länger als eine Stunde an einem Ort verbrachte.

»Mist«, fluchte ich untypisch und hielt mir meine Handtasche vors Gesicht, während Mason auch noch stehen blieb und in aller Ruhe Autogramme unterschrieb – aufgrund seines Muskelkaters aber wenig sprach –, sich umarmen und fotografieren ließ. Er war das ja gewohnt! Aber ich wollte morgen nicht in jeder Zeitung zu sehen sein, deshalb versuchte ich, mich davonzuschleichen, doch er hielt mich am Handgelenk fest, verschlang unsere Finger miteinander und kümmerte sich eben einhändig um seine Fans. Also versteckte ich mein Gesicht zwischen seiner Schulter und meiner Handtasche vor den Fotografen, die um uns herumflogen wie Motten um das Licht und Mason irritierende Fragen stellten.

Irgendwann ertrug ich den Trubel nicht länger und zog Mason hinter mir her zu seinem Auto. Immer mehr Menschen hatten uns belagert und ich regelrecht Platzangst bekommen. Und ich fragte mich, warum mir das früher nicht schon aufgefallen war. Konnte es wirklich daran liegen, dass wir sonst nie länger als zwanzig Minuten an einem Ort verweilt hatten? Unmöglich.

Auf dem Rückweg fuhr er noch ein paar Umwege, denn er hatte keine Lust darauf, dass die Paparazzi ihm folgten, aber mit der Anzahl PS unter der Haube, die er auf der Autobahn alle rausholte – wobei ich mir fast in die Hosen machte –, hätten sie sowieso nicht mithalten können.

Daheim angekommen, war ich RICHTIG fertig ... Müde ... ausgelaugt ... totgeleckt ... wie man es sehen wollte. Mason ging es nicht anders, denn er schmiss sich als Allererstes auf die Couch und ließ seinen Kopf nach hinten über die Lehne hängen. Ich folgte ihm sofort, denn der Zaun war schon wieder umgeschmissen, was hieß, dass die Monster hier irgendwo herumkrochen.

Zwar entdeckte ich sie nirgends, aber ich wusste, dass ich auf der Couch sicherer war, also lehnte ich meine Wange auch gegen den weichen Stoff und schloss die Augen.

»Babe ...«

»Hm?« Die Schläfrigkeit übermannte mich schon, als er sanft sprach und ich seine Finger fühlte, die unter meinen Augen entlangstrichen.

»Wir müssen es heute Abend noch nicht machen, wenn du dich nicht bereit fühlst ... Das weißt du, oder?«, murmelte er gähnend.

OH MEIN GOTT.

Schnell öffnete ich wieder die Augen und schaute ihn an. Er saß locker da, hatte die Hände auf dem flachen Bauch verschränkt und den Kopf immer noch nach hinten gelehnt, während er mich scheinbar ruhig anblickte ... doch ich kannte das unterschwellige Lodern in seinen Augen zu gut.

Ohne weiter darüber nachzudenken, setzte ich mich auf seine Hüften ... ignorierte sein Zischen und seinen verwirrten Gesichtsausdruck ... fühlte nur, wie seine Hände am Rücken unter meinen Pullover glitten und seine Fingerspitzen mich kraulten.

»Hi, Blowjob Girl«, flüsterte er grinsend und ich verdrehte die Augen.

»Ich will mit dir schlafen, Mason ...«, antwortete ich nur leise und beugte mich vor, um ihn zu umarmen und mein Gesicht an seine Schulter zu legen.

Ich ignorierte die Härte und das Zucken zwischen meinen Beinen, auch wenn es mir schwerfiel, als er seine Hüften etwas verlagerte, weil er nach oben rutschte.

Dann erwiderte er meine Umarmung – fest – und ich spürte, wie er an meinen Haaren roch. Die Zeit verging ... Die Uhr tickte ... Meine Lider fielen langsam wieder zu.

»Mit oder ohne Gummi?«, fragte er plötzlich. Etwas Unpassenderes in diesem schönen Augenblick hätte ihm wohl nicht einfallen können?

»Du weißt, dass ich die Pille nehme«, flüsterte ich, denn wir hatten schon am Anfang der Spielstunden über dieses Thema gesprochen. »Aber ... es wäre mir lieber ... wenn wir dennoch zusätzlich mit Kondom verhüten würden«, fuhr ich fort, denn Mason hatte bereits mit SEHR vielen Frauen Sex gehabt und ich wusste nicht, ob er sich immer geschützt hatte.

»Es war mir klar, dass du verhüten willst ...«, erwiderte er mit einem ironischen Unterton. »Aber nur so zur Info ... ich habe davor JEDES Mal ... egal, wie besoffen oder drauf ich war, ein Kondom benutzt.«

»Und jetzt willst du keins benutzen?«, fragte ich und fühlte, wie es in meinem Bauch anfing, zu schwirren und zu wuseln. Offenbar war ich wirklich etwas Besonderes für ihn.

»Nein, Hannah, das will ich nicht. Ich bin vollkommen gesund ... und ...«, antwortete er schlicht und küsste mich auf die Schläfe, »ich will dich pur.«

Ich erschauerte und drehte ihm mein Gesicht zu. Strich mit geschlossenen Augen mit meiner Nase über seine.

»Nicht beim ersten Mal.« Ich konnte die kleine penetrante Stimme in meinem Kopf manchmal einfach nicht abstellen, die auf ein Kondom bestand.

»Okay«, antwortete Mason schlicht. Nicht enttäuscht, zum Glück. »Schlafen wir jetzt erst mal eine Runde? Ich will dich später bei Kräften haben und hoffe, dass heute Abend meine Zunge wieder ordentlich einsatzfähig ist.«

Ich lachte und gab ihm einen kleinen Kuss. »DAS hoffe ich auch, Mister Hunter!«

Dann legte ich meinen Kopf ab und wollte eigentlich nur ein kleines bisschen kuscheln, doch mein Bewusstsein verabschiedete sich und ich fiel wieder in einen komaähnlichen Schlaf.

CUT!

# Wrong

(Depeche Mode)

Meine Träume waren wirr und ... schön. Ich lag mit Mason auf einem riesengroßen weißen Bett, und war nackt, genau wie er. Seine Lippen verteilten überall auf mir kleine Küsse: auf meinem Hals, meinen Brüsten, meinem Bauch, meinen Beinen, auf meinen Lippen. Sie waren sanft, ebenso wie seine Finger, die über meinen Körper strichen – mich verwöhnten.

Er war wirklich ein Verführungskünstler.

Ich stöhnte leise und bog meinen Rücken durch, als er seine heiße, wendige Zunge in meinen Bauchnabel tauchte.

Ich war so erregt und so neben mir, dass ich plötzlich aus meinem Körper schwebte und alles von oben sehen und gleichzeitig fühlen konnte ... Wie sich mein nackter, bleicher Körper unter ihm wand, wie meine Hände sich in seinen dunkelbraunen Haaren vergruben und wie wunderschön unsere Körper zusammen aussahen.

»Gott, Hannah«, hauchte er und im nächsten Moment verzerrte sich das Bild, es fing an, sich an den Seiten zu verwischen ... Schockiert beobachtete ich, wie Mason sich mit einem Grinsen aufrichtete, nichts Liebevolles mehr im Blick, und wie aus mir eine fremde Frau wurde ...

Die schwarzhaarige Prostituierte, mit der er auf der Party verschwunden war. Sie hatte rot geschminkte Lippen, große Puppenaugen, ein schönes Gesicht, das voller Sehnsucht zu ihm aufblickte ... Während sie die Hände nach ihm ausstreckte, gluckste er leise, klatschte ihr dann unverhofft auf einen ihrer Innenschenkel, packte ihre Hände, riss sie über ihren Kopf und drang mit einem Stoß in sie ein, sodass sie den Rücken durchbog und aufschrie. Nicht vor Lust ... vermutete ich zumindest.

»WAS TUST DU?«, schrie ich, doch er hörte mich nicht, küsste die tiefroten Lippen mit einem Knurren und trieb sich erneut in ihren Körper. Wild und ungezügelt, animalisch, ließ sie schreien, kreischen ... Wenn er ihre Hände nicht gehalten hätte, dann hätte sie seinen Rücken sicher blutig gekratzt.

»DAS IST ES, WAS ICH MIT FRAUEN TUE! UNTERWERFUNG! GEWALT! ICH TREIBE SIE ÜBER IHRE GRENZEN!«, grollte er und packte sie an den Haaren, riss ihren Kopf zurück, strich mit seinen Lippen über ihren Hals bis zu ihren wahrscheinlich operierten Brüsten und biss dort hart in die Brustwarze. Ich zuckte zusammen und merkte erst jetzt, dass ich weinte.

»TU DAS NICHT! MASON«, rief ich wieder und mit einem Mal löste er sich von der Brust der schwarzhaarigen Schönheit, stoppte schwer atmend alle Bewegungen und schaute mir direkt in die Augen. Sein raubtierhafter Blick ließ das Adrenalin durch meine Blutbahn rauschen und die Tränen schneller fließen. Ich begann zu keuchen, als ich ihn so sah ... Ein Gott ... gefährlich ... wunderschön ... verschwitzt ... angespannte Muskeln ... wirr flackernde Augen ... Die Augen eines ungezügelten Teufels. Gänsehaut breitete sich auf meinem Körper aus, als er mich diabolisch angrinste.

»Ich werde mich bei dir auch nicht immer zurückhalten. Also komm her und ertrage es, wenn du mich willst!«

»Nein!« Ich wich zurück, fasste an meine Brust, denn mein Herz raste.

»Willst du mich oder nicht?«, säuselte er jetzt ... löste sich von der anderen Frau und stand auf, überragte mich. Dabei sah er immer noch schrecklich gefährlich und vor allem wunderschön aus. »Komm zu mir, Hannah ...«, hauchte er mit dieser Verführerstimme und streckte eine feingliedrige Hand nach mir aus.

»Du hast versprochen, mir nie wehzutun«, wisperte ich. Sein Mundwinkel zuckte. Hinter seinen Augen tanzten sadistische Flammen. Er würde mir wehtun ... SEHR wehtun ... und doch ging ich wie von Geisterhand getrieben auf wackligen Beinen auf ihn zu. Denn ich wollte ihn ... nur ihn ... Er zog mich an wie ein Magnet. Ich wollte ihm vertrauen ... Wollte mich ihm hingeben ... Wollte ihm zeigen, dass sich hinter dem Teufel auch ein Engel versteckte. Er lächelte nicht ... er grinste. Schief und dämonisch, und doch gab ich ihm all mein Vertrauen und legte meine Hand in seine. *Er hatte es mir versprochen!*

Ohne eine augenscheinliche Bewegung lag ich plötzlich unter ihm, hatte rot geschminkte Lippen und fühlte seine eiskalten Finger wie Eisenklammern um meine Handgelenke. Sein Mund senkte sich auf meinen und erstickte mein empörtes Keuchen.

»Dumme Schlampe«, knurrte er. »Dir werde ich noch mehr wehtun als all den anderen!« Schon spürte ich ihn zwischen meinen Beinen – hart –, riss die Augen auf und wand mich heftig, wollte ihn von mir schieben, doch sein nackter, glatter Körper drückte mich erbarmungslos tief in die Couch. Ich hatte keine Chance. Unsere Blicke trafen sich. Er drang in mich ein ... Es war, als würde er ein Messer zwischen meine Beine rammen und mich aufschneiden ... Ich schrie auf, weinte bitterlich und bekam vor lauter Schluchzern keine Luft mehr, denn das hier war schrecklich.

»HANNAH!«

»NEIN, BITTE NICHT! TU MIR NICHT WEH! DU HAST ES VERSPROCHEN!«, kreischte ich und versuchte, seinen Körper von mir zu kämpfen und seine Hände abzuwehren, die plötzlich überall waren.

»Hannah, WACH AUF!«

Mit einem strangulierten Schluchzen öffnete ich die Lider und sah keuchend in die Augen des Mannes, der mir gerade solche Schmerzen zugefügt hatte. Sein Blick stand im absoluten Widerspruch zu dem, was eben geschehen war. Er war ruhig, das Braun seiner Iriden flackerte nicht düster. Das Einzige, was ich in ihnen erkennen konnte, war Besorgnis. Verwirrt musterte ich sein Gesicht, sah mich dann im Wohnzimmer um. Sanft strichen seine Finger, die mich eben noch mit Gewalt festgehalten hatten, über meine verschwitzte Wange. Ich zuckte vor ihnen zurück und schaute verängstigt zu ihm hoch. Er runzelte die Stirn und zog seine Hand zurück.

»Du hattest einen Albtraum von mir!«, stellte er leise und gequält fest. »SHIT!« Sofort löste er sich von mir und ließ sich verzweifelt in die Kissen zurückfallen. Der Mond schien auf seine nackte Brust … und ich sah, wie er anfing, heftiger zu atmen, als er mit beiden Händen über sein Gesicht strich.

Sprachlos blickte ich ihn an, versuchte die Angst und die Enttäuschung zu verdrängen, die ich im Traum empfunden hatte, weil er mich wie ein Stück Fleisch behandelt und mich eine dumme Schlampe genannt hatte, weil da nichts mehr von seinen Gefühlen für mich übrig gewesen war … Versuchte, das sadistische irre Flackern in seinen Augen zu vergessen. Versuchte, ihn wieder als Engel zu sehen und nicht mehr als Teufel. Denn das war er. Er hatte mir noch NIE Gewalt angetan.

Vermutlich hätte ich auf mein Unterbewusstsein hören sollen, doch ich konnte in diesem Moment seine Qual nicht ertragen.

Also legte ich trotz seiner Gänsehaut eine Hand auf seine Brust und strich über diese bis zu seinem Herzen. Diese Berührung beruhigte nicht nur ihn ungemein, sondern auch mich. Das hier war Mason – mein Mason!

»Liebe mich ...«, flüsterte ich und beugte mich vor, küsste ihn zwischen seine Brustmuskeln, sog seinen frischen reinen Duft ein. Langsam glitt ich mit meinen Lippen nach oben bis zu seinem Schlüsselbein ... und über seinen Hals. Sein erregender Geruch stieg mir intensiver in die Nase und ich schloss mit einem »Mhhmm« die Augen, als ich über seinen Adamsapfel leckte und sein einzigartiger Geschmack auf meiner Zunge prickelte. Er schluckte, was so sexy war.

»Bitte ... Mason ... Ich will dich ... jetzt.« *Sanft und liebevoll ... Lass mich den Albtraum vergessen. Beweise mir, dass ich mich täusche. Und dass du deine teuflische Seite unterdrücken kannst.* »Lass mich alles vergessen ... Du bist der Einzige«, wiederholte ich seinen Liedtext und küsste ihn – langsam, sinnlich –, strich mit meiner Zunge über seine Unterlippe und war froh, als er mir mit seiner Zunge entgegenkam und mich genauso sachte küsste, wie ich es tat. Wir küssten uns, als wäre es das erste Mal ... erkundeten uns gegenseitig. Gemächlich schmiegte er eine Hand an meine Wange und streichelte mich mit dem Daumen. Vorsichtig legte ich ein Bein um seine Hüfte, denn ich brauchte mehr Körperkontakt, mehr Mason.

»Bitte«, wimmerte ich, als ich dieses unerträgliche Pochen zwischen meinen Beinen spürte, genau wie in meinem Albtraum. Denn obwohl darin die Gewalt dominiert hatte, konnte ich nicht leugnen, dass ich groteskerweise ziemlich feucht geworden war.

»Okay!« Mit einem Mal packten mich seine großen Hände am Hintern, er richtete sich auf und erhob sich. Ich kreischte auf und klammerte mich an ihm fest. »Aber nicht hier!«

Seine Lippen glitten über meinen Hals, während er mich die Treppe nach oben trug. Dabei ließ ich meinen Kopf zurückfallen, um ihm leichteren Zugang zu verschaffen. Wohin wollte er mit mir? In mein Zimmer? Sein Zimmer stellte ja nach wie vor eine Tabuzone dar.

Im Flur blieben wir stehen.

Mason löste seine Lippen von mir. Dann schaute er mir forschend in die Augen, versuchte womöglich zu ergründen, ob ich das hier wirklich wollte ... seufzte schwer ... und lehnte seine Stirn gegen meine.

»Ich will dir nicht wehtun. Du bist zu kostbar!« OH MEIN GOTT.

»Wirst du nicht«, murmelte ich nur, auch wenn es nicht sonderlich überzeugt klang, weil ich seine Hände noch grob auf mir fühlen konnte.

»Was, wenn ich die Kontrolle verliere?«

»Mason«, rief ich genervt aus. Er sollte jetzt aufhören! Ich wollte das hier! Er wollte das hier! Wir wollten das beide! Davon abgesehen war es klar, dass es so kommen würde, irgendwann.

»Aber wenn ich in dir bin ... wenn ich dich fühle ... ich weiß nicht, ob ich noch klar denken kann ... Ich will dir nicht wehtun ... Ich will nicht ...«

»Mason!«, unterbrach ich ihn bestimmt, umfasste sein Gesicht mit beiden Händen und hob es leicht an, sodass er mich ansehen musste. Das tat er ... gequält. Doch ich ließ mich davon nicht beeindrucken, sondern schaute fest zurück, denn es war beschlossene Sache. Hatte ich einmal eine Entscheidung gefällt, dann war diese unumstößlich. Also sagte ich etwas, was ich davor noch nie in meinem Leben gesagt hatte und was ich auch GANZ sicher nicht so bald wieder sagen würde.

»Halt für einen Moment deine große Klappe und schalte deinen Kopf aus! Lass dich von deinem Körper leiten ... gib dich deiner Lust hin ... blablabla ...« Er riss die Augen auf, ebenso wie seinen Mund, und sah mich entgeistert an, doch dann grinste er und stellte mich abrupt auf die Beine.

»Zu Befehl!« Er salutierte, ich kicherte. »Machen wir uns erst mal frisch, denn ich fühle mich wie ein Haufen Scheiße!« Somit verbeugte er sich tief vor mir, nahm meine Hand und hauchte an meinem Handrücken: »In fünfzehn Minuten, genau hier!« Er küsste mich und ich konnte nicht anders, als seine vollen sinnlichen Lippen anzustarren und zu erschauern. Mit einem Grinsen schlüpfte er in sein Zimmer.

Ich blieb atemlos zurück und versuchte meinen sich drehenden Kopf zu beruhigen. Gleich würde ich mit Mason Hunter Sex haben und es würde das schönste Erlebnis in meinem Leben werden, so wie er es mir versprochen hatte! Hoffte ich ...

\*\*\*

AHHHHHH!

Mit einem Handtuch trocknete ich mir die Haare, während ich das andere um meinen Körper geschlungen hatte. Wieso war ich jetzt so aufgeregt? Es war ja nicht so, als hätte ich meinen Körper nicht schon mit Mason geteilt. Es war auch nicht so, als hätte er mich nicht schon überall berührt. Trotzdem war jetzt alles anders, denn wir hatten uns eben noch nicht vereinigt. Immer wieder musste ich daran denken, wie groß er war, und hatte dementsprechend Bedenken, dass er überhaupt in mich passen würde ... aber ich nahm mir vor, ihm wie immer zu vertrauen. Seufzend öffnete ich meinen Schrank, um mir Unterwäsche herauszusuchen, doch ich konnte mich einfach nicht konzentrieren. Auf NICHTS. Also schloss ich tief durchatmend die Augen, versuchte die Bilder von unseren verschlungenen Körper wenigstens für einen Moment zu vertreiben, und erschrak, als ich zwei starke Arme fühlte, die sich um mich legten ...

Einer umfasste meine Hüfte, der andere meine Schultern ... Er zog mich an seinen harten Körper. Heiß durchrauschte mich die Erregung und sammelte sich in meinem sich zusammenziehenden Bauch an.

»Du musst nichts suchen, was deinen wunderschönen Körper verhüllt. Du hast sowieso zu viel an«, raunte er mit seiner absoluten Verführerstimme in mein Ohr. In aller Ruhe strich er mir die feuchten Strähnen von einer Schulter und senkte seine Lippen auf meine Haut. Ließ Blitze durch meinen Körper schießen, weil er meinen Nacken küsste. Als ich mich wand, lachte er leise und drehte mich an der Hüfte zu sich, eine Hand legte er an meinen Rücken, die andere stützte er hinter mir ab. Sein Blick glitt beinahe schon fasziniert über mein noch etwas feuchtes Gesicht.

»Du weißt nicht, wie wunderschön du bist. Du bist eine wahre Erscheinung«, flüsterte er und seine Finger glitten zu meinem Hintern, packten etwas fester eine meiner Backen. Entlockten mir ein heiseres Stöhnen, als sie sich in mein Fleisch gruben. Er lächelte und beugte sich vor, um mit den Lippen über meinen Hals zu streichen, während er weitersprach. »Ich bemerke die Blicke der Männer, die sie dir zuwerfen, und kann förmlich ihre lüsternen Gedanken hören. Ich kann sehen, wie sie dich begehren, aber ich bin der Einzige, der dich bekommt. Du weißt nicht, wie glücklich es mich macht, dass ich es sein darf, der dich berührt ... während die anderen nicht mehr als einen Blickfick kriegen.« Das konnte nicht sein. Die Männer reagierten nie sonderlich begeistert auf mich – na gut, alle außer die drei, die mich seit Jahren verfolgten. Also flüsterte ich schwach. »Das glaub ich dir nicht.«

»Dummes Mädchen!« Er grinste spürbar an meinem Ohr und küsste die zarte Haut darunter. »Ich werde es dir zeigen.« Anschließend zog er mich wieder zu dem Spiegel, drehte mich um, sodass wir uns darin sehen konnten. Meine Beine gaben fast unter mir nach, als ich diesen wunderschönen Mann hinter mir stehen sah ... und natürlich fiel mir auf, wie gut wir optisch zusammenpassten – wie zwei Puzzleteile, die man endlich zusammengeführt hatte.

Seine Hand strich über den Saum des Handtuchs ... langsam öffnete er es. Dabei brannten sich seine Augen in meine, als er es langsam zu Boden gleiten ließ und meinen komplett nackten, noch leicht feuchten Körper entblößte. Sein Blick, der einen Tick dunkler wurde, fesselte mich über die Reflexion des Spiegels. Eine Hand legte er an meine Hüfte, streichelte mich mit dem Daumen; mit der anderen fuhr er seitlich an meinem Hals entlang, beugte sich vor und summte in mein Ohr: »Dein Hals ist elegant ... Die Haut so zart ...« Seine Finger strichen zu meinen Schultern. »Deine Schultern sind anmutig, deine gesamte Haltung strahlt Selbstbestimmtheit aus. Das mag ich, es macht mich so an, dass du so eine toughe kleine Hannah bist und nicht so eine typische Volltusse!« Ich konnte mich kaum auf die Worte konzentrieren, weil mein Herz schlug wie ein Presslufthammer, während seine Berührungen meinen ganzen Körper unter Strom setzten. Er umkreiste meine sich schwer hebende und senkende Brust.

»Nein ... ich sage jetzt nicht Titte ... du weißt, was ich von Brüsten halte ... Ich fahr voll drauf ab ... und deine sind der Hammer, Baby. Die Brüste unter den Brüsten!« Ich lachte leise aufgrund seiner Worte, aber vor allem, weil die Aufregung in mir hochkochte. Mit den Fingerspitzen strich er über meine Brustwarze – ließ sie steinhart werden. »Sie laden zum Küssen ein ... Ich könnte den ganzen Tag an ihnen hängen, aber das habe ich dir ja schon bei unserer ersten Begegnung gesagt ...« Er schmunzelte mich an, doch er konnte die Erregung nicht vor mir verbergen. Sie strahlte in dunklen Wellen auf mich ab. Hüllte mich ein. Langsam strich er an meiner Seite hinab.

»Ich weiß, wieso die Form der Frau in manchen Kulturen vergöttert wird ... Aber keine kommt an dich heran. Du wärst die Obergöttin.«

OH GOTT! Meine Beine begannen schon zu zittern, dabei hatte er mich lediglich berührt – leicht und unschuldig – sowie zu mir gesprochen, allerdings mit seiner Sexstimme. Und offenbar war er noch nicht fertig.

»Dein Bauchnabel ...« Er umkreiste ihn. »Er scheint dafür gemacht zu sein, um seine Zunge darin zu versenken ... Eines Tages möchte ich Bier daraus trinken.« Wir lachten beide. Manchmal war er so ein ... Rotzrüpel und Sexgott in einem. Dann ging er hinter mir in die Hocke und küsste mit einem »Mhhhmmm« beide meiner Backen. »Das hier, Babe ... DAS ist der süßeste kleine Arsch, den ich je gesehen habe. Ich habe ihn zum Fressen gern.« Hilflos wand ich mich unter seinen Lippen, die auf meiner Haut prickelten. Seine Hände strichen an meinen Beinen entlang. »Du hast ellenlange Beine ... Ich mag sie am liebsten um meine Hüften geschlungen, deine Kniekehlen laden dazu ein, darüberzulecken und dein wunderbares Lachen zu hören. Deine Waden in Kombination mit roten High Heels und ich komme allein von dem Anblick, dazu deine kleinen Füße mit den perfekten Zehen ... Da könnte ich glatt zum Fußfetischisten werden. Aber ich habe nur einen Fetisch. Dich, Hannah ... Also lass mich ihn ausleben.«

Jetzt wanderten seine Hände wieder an meinen Beinen nach oben – allerdings innen! Ich wand mich, weil es sich so intensiv anfühlte.

»Ich liebe es, wenn du wegen meiner Hände auf dir nicht mehr stillhalten kannst. Immer mehr die Kontrolle über dich verlierst und sie Stück für Stück an mich abgibst«, murmelte er gegen meinen Hintern. Und dann strich er über meinen Venushügel, was mich leise stöhnen ließ, und über meine äußeren

Falten, die peinlicherweise schon triefend nass waren.

»Ich liebe es, wenn du immer feuchter wirst ... Wenn sich das Blut zwischen deinen Beinen sammelt, wenn dein Puls an dieser Stelle für mich rast.« Seine Finger glitten sanft zwischen meine Schamlippen. »Und ich liebe es, wie es sich anfühlt ...«, raunte er heiser und drang plötzlich mit einem Finger in mich ein. »Wenn du mich umschließt – warm und einladend –, als würde ich hierhergehören, Babe. In dir bin ich zu Hause! My Home is my Castle.«

Meine Bewegungen kamen ins Stocken. Selbst mein Rumgekeuche stoppte, als ich irritiert »Was?« fragte.

Er zog den Finger lachend aus meinem Inneren und stellte sich wieder vor mich, nahm mein Gesicht in seine Hände und grinste. »Ich würde gern in deinem Schlitz wohnen!«

Ich konnte einfach nicht anders, als die Augen zu verdrehen und knallrot zu werden. »Die Miete ist aber ganz schön hoch«, antwortete ich schwach, auch wenn mir nicht klar war, wie ich jetzt noch mit ihm scherzen konnte.

»Ich bezahle mit Dienstleistungen und die sind nicht zu verachten, Miss Obermeier. Wie Sie vielleicht schon gemerkt haben?« Somit beugte er sich vor und küsste mich leicht. Im nächsten Moment hatte er mich schon auf die Arme gehoben und ich klammerte mich leise kreischend an ihm fest, als er mich zum Bett trug und dort in die Mitte der weißen Laken legte.

Er blieb vor dem Bett stehen und betrachtete mich mit glühenden, faszinierten Augen. So hatte mich noch nie ein Mann angesehen. Das pure Verlangen in seinem Blick entfachte meines noch mehr. Also rekelte ich mich leicht und lächelte ihn schüchtern an. Dabei biss er sich auf die Unterlippe; seine Augen nahmen jeden Zentimeter von mir in sich auf, während es in seiner schwarzen Shorts, die sich deutlich wölbte, verdächtig zuckte.

GOTT! Dieser Mann! Dieser Körper!

»Mason, bitte!« Ich streckte meine Hand nach ihm aus, denn ich brauchte ihn so nah wie möglich. Langsam und sinnlich grinste er, zog seine Shorts herab und brachte mich zum Keuchen, als ich seine Erregung erblickte. Wie ein Raubtier auf der Jagd kroch er aufs Bett und ließ dabei seine Hand über meinen kompletten Körper gleiten ... Fest. Er vergrub sie in meinen Haaren und hob dann meinen Kopf, um mich zu küssen – besitzergreifend –, und das so lange, bis ich erneut keuchte und ein dicker schwerer Film sich über meinen Geist legte.

Meine Finger glitten wie von selbst über seine Muskeln, jede einzelne Sehne, jede Ader ... Ich fuhr die Form der Tätowierung nach und spielte mit seinem Piercing, was ihn zum Stöhnen brachte und was mich wiederum noch mehr erregte. Ohne mein geistiges Dazutun strich ich seine aussagekräftigen Bauchmuskeln herab, umfasste seine pulsierende Länge und begann, sie zu streicheln, auf und ab – genau wie auf dem Dach. Wir stöhnten beide auf ... Seine Hände waren überall auf mir – berührten mich voller Ehrfurcht. Mit einem Mal wollte ich ihn in mir ... und zwar PUR, ohne alles.

»Ich will es ohne machen«, murmelte ich in unseren Kuss und er rückte etwas von mir ab, lehnte schwer keuchend seine Stirn gegen meine.

»Wieso auf einmal?«, presste er hervor.

»Weil ich dir vertraue, deswegen«, flüsterte ich, denn es war wirklich so.

»Du weißt nicht, was das für mich bedeutet.« Somit packte er mich in den Haaren und küsste mich heftig. Seine andere Hand glitt an meinem Körper herab und er versenkte zielsicher zwei Finger in mir, während ich ihn weiter befriedigte. Das Zimmer war erfüllt von lustvollen Lauten und den Geräuschen, die die Berührung unserer Körper auslösten. Die Luft war dick und heiß, es knisterte und summte. Es war der Wahnsinn. Mason bewegte seine Finger fest und bestimmend in mir. Hatte nur ein Ziel vor Augen ... Sobald mein Orgasmus heftig über mich hinweggefegt war, zog er sich zurück und nahm meine Hand von seiner Härte. Dann sah er mir in die Augen und strich mir eine Strähne aus dem Gesicht.

»Ich kann nicht mehr warten. Ich will dich ganz spüren! Darf ich, Babe?« Seine Stimme klang rau, er hielt sich deutlich zurück. Ich schaute ihn an, in sein geliebtes Engelsgesicht.

»Ja, Mason ... nur du ... sonst keiner!« Tief durchatmend legte ich mich auf den Rücken, schloss die Augen, öffnete die Beine und legte seine Hand dazwischen. Er stöhnte rau – fast schon verzweifelt.

»Das hier ist keine Spielstunde. Es gibt keine Regeln ... Ich will einfach nur, dass du mit mir gemeinsam genießt. Bist du dir sicher wegen dem Gummi?« Ich nickte und fühlte, wie seine andere Hand über meinen Oberschenkel strich. Seine Lippen glitten an meiner Schläfe hinab bis zu meinem Mundwinkel. »Ich habe so lange auf das hier gewartet ... Ich glaube ... Du bist ... Mein Leben.« OH MEIN GOTT! Und mit diesen samtenen Worten, die direkt in mein Herz schossen, küsste er mich – innig –, während ich stöhnte.

Der Albtraum war vergessen. Alles was zählte, war der Mann, der gleich eins mit mir werden würde. Er lehnte sich über mich, glitt mit seinem durchtrainierten Körper über meinen. Seine harte Brust berührte meine aufgestellten Brustwarzen, seine Bauchmuskeln meinen anschmiegsamen Bauch, seine Hüften drückten sich gegen meine Mitte ... Genüsslich ließ er sie kreisen, wie auf der Bühne, und entlockte mir allein schon damit ein Stöhnen, denn seine Spitze lag genau auf meinem obersten Punkt.

Er löste seine Lippen von mir, um mich bewundernd anzusehen, während er rechts und links die Ellbogen abstützte, mein Gesicht an Ort und Stelle hielt ... und sich erneut auf mich stürzte.

»Mason ...«, wimmerte ich und kam ihm mit meinen Hüften entgegen, denn es pochte und zog schon wieder. Ich wollte mehr, mehr Reibung ... und Erlösung ... Fast verzweifelt presste ich meinen absolut NASSEN Intimbereich gegen seine imposante Härte, rieb daran auf und ab ... Er zischte, eine Hand schnellte nach unten, legte sich auf meinen Hüftknochen und drückte mich nach unten.

»Hannah, bitte hör auf damit!« Keuchend löste er seine Lippen von mir und richtete sich leicht auf, hielt mich jedoch immer noch fest. »Willst du, dass ich einfach so, mir nichts dir nichts, in dich eindringe, als würden wir das jeden Tag machen?«, fragte er schwer atmend.

»OH«, antwortete ich. Zu mehr war ich nicht in der Lage, stattdessen hörte ich auf, gegen seine Hand zu kämpfen, und ließ meine Hüften nach unten fallen. Er lächelte warm.

»Braves Mädchen, lassen wir es langsam angehen. Wir haben die ganze Nacht Zeit, meine kleine süße Jungfrau.« Tief schaute er mir in die Augen, als er erneut mit einem Finger in mich eindrang. »Du bist schon wieder so bereit für mich«, murmelte er und verteilte die Flüssigkeit zwischen meinen Beinen, glitt nach oben, umkreiste meinen Kitzler ein bisschen und beobachtete dabei fasziniert mein Gesicht. Ich schloss die Augen und ließ den Kopf zurückfallen, stöhnte hingebungsvoll, denn seine Finger zwischen meinen Beinen fühlten sich genial an. »Du bist so wunderschön. Ein Engel ist nichts gegen dich«, flüsterte er, umfasste schützend mein pulsierendes Dreieck, und ich öffnete keuchend die Lider, um auf seinen absolut ehrfürchtigen Blick zu treffen. GOTT! DAS sagte er mir?

Wir schauten uns in die Augen – tief –, und es war, als wäre ich nur für diesen Moment am Leben, als gäbe es die Welt da draußen vor dem Fenster nicht, sondern nur dieses Bett, auf dem Mason mich gleich lieben würde.

»Du BIST ein Engel!« Lächelnd hob ich eine Hand, strich mit den Fingerspitzen über jeden Zentimeter geradliniger Perfektion ... Seine Augenbrauen, seine Stirn, seine Nase, seine Lider, seine Schläfen, seinen Kiefer, sein Kinn und seine Lippen ... Oh seine Lippen ... Vermutlich hatte ich mich in sie zuerst verliebt.

Sein Blick glitt über mein Gesicht, vermutlich um sich jeden Zentimeter einzuprägen, bis er an meinem Mund hängen blieb. Mit einem ergebenen Stöhnen senkte er den Kopf und presste sich an mich – mit seinen Lippen sowie seinem Körper. Ich LIEBTE es, sein Gewicht auf mir zu spüren, und musste ihn berühren, also strich ich über seine starken Schultern und über seinen lang gezogenen muskulösen Rücken.

»Du fühlst dich so gut an«, hauchte ich, worauf er breiter lächelte. Seine Hand löste sich von meinem Dreieck und nahm den Ansatz seiner Erregung, drückte seine Eichel leicht gegen meine Klitoris – rieb dann langsam und bedächtig darüber.

»Du auch!«, kommentierte er rau und ich stöhnte laut auf, bog meinen Rücken durch, während meine streichelnden Händen zu krallenden Fingern wurden.

»Babe, sieh mich an.« Langsam glitt er herab. Als ich fühlte, wie er sich an meinem Eingang positionierte, flogen meine Augen auf und ich starrte in sein Gesicht. Seine andere Hand lag an meiner Wange, sein Daumen streichelte mich. Er wartete, wartete auf mein allerletztes Einverständnis ... Ich biss mir auf die Lippe, hielt den Atem an und nickte. Sein Kiefer spannte sich an und er schloss seine Augen, während er sich in mein Inneres drückte, den ersten Widerstand mit einem angespannten Stöhnen durchbrach ...

»Ahhh!« Ich klammerte mich fester an seinen Rücken, denn es fühlte sich fast so an wie in meinem Traum, als ein scharfer Schmerz durch mich fuhr. Tränen traten in meine Augen und jegliche Lust verflog in diesem Moment.

»Es tut mir leid. Es geht gleich vorbei, Babe«, keuchte er abgehackt, während seine Hände sich in den Kissen verkrallten und seine Armmuskeln sich anspannten. Er verweilte nur mit der Spitze in mir und küsste meine Stirn. »Shit!«, fluchte er leise und verzog gequält sein Gesicht, denn es musste hart für ihn sein, sich jetzt nicht zu rühren.

GOTT, er war in mir. Das Schlimmste war jetzt vorbei!

»Mason … liebe mich … bitte …«, wimmerte ich also, traute mich aber nicht, meinen Körper zu bewegen, denn ich war mir nicht sicher, ob es nicht noch mehr wehtun würde.

»Ich glaube …« Er schob sich noch ein Stück weiter in mich, ließ mich jeden Millimeter seiner Härte genau fühlen. »Ich werde …« Er schob sich noch ein Stück weiter, ungefähr bis zur Hälfte, und ich merkte erleichtert, dass es nicht mehr wehtat, sondern er einfach nur Druck ausübte, als er mich dehnte, denn er war wirklich ziemlich groß … Trotzdem passte er perfekt. »Verrückt …« Somit schob er sich bis zum Ansatz in meinen feuchten Spalt. Ein Stöhnen gemischt mit einem erschrockenen Keuchen brach von meinen Lippen. Mein Kopf schwirrte wirr. Eine Träne lief über meine Wange und ich hielt ihn fester, sobald er komplett in mir war und besorgt in meine Augen schaute.

Denn ich fühlte ihn SO intensiv … und damit meinte ich nicht nur den Punkt zwischen meinen Beinen, an dem wir jetzt verbunden waren. Ich fühlte seine glatte Haut auf meiner, seinen duftenden Atem, der heftig mein Gesicht umnebelte, das Zittern seiner langen Fingern an meiner Wange, das Flimmern, Pulsieren, unsere seelische Verbindung … und in diesem Moment wusste ich es … »Ich liebe dich, Mason!«

OH MEIN GOTT! Hatte ich das gerade wirklich geflüstert? Für eine Sekunde schloss ich die Augen, nur um sie wieder aufzureißen, als ich spürte, wie sich Masons Körper vor Schock versteifte. Er hörte sogar auf zu atmen. Die Musik im Nebenzimmer verstummte kurz, und mit einem Mal erklang ein anderes Lied. »WRONG« war alles, was ich verstand.

»SCHEISSE«, fluchte er nur, kniff die Augen zusammen und lehnte seine Stirn an meine. Seine Stimme zitterte heftig. Die süße, liebliche Stimmung, die zwischen uns geherrscht hatte, kippte abrupt … Ich fühlte mich mit einem mal nicht mehr sicher, sondern bedroht in seinen Armen. Ein düsterer Schleier legte sich um uns.

»Was?« Ich wand mich leicht unter ihm und stöhnte überrascht auf, als ich ihn erneut tief und erregend in mir fühlte. »Mason?« Nachdrücklich umfasste ich sein Gesicht, wollte seinen Kopf von mir drücken, aber er ließ sich nicht bewegen. Mit einem Mal löste er seine Stirn von meiner und ich erschrak mich fast zu Tode, als ich in seine Augen blickte. In zwei braune sadistische Infernos. In die Augen eines Dämons. Mein Mund klappte auf … Adrenalin durchflutete mich.

Er war immer noch bis zum Ansatz in mir, als er langsam seinen Mundwinkel hob und mich angrinste … nicht liebevoll … nicht rotzig … sondern diabolisch. Ich erschauerte und hatte keine Ahnung, was ich tun oder sagen sollte, aber mein Herz schlug mir bis zum Hals und ein tief in mir verborgener Instinkt schrie panisch in meinem Kopf: »*Lauf*!«

»Du liebst mich, ja?«, fragte er nur – eiskalt, fast schon herablassend. Im nächsten Moment zog er sich komplett aus mir zurück. »Ist DAS Liebe?« Bevor ich etwas tun oder einen Gedanken fassen konnte, schob er seine Hüften wieder nach vorne und rammte sich erneut bis zum Ansatz in mich.

»AHHH!« LUST, pure unbändige Lust durchflutete mich und ich warf meinen Kopf zurück, drückte meinen Rücken durch, SCHRIE, denn es war so unvorbereitet und gleichzeitig so intensiv.

»Fühlt sich so Liebe an, Hannah?«, knurrte er. Erneut zog er sich zurück und stieß dann HEFTIG in mich, immer und immer wieder, sodass ich Angst hatte, er würde meinen Unterkörper spalten. Sein Mund krachte auf meinen und küsste wild alle weiteren Schreie von meinen Lippen. Seine Zunge dominierte mich genauso wie jede andere seiner Bewegungen. Es ging alles so schnell, dass ich eigentlich gar nicht erfassen konnte, was gerade geschah, aber eines war sicher: Mit LIEBE hatte das NICHTS zu tun. Eher mit Raserei.

Mit einem Mal schoben sich seine groben Hände unter meinen Rücken … Er rollte uns herum, sodass ich in der nächsten Sekunde auf ihm war und keuchend auf ihn hinabstarrte. Auf sein wunderschönes, schmerzverzerrtes Gesicht. Seine Hände flogen nach oben, wühlten sich tief in meine Haare und umfassten meinen Kopf.

»Ich werde dir zeigen, was du davon hast, wenn du mich liebst!« Plötzlich erhob er sich mit mir auf den Hüften und ich klammerte mich an ihm fest. Als Nächstes hörte ich diverse Dinge zu Boden gehen, vermutlich meine Parfumfläschchen und alles andere, was auf der Kommode neben meinem Bett gestanden hatte, als er sie mit einem Arm leer fegte. Dann platzierte er meinen Hintern auf dem kühlen Holz, griff in meine Haare und riss schmerzhaft meinen Kopf zurück, sodass ich ihn ansehen musste. Seine Stimme klang abgehackt, als er dennoch sinnlich in mein Ohr sprach: »Ich. Kenne. Keine. Liebe!« Grob packte er meine Knie, spreizte weit meine Schenkel und stieß erneut in mich. Seine Lippen krachten zeitgleich auf meine. Etwas lief zwischen meinen Backen entlang, womit ich mich aber gerade unmöglich befassen konnte, weil mein Verstand mit den Geschehnissen völlig überfordert war. Mit einer Hand fuhr er meinen Körper nach oben und umfasste meine Brust – keineswegs zärtlich. Als ich meinen Mund von ihm löste, weil ich sonst erstickt wäre, biss er mir in die Lippe und im selben Moment kniff er mir in die Brustwarze. »Liebkost man so einen Körper?«, zischte er und ich keuchte schockiert auf.

Er benahm sich wie ein Tier – völlig von seinen Instinkten geleitet. Dies hier war die Seite, die er so konsequent unterdrückt und vor mir verborgen hatte. Ungehobelt, unkontrolliert, grob und dominant. Tief stöhnend begann er, meine Brust zu massieren, fast schon schmerzhaft. Obwohl alles in mir geradezu brüllte, dass dies falsch war, handelte mein Körper eigenmächtig. Zwischen meinen Beinen baute sich dieses verräterische Prickeln auf, dazu seine Finger, die mich reizten ... Er keuchte, stöhnte, ebenso wie ich. Seine Zunge schien immer weiter in meinen Mund vorzudringen und wilder zu werden, wie auch seine Härte in mir. Die gesamte Kommode wackelte und schlug unter seinen monströsen Stößen gegen die Wand.

Meine Hände krallten sich Halt suchend in seinen Haaren fest, zerrten daran, wühlten darin ... Er schlang sich eins meiner Beine um die Hüfte und packte mit einem Mal mit stahlhartem Griff meine Handgelenke und streckte mich, während er mir unnachgiebig in die Augen starrte, sich an meinem Schreck ergötzte. Ich wimmerte, als er meine Hände weit über meinen Kopf zerrte und dort gegen die Wand presste – so fest, dass sie sich spürbar aufschürften. Doch seinen Knöcheln ging es nicht anders. Er grinste, als ich die Stirn runzelte und mir auf die Lippe biss, um den Schmerz zu absorbieren. Das hier war ... grob ... und ... absolut berauschend! Es war der Wahnsinn. Die Mischung machte es aus.

Sie brachte mich dazu, die Ziellinie zu sehen, mich ihr zu nähern, bis ich schließlich begann, um ihn herum zu zucken. Er knurrte in meinen Mund, als er das fühlte. Ein primitiver Laut, der mich nur noch höher trieb, mich nur noch lauter stöhnen ließ.

»OOOOOH MEIN GOOOOOOTT«, schrie ich gegen seine Lippen, denn ich wusste, ich würde jede Sekunde explodieren. Mason gluckste teuflisch über meine Hilflosigkeit und trieb sich noch härter in mich, drehte seine Hüften ein wenig, sodass er GENAU jenen Punkt traf, den er berühren musste, um mich über die geheiligte Linie zu bringen.

Und ich … flog … ich fiel … ich starb … wurde neugeboren … und schrie. Mit einem letzten heftigen Stoß und einem letzten gezischten Fluch in meinen Mund folgte auch er mir. Dabei hielt er komplett still, eine Hand an meiner Brust, die andere um meine Handgelenke. Wir pulsierten zusammen, er war tief in mir, doch es war nicht so, wie es sein sollte … Es fühlte sich absolut falsch an!

»SHIT«, war das Erste, was er murmelte, sobald wir fertig waren und sich sein Körper etwas entspannte. Langsam ließ er meine Handgelenke los und nahm auch seine andere Hand von mir. Völlig fertig sank ich gegen ihn und spürte, wie er sein Gesicht in meine Haare drückte. Ich hatte nicht mal Kraft, um seinen Rücken zu umfassen. Mein Körper war aus Gelee … ich hyperventilierte und mein Herz überschlug sich, als hätte es einen Marathon hinter sich.

»SCHEISSE!«, zischte er plötzlich und schlug er mit der Faust in die Wand hinter mir. Ich erschrak mich fast zu Tode, doch bevor ich das verarbeitet hatte, löste er sich schon komplett aus mir. Ohne noch einen einzigen Blick auf mich zu werfen, marschierte er davon, knallte die Tür hinter sich zu und ließ mich absolut verwirrt und fertig auf der Kommode sitzen wie eine billige kleine … Prostituierte.

WAS?

Sein Sperma lief aus meinem Inneren über das Holz der Kommode und folgte dem Weg des, wie ich nun erkennen konnte, eingetrockneten Blutes … Mit beiden Händen auf dem glatten Holz abgestützt, saß ich immer noch breitbeinig da und versuchte keuchend zu ergründen, was gerade so FALSCH gelaufen war. Heftig zuckte ich zusammen, als ich aus Masons Zimmer ein Krachen vernahm, und die erste Träne löste sich aus meinem Augenwinkel, als ich ihn grölen hörte – laut und verzweifelt. Er randalierte weiter und die zweite Träne lief der ersten hinterher, die dritte folgte, und noch bevor ich mich versah, schluchzte ich auf und schlug die Hände vors Gesicht … Fühlte mich leer und … *missbraucht*. Mason brüllte weiter … Sachen gingen zu Bruch … es knallte ohrenbetäubend und jedes Geräusch machte mir klarer, was soeben geschehen war, und brachte mich dazu, noch mehr zu weinen, was sich bis in die Hysterie steigerte.

Es schien mir, als würde ich mit letzter Kraft auf mein Bett klettern, dort rollte ich mich zu einer Kugel zusammen und versuchte damit klarzukommen, dass mein erstes Mal meilenweit von meinen Vorstellungen entfernt verlaufen und dass mir meine Jungfräulichkeit auf so grobe Art genommen worden war.

Dafür hatte ich mich all die Jahre aufgespart?

Aber das war nicht das Schlimmste.

Ich liebte ihn – ehrlich und aus vollem Herzen – und er hatte nichts Besseres zu tun, als mich von sich zu stoßen. So weit und so effektiv, dass ich nicht wusste, wie ich mich dazu durchringen sollte, diese Gefühle weiter zuzulassen. Ich hatte mich ihm völlig geöffnet und er hatte mich in diesem Moment so verletzt. Er war gegangen, hatte mich einfach sitzen gelassen, obwohl ich ihn gerade jetzt, nach diesem Erlebnis, so dringend gebraucht hätte.

Er hatte mein Vertrauen missbraucht und mich dann allein gelassen.

Meine Prüdellaseite in mir fühlte sich bestätigt. »*Ich hab dir gesagt, dass er dir so wehtun wird wie kein Mensch jemals zuvor, wenn du ihn an dich ranlässt!*«, ätzte sie. Ich schniefte nur lauter, fühlte mich so dumm wie noch nie zuvor in meinem Leben.

CUT!

# My Immortal

(Evanescence – Cover crtoPilot)

SHIT!

Völlig außer Atem ließ ich den Hocker fallen, den ich gerade gegen die Wand schlagen wollte, um ihn genauso zu zerstören wie schon den Rest meines Zimmers, denn meine unbändige Wut verließ mich mit einem Mal und wich einem Gefühl der absoluten bodenlosen Leere.

Hannah ... meine kleine süße Ex-Jungfrau ... Was hatte ich ihr nur angetan?

Wie konnte ich ihre zarte Haut SO berühren? Sie SO küssen? Sie SO unterwerfen? Als wäre sie ein Stück Dreck und nicht die Person, die mir mehr bedeutete als mein eigenes Leben oder das von Dom Dom und Sub Sub? Jetzt hatte sie mein wahres Ich kennengelernt ... hatte hinter die Maske gesehen ... hatte dem Monster in die Augen geblickt und würde mich hassen.

Ich konnte es nicht ertragen, mich selbst nicht ertragen. Zu fühlen, wie ihr geschändeter Körper vertrauensvoll gegen meinen sank, nach dem, was ich ihr angetan hatte. Sofort kochte Wut in mir hoch, rauschte durch meine Adern, sodass ich am ganzen Körper zitterte, und forderte, rausgelassen zu werden, irgendwas zu zerstören. Alles, nur nicht Hannah!

Ich ekelte mich vor mir selbst.

Ohne sie noch einmal anzusehen, denn das hätte das Feuer in meinem Inneren nur noch mehr geschürt, hatte ich ihr Zimmer verlassen. Ich wollte nicht, dass sie noch mehr abbekam, denn ich war nicht mehr Herr über meine Sinne.

Erst jetzt, gefühlte Stunden später, gelang es mir, mich zu beruhigen, und ich sah wieder klar. Das Feuer in mir war erloschen und alles, was blieb, war ein Haufen Asche. Ich hatte alles zerstört, was ich uns so mühsam aufgebaut hatte. All meine Bemühungen, meine Geduld, jedes Wort war umsonst gewesen. Denn ich hatte das Vertrauen, das ich mir hart erarbeitet hatte, mit einem Schlag wieder vernichtet. Kraftlos lehnte ich meine Stirn gegen die kühle Scheibe meines Fensters, schloss gequält die Augen und strich mir über mein Gesicht.

Alles, was ich sah, war ihr schockierter Blick. Alles, was ich fühlte, war ihr zarter Körper, den ich grob behandelte. Alles, an was ich denken konnte, war, wie sehr ich sie enttäuscht und gekränkt haben musste.

Ich hatte ALLES verkackt!

Dabei war sie die erste und einzige Frau gewesen, bei der ich wirklich alles richtig machen wollte, stattdessen hatte ich im wichtigsten Moment alles ruiniert ... Das Lied, das immer noch lief, war eindeutig ein böses Omen gewesen ... und so passend! Seufzend öffnete ich die Augen und blickte nach draußen in den Regen.

Das, was ich sah, ließ den Atem in meiner Kehle stocken!

Der Regen fiel in dicken Fäden vom bewölkten Himmel. Der Mond versteckte sich halb hinter dunkelgrauen Wolkenschleiern. Die gelben Straßenlaternen spendeten jedoch genug Licht, um das eigentlich schöne Szenario in eine Horrorvision zu verwandeln.

Meine kleine süße Ex-Jungfrau! Sie ging voll angezogen und mit ihrem Koffer in der Hand die verregnete Einfahrt entlang!

Sie verließ mich!

NEIN!

»HANNAH, NEIN!« Der Schrei entkam meinen Lippen, obwohl ich genau wusste, dass sie mich nicht hören konnte. Sie durfte nicht gehen. Wie ein Verrückter stürmte ich zu meinem Schrank – so ziemlich das Einzige, was in diesem Zimmer halbwegs heilgeblieben war. Ich zog die Tür mit so einer Wucht auf, dass ich sie halb aus den Angeln riss, und zerrte eine schwarze Jogginghose aus den unordentlichen Stapeln, sodass die restliche Kleidung auf den Boden fiel.

Mein Herz raste in meiner Brust. Sie hatte mir Leben eingehaucht, Gefühle geweckt, die so lange von dickem Eis verdeckt gewesen waren. Und nun brannte ich für diese Frau, die gerade im Begriff war, mich zu verlassen. Das musste ich verhindern. Denn sie war alles, was mir in trostlosen kalten Nächten Wärme gab sowie Hoffnung – Hoffnung auf ein normales Leben. Mit Anstand. Rock oder Liebe ... Dabei hatte ich immer gedacht Rock wäre meine große Liebe, aber da hatte ich meine süße Hannah noch nicht gekannt und nicht gewusst, wie es sich anfühlt, wenn man DIE EINE vor sich hat.

Völlig außer mir raste ich die Treppen hinunter und aus der Haustür in die dunkle Nacht. Der Regen stach wie kleine Eisnadeln auf meinem Gesicht, doch es störte mich nicht. Ich hatte ein Ziel. Hannah war schon über die Einfahrt gegangen, bog gerade um die Ecke.

»HANNAH!«, schrie ich aus vollen Kräften und rannte weiter. Sie musste mich hören, doch sie blieb nicht stehen, drehte sich nicht mal nach mir um. VERFLUCHT!

»WARTE!«, brüllte ich erneut und rannte weiter, bog auch um die Ecke und blickte auf eine absolut leere Straße. Wo ich mich panisch umsah. »Nein!«,wisperte ich und fühlte, wie meine Beine nachgaben, in dem Wissen, sie verloren zu haben.

Sie war weg … War gegangen, ohne sich auch nur einm Mal umzudrehen.

Ich sank auf die Knie und raufte mir mit beiden Händen die Haare.

»Nein, nein, nein!« Sie hatte mich verlassen. Mein Körper wippte vor und zurück, schon längst durchnässt von den Regentropfen, die gnadenlos auf mich herabprasselten.

Ich fühlte mich leer. Die einzige Frau in meinem Leben, die mir etwas bedeutete, war gegangen. Sie löste in mir Gefühle aus, die ich nicht kannte. Bei ihr fühlte ich mich geborgen, gebraucht, geliebt. Doch ich hatte sie verloren. In meiner Brust zog es schmerzhaft. Meine Lungen wollten keine Luft mehr in sich aufnehmen. Innerlich implodierte ich in tausend kleine Teile. So hatte ich noch nie empfunden. Noch NIE in meiner gesamten Existenz. Ich schluchzte auf wie ein kleines Baby, als die Erkenntnis mich traf wie eine steinharte Faust.

Ich liebte sie.

Mit jeder Faser … und ich hatte sie verloren.

Schmerz … unbändiger Schmerz … überall – in meinem Körper, in meinen Gedanken. Er fraß sich durch meine Seele und verätzte alles, was sich ihm in den Weg stellte. Das konnte nicht wahr sein! Wieso hatte ich sie nur in diesem beschissenen Zimmer allein gelassen!? Wieso konnte ich nicht der Mann sein, den sie verdiente … wieso…

Plötzlich spürte ich etwas in meinen Haaren … Sanft strichen Finger mir die nassen Strähnen aus der Stirn, doch sie konnte es nicht sein … Vermutlich war ich einfach nur komplett durchgedreht und fing aus Verzweiflung an zu halluzinieren. Ein Traum, nichts weiter. Also blickte ich weiter auf den schwarzen nassen Asphalt unter meinen Knien und ließ die Schultern hängen. Die zierliche Hand strich meine Schläfen herab, schmiegte sich zart um meine Wange und hob mein Gesicht an.

Das Pulsieren, das meinen Körper wiederbelebte, war zu real. ES musste echt sein.

Ich sah in gerötete Augen, die verloren in meine blickten. Hannah kniete vor mir ... war da.

*Ich liebte diese Frau* ... und doch konnte ich sie in diesem Moment nur anstarren. Jeden Zentimeter ihres lieblichen blassen Gesichtes, an dem ihre langen Haare in dunklen Strähnen klebten. Der Regen lief in feinen Rinnsalen über ihre Wangen, über ihre tiefroten glatten Lippen... Verzweifelt kniff ich die Lider zusammen, konnte diesen Blick nicht mehr ertragen, konnte es nicht ertragen ihrer nicht wert zu sein. Sie sah so verflucht traurig aus.

Ich spürte ihre andere Hand, die mit feinen Fingerspitzen über mein Gesicht glitt und die Tränen fortstrich. Unter ihren vertrauensvollen Berührungen öffnete ich die Augen. Vielleicht war noch nicht alles verloren. Denn sie sah mich an, als wäre ich eine glorreiche Erscheinung, während ein schwaches Lächeln über ihre Lippen huschte.

Vorsichtig tat ich es ihr gleich und legte meine Hand an ihre kühle Wange. Kleine Stromstöße durchfuhren meinen Körper. Als ich sie berührte, schloss sie die Lider und schmiegte sich gegen meine Handfläche. Eine Träne löste sich aus ihrem Augenwinkel, vermischte sich mit den Regentropfen. Ihre Lippen begannen zu beben und ihre kleinen Finger umfassten meinen Handrücken. Plötzlich lehnte sie sich inniger gegen mich ... Und ich wusste, sie hatte genauso viel Angst, mich zu verlieren, wie ich sie. Unbändige Erleichterung machte sich in mir breit, denn dass sie mich so zart berührte, bedeutete, dass sie sich nicht vor mir ekelte ... Nicht nur das Monster in mir, sondern auch den Mann dahinter sah. Es bedeutete, dass ich sie vielleicht nicht zu sehr verschreckt hatte und dass sie bei mir bleiben würde. Es gab nur eine Sache, die ich sagen konnte.

»Es tut mir so leid, Babe ...« Meine Stimme klang kratzig, doch inbrünstig. Sie öffnete die Lider, als ich mich bei ihr entschuldigte und es auch *wirklich* so meinte. Von ganzem Herzen. Verzweifelt setzte ich einfach alles auf eine Karte und wisperte nur etwas lauter als der prasselnde Regen, der ihre Lippen benetzte. »Verlass mich nicht ... *Bitte* ...« Dann hob ich auch meine andere Hand, umfasste ihr kleines Gesicht, sodass ich es hielt, als wäre es das Kostbarste auf der Welt, und beugte mich vor, lehnte meine Stirn verzweifelt an ihre ... »Ich brauche dich.« Ihr Atem beschleunigte sich und sie begann zu zittern. »Gib mir noch eine Chance! Ich KANN es richtig machen ... ich KANN mich kontrollieren ... ich KANN dich lieben. Ich WILL dich lieben«, stammelte ich wie der riesengroße, erbärmliche Idiot, der ich eindeutig war.

Mit einem Mal rückte sie von mir ab. Die Augen groß und ungläubig. »Wie bitte?«, fragte sie leise und auch ihre Stimme war nur einen Hauch lauter als der Regen. Ihre Kleidung war mittlerweile komplett durchnässt. Aber ihr Gesicht hatte Farbe angenommen, war zart errötet und der gepeinigte Ausdruck aus ihren Augen verschwunden.

»Komm nach Hause«, flüsterte ich einfach.

»Okay!« Sie zuckte mit den zierlichen Schultern und dieses OKAY war das Schönste, das sie sagen konnte.

»Gehen wir rein, Babe ... Du wirst dich noch erkälten«, antwortete ich irgendwie immer noch völlig neben mir, stand auf und reichte ihr meine Hand. Ich hoffte, sie würde sie ergreifen. Sie tat es schüchtern ... Lächelnd zog ich sie hoch und drückte ihren zerbrechlichen, kostbaren Körper, den ich so schrecklich behandelt hatte, gegen meinen.

»Du auch«, murmelte sie und ich fühlte, wie ihre Hände sich vorsichtig auf meinen Rücken legten, sich dann aber förmlich in mich krallten. Sie versteckte ihr Gesicht an meiner nackten Brust und atmete tief durch. Die Wärme ihres Atems streifte meine Haut.

So standen wir einige Minuten da, eng umschlungen im strömenden Regen, mitten auf der Straße, und klammerten uns aneinander, als würden wir davongespült werden und nie wieder auftauchen, wenn wir uns losließen. Der Mond kam hinter den Wolken hervor und ein warmer Wind strich über unsere Haut. Was verrückt war, weil es nach wie vor regnete. Die Straßenlaternen spiegelten sich auf der nassen, dunklen Straße und alles, was man sehen konnte, war ein verzweifeltes bis über beide Ohren verliebtes Pärchen, das schreckliche Angst hatte, sich gegenseitig zu verlieren.

Nach einiger Zeit rückte ich von ihr ab, nahm ihre Hand und küsste ihren Handrücken, während ich unter gesenkten Lider in ihr liebliches Gesicht blickte. Sie lächelte süß und absolut verträumt. Ich nahm ihren Koffer und führte sie schweigend ins Haus.

Wir blieben im Flur stehen, wo ich den Koffer abstellte und auf ihre kleine Gestalt sah. Die weiße Bluse und der graue Rock klebten wie eine zweite Haut an ihr und ließen ihre Unterwäsche durchscheinen. Ihre großen tiefen Augen blickten verunsichert zu mir hoch. Ich wusste, sie fragte sich gerade genauso wie ich, wie es weitergehen sollte. Ihre vollen regennassen Lippen bebten, dicke Tropfen fielen von ihren Haaren und ihrer Kleidung auf den Boden und sie schlang ihre Arme um ihren Oberkörper.

»Dusche?«, fragte ich verunsichert, denn sie musste sich eindeutig aufwärmen. Ich war darauf vorbereitet, dass sie mir einen Vogel zeigen würde, nach dem, was soeben geschehen war. Garantiert würde sie nicht einmal in Erwägung ziehen, mit mir duschen zu gehen. Aber sie belehrte mich eines Besseren, als sich ein kleines offenes Lächeln auf ihrem wunderschönen Gesicht ausbreitete, was mir beinahe die Luft zum Atmen nahm.

Sie entgegnete etwas, das ich nie für möglich gehalten hätte und raubte mir endgültig den Atem, als sie »Whirlpool« hauchte, meine Hand nahm und unsere Finger fest miteinander verwob. Ich fühlte die Aufschürfungen an ihren Knöcheln und biss erneut leicht wütend die Zähne aufeinander. Doch sie bedachte mich immer noch mit diesem schüchternen Lächeln, worauf es mir gelang, meine Gesichtszüge wieder einigermaßen zu entspannen. Völlig fasziniert bemerkte ich ihre geröteten Wangen, als sie sich in Bewegung setzte und mich hinter sich herzog. Diese Frau war unglaublich.

Wie in Trance folgte ich ihrer Führung in den Keller, durch mein Spielzimmer, bis in das Badeparadies, das ich hier erschaffen hatte. Meine kleine Oase der Ruhe.

Sie schaltete die Wandlichter an, die alles in angenehmes, bläuliches Licht hüllten und drehte sich zu mir, sobald wir vor meinem großen Whirlpool standen, den man über drei Stufen erreichte. Ich fühlte mich etwas scheiße, weil ich hier schon so viele Frauen gefickt hatte, aber sie zog lediglich auffordernd eine Augenbraue hoch und ich dankte Gott dafür, dass er diese Frau so stark erschaffen hatte.

Ich antwortete mit einem kleinen schüchternen Lächeln, wagte es aber nicht, sie zu berühren, als ich an ihr vorbeiging, den Whirlpool anmachte und die Abdeckung herunternahm. Leise begann er vor sich hin zu sprudeln und Reflexionen auf die Decke und die Wände zu werfen. Die kleinen Wellen spiegelten sich im glänzenden Licht. Meine verdammten Hände zitterten, während ich die Temperatur einstellte. Innerlich schrie ich mich an, nicht die verdammten Nerven zu verlieren, denn das war das Letzte, was jetzt passieren durfte. Vorhin hatte ich sie allein gelassen, und das war möglicherweise das arschlochmäßigste, was ich in meinem gesamten Leben je getan hatte, also musste ich jetzt verflucht noch mal stark sein und ihr die ganze Wahrheit erzählen

… Oder zumindest so viel, dass sie mein irres Verhalten zumindest ein wenig verstehen konnte.

*Dann wird sie sowieso um ihr Leben laufen.*

Sie beobachtete mich vorsichtig, während ich den Pool vorbereitete, und ihre Augen strahlten dunkel und vertrauensvoll – obwohl ich ihr so wehgetan hatte. Ich blieb verunsichert neben dem Pool stehen. Auf einmal war ich mir nicht mehr sicher, ob sie den Whirlpool mit oder ohne mich nutzen wollte. Um sie nicht zu verschrecken, entschied ich mich für Letzteres und war schon dabei, ihr zu zeigen, wo sich die Handtücher befanden und anschließend zu gehen. Da glitten ihre Hände zu den Knöpfen ihrer Bluse und öffneten sie langsam. Mein Mund klappte auf, als sie die Augen verdrehte, sich den Stoff von der Schultern streifte. Dann sagte sie etwas, was meine Aufregung ein wenig zerstreute.

»Es ist ja nicht so, als hättest du mich vorhin nicht entjungfert.« Mit einem Schmunzeln griff sie nach hinten, um den Verschluss ihres BHs zu öffnen. Ich starrte sie an – mein mutiges kleines Blowjob Girl –, schluckte trocken, öffnete meinen Mund und schloss ihn wieder. Sie war einfach nur … *phänomenal*. Ihre Titten, die sie entblößte, bevor sie den BH faltete und auf ihre Bluse auf einen Hocker legte, waren es auch, und ich wollte einfach nur die zwei Schritte zu ihr gehen und sie berühren, aber das konnte ich nicht tun. Viel zu groß war die Angst, erneut die Kontrolle zu verlieren und dieser zerbrechlichen wunderschönen Frau vor mir noch einmal wehzutun. Also blieb ich stehen … mit pochendem Schwanz und durchdrehenden Gefühlen, die mir einiges abverlangten. Denn die Versuchung war so nah und doch so fern.

»Ich wollte nicht, dass es SO geschieht …«, flüsterte ich nur und schaute mit brennenden Augen ihren kleinen Fingern zu, die nun den Reißverschluss ihres Rockes nach unten zogen.

Sie ließ ihn zu Boden gleiten, hob ihn mit ihrem eleganten Fuß auf, um auch ihn zu falten und penibel auf ihre andere Kleidung zu legen. Ihre Wangen waren leicht gerötet und ihre Nippel steif … Ich konnte es nicht glauben, aber ich wusste, wie eine erregte Hannah aussah … und sie war es eindeutig.

»Was geschehen ist, ist geschehen … Wir können es nicht mehr rückgängig machen, aber wir können darüber reden, versuchen, uns gegenseitig zu verstehen und es in Zukunft besser zu machen.« Wie der absolute Idiot, der ich war, nickte ich eifrig, denn SHIT, ich war SO dankbar, dass sie trotz allem noch so vor mir stand und mir so vertrauensvoll ihren Körper präsentierte. Dass sie keine Angst hatte, dass ich mich noch mal völlig außer mir auf sie stürzen würde.

»Willst du mit Kleidung ins Wasser?«, fragte sie und riss mich aus meinem Staunen. Im nächsten Moment zog sie sich schon ihr Höschen aus und legte es auf ihren Rock. Mit anmutigen Schritten ging sie die Stufen zu dem Pool hoch und ich konnte immer noch nicht anders, als sie anzustarren wie ein sabbernder Arsch. Einer kleinen sexy Meerjungfrau gleich stieg sie majestätisch in den Pool. Die Wellen brachen sich an ihrem Körper, als sie sich langsam ins heiße Nass gleiten ließ. Doch sie zuckte zusammen und biss sich auf die Unterlippe, als sie sich in das warme Wasser setzte und ich wusste sofort, wieso.

»Du bist wund!«, rief ich aus und strich mir verzweifelt durch die Haare, zerrte mir dann meine Hose von den Hüften. Mit einem Mal konnte ich es nicht mehr erwarten, sie in die Arme zu nehmen und das zu tun, was ich schon hätte vorhin tun sollen. Sie zu trösten.

Tapfer verbarg sie das Brennen zwischen ihren Schenkeln vor mir und winkte ab, während ich auch ins Wasser stieg. Doch ich kaufte es ihr nicht ab.

Sie saß auf der leichten Erhöhung, die dazu gedacht war, als ich meinen Körper ihr gegenüber in das warme Wasser tauchte.

Unsicher blieb ich da, wo ich war ... wollte zwar zu ihr, sie fühlen, sie beruhigen, mich von ihr beruhigen lassen, doch ich wollte sie verflucht noch mal nicht erschrecken, also hörte ich mich absolut verzweifelt an, als ich fragte: »Darf ich dich berühren?« Die Sprudel tanzten auf ihrer makellosen, cremigen Haut. Sie war wunderschön.

»Mason ...«, antwortete sie wimmernd und schockte mich erneut, indem sie sich in Bewegung setzte, klare Wellen auf mich zukommen ließ und zu mir glitt. Mit ihrem kleinen nackten Hintern schob sie sich auf meine Oberschenkel und legte ihre delikaten Hände auf meine Brust; ihre Lippen berührten meinen Hals und sie schmiegte ihr Gesicht gegen meine Haut. Ihren zerbrechlichen, weichen Körper so nah zu fühlen, war genial und ich seufzte, als sie sich so auf mich setzte. Denn das bedeutete, dass sie tatsächlich keine Angst vor mir hatte. Mit sehr viel Verspätung hoben sich meine Arme. Einer umschlang ihren Rücken, meine andere Hand fuhr in ihre Haare und mein Daumen streichelte sie, als ich ihr Gesicht gegen mich drückte und meine Nase in ihren feuchten Haaren vergrub. Das Wasser sprudelte. Es war angenehm warm, fast schon heiß, aber genau richtig für unsere unterkühlten Körper. Ihre Nase strich an der Seite meines Halses entlang, ihre Fingernägel kraulten meine Brust. Wir genossen die Stille, die uns umgab, sicher ein paar Stunden. Jeder hing seinen eigenen Gedanken nach, die sich ja doch alle um den anderen drehten.

Ehrlich gesagt wusste ich nicht, was ich sagen sollte. Ich hatte Schiss davor, etwas von mir zu geben, was sie letztendlich doch von mir treiben würde, denn ich musste ehrlich sein und das bedeutete, dass ich gestehen musste, dass so etwas wie vorhin erneut passieren konnte ...

Dass ich wieder die Kontrolle verlieren und sie wieder verletzen konnte … Wie gerne hätte ich ihr geschworen, dass es nie wieder vorkommen würde, aber das ging nicht, weil es nicht der Wahrheit entsprach. Sie musste anscheinend nur ein paar unliebsame Erinnerungen im falschen Moment wecken, und das rachsüchtige Monster in mir gewann die Oberhand und versuchte verzweifelt, alles zu vertreiben, was mir lieb war, damit ich es nicht zerstören konnte.

Ich wusste, es musste schrecklich für sie gewesen sein, wie ich sie gefickt hatte, und dass ich aufgrund dessen vergessen konnte, sie so bald wieder nackt und bereit unter mir zu haben. Doch seltsamerweise war dieser Gedanke meine geringste Sorge. Ich würde auf Sex ohne Probleme verzichten, solange sie bei mir blieb. Aber das musste ich anscheinend nicht, denn nach einer halben Ewigkeit sprach sie – leise und sanft gegen meine Haut.

»Es war für mich nicht so schlimm, wie du denkst, Mason.« Ich versteifte mich am ganzen Körper, als ich ihre offenen Worte hörte. »Es hat mich im ersten Moment schon geschockt … Ich meine, ich bin dich einfach ganz anders gewohnt, du bist immer so zärtlich und so … liebevoll zu mir. Bei dir fühle ich mich sicher … So sicher wie noch niemals zuvor.« Ich wollte erwidern, dass sie sich bei mir verflucht noch mal nicht mehr sicher fühlen sollte, nach dem, was passiert war. Doch sie rückte von mir ab und legte mir einen Finger auf die Lippen, bevor ich etwas sagen konnte. Ich verstummte und genoss das Gefühl ihrer Fingerspitze, die anfing, verträumt über meine Unterlippe zu gleiten, als sie weiterredete.

»Ich habe sofort gemerkt, dass du mir gerne … wehtun wolltest … Aber ich habe mich dennoch sicher gefühlt … und erregt. Es war, als hättest du in diesem Moment, als deine zweite Hälfte – deine dunkle Hälfte – sich nach oben gekämpft hat, auch mich befreit. Mit jedem Stoß von dir fühlte ich mich lebendiger.

Ich habe mir mein erstes Mal nicht so vorgestellt. Ich wollte es sanft und süß. Ich wollte *dich* sanft und süß, und so wie du schon während der vorherigen Spielstunden warst. Das auf der Kommode, das war einfach grob, wild, ungezügelt, aber vor allem war es *überwältigend*. Es hat mich erschreckt und gleichzeitig hat es mich fasziniert und unsagbar berauscht ... Jeder einzelne Muskel tut mir jetzt weh und ich fühle mich ganz ehrlich, als wäre ich von einem Zug überfahren worden, *aber* ich würde es jederzeit noch mal GENAU SO WOLLEN – und kein Stück anders!«

WAS?

Vor purem Schock riss ich meine Augen auf und starrte in ihr erhitztes Gesicht, als diese Worte ihren Mund verließen. Das konnte sie doch nicht ernst meinen!

»Ich habe dich gefickt ... *wie ein Tier*, Hannah! Ich habe mich ... völlig unkontrolliert gehen lassen!«, stammelte ich nur und sie errötete noch mehr, trennte ihren Blick von mir, um beschämt an meinem Nippelpiercing rumzufummeln, was meinen Schwanz schon wieder zucken ließ, aber ich ignorierte ihn.

»Ich weiß sehr wohl, was du getan hast, Mason ... und ich müsste empört und erschrocken sein. Das bin ich aber nicht. Ich schäme mich dafür, dass es mir so gut gefallen hat, aber ich habe etwas zu dir gesagt, als du ... in mich ... eingedrungen bist ... und das habe ich so gemeint, Mason Hunter.«

OH SHIT! Sie liebte mich wirklich!

»Hannah«, spie ich aus und merkte, wie sich tief in meinem Bauch schon wieder ein Knoten bildete. »Du weißt nicht, was du da sagst! Du *kannst* das nicht ernst meinen! Du darfst das nicht!«

Ihr Blick wurde fast schon trotzig.

»Sag mir nicht, wen ich zu lieben habe, Mason Hunter. Wo mich meine Gefühle hinführen, ist ganz allein meine Sache!

DU hast mir beigebracht, dass es gut ist, sich von ihnen leiten zu lassen, und jetzt willst du es mir verbieten? So läuft das nicht! Ich liebe dich! Punkt!« Sie schob ihre Unterlippe vor, starrte mich mit verengten Augen an und ich wusste, sie meinte es todernst. »Außerdem war ich noch nicht fertig«, sprach sie dann prüdellaprofimäßig weiter und senkte einen Moment die Lider. Ihr Atem beschleunigte sich etwas, und als sie die Augen wieder öffnete, waren sie tatsächlich dunkel und lüstern. Sie starrte mich an, als würde sie mich fressen wollen. Als wäre ich auf einmal die Beute und sie der Jäger. »Du hast mir nicht wehgetan, Mason ... Du warst nur leidenschaftlich und vielleicht ein bisschen ... gröber als sonst. Aber das heißt nicht, dass ich es nicht ertragen kann, wenn du mich so berührst ... wenn du so zu mir bist ...« Sie wand sich etwas unbehaglich und ich konnte nichts weiter tun, als sie fasziniert und zugleich empört anzustarren, als sie sich auf die Lippe biss und weiterredete. »Ich habe dir gesagt, ich vertraue dir und ich habe es so gemeint. Ich habe dir auch gesagt ... ich WILL DICH und ich habe es so gemeint. Ich mag es sogar, wenn ich ganz ehrlich bin, wenn du so bist, wenn du dir nimmst, was du willst; wenn du mich *dir unterwirfst* ... Aber was ich auf keinen Fall ertragen kann, ist, wenn du mich danach alleine lässt!« Die Stimmung kippte in dem Moment, als sie den letzten Satz sprach und ihre Augen wässrig wurden.

Sie schloss die Tore zu ihrer reinen atemberaubenden Seele für mich, indem sie die Augen schloss und tief durchatmete und ich ... was tat ich? Ich versuchte zu verstehen, was sie mir gerade mitgeteilt hatte, versuchte zu verstehen, was es für mich bedeutete, wenn sie ALLE Seiten von mir ertragen konnte, nein sogar MOCHTE! Versuchte zu ergründen, was das für UNSERE Zukunft hieß ... Das Einzige, was mir dazu einfiel, war lediglich, dass ich ihr nicht noch mal wehtun wollte. Aber ich wusste, da ich mich ein Mal nicht beherrscht hatte, dass es ein zweites Mal passieren konnte. Es WÜRDE noch ein zweites Mal passieren.

»Du hast keine Ahnung, worauf du dich da einlässt, Hannah«, sagte ich also sorgsam und meine Stimme brach, als ich ihren Namen aussprach. Ihre Lider flogen auf und sie schaute mich an – voller Hingabe, Zuneigung ... *voller Liebe.*

»Doch!«, antwortete sie nur schlicht und ich presste meine Lippen zu einer dünnen Linie zusammen.

»Das war erst der Anfang! Das war noch lange nicht alles, zu dem ich fähig bin«, murmelte ich und schaute von ihr weg, denn ich konnte dieses Vertrauen in ihren Augen einfach nicht mehr sehen. Ich hatte es nicht verdient.

»Bist du ein Dom, Mason?« Schlicht und einfach stellte sie diese Frage, die mich wie eine Kanonenkugel traf. Mein Blick flog zu ihr. Groß und ungläubig, weil ich nicht glauben konnte, dass sie DAS von mir annahm.

Ich lachte humorlos. »Schön wär's ...« Ihre Stirn runzelte sich, denn sie verstand nicht, was ich ihr sagen wollte. »Ich bin kein verfluchter Dom!«, sprach ich mit einem grollenden Unterton in der Stimme weiter, denn das war ich wirklich nicht. Ein Dom kannte Regeln, er folgte Regeln, ich nicht – nie!

»Was bist du dann?«, flüsterte sie etwas heiser und ich konnte förmlich fühlen, wie Unbehagen ihren Rücken heraufkroch. *Ja, Babe, jetzt merkst du langsam, mit wem du es wirklich zu tun hast, hm, und wie tief du in der Scheiße steckst? Auf wessen Schoß du sitzt und an wen du dich wie ein kleines Kätzchen anschmiegst. Ein Dämon ist NICHTS gegen mich!*

Und ich wusste, sie würde laufen, wenn ich ihr sagte, was ich wirklich war. Deswegen umschlangen sie meine Arme etwas fester, doch mein Blick blieb hart und fast schon überheblich, als ich das erste Mal in meinem Leben einer anderen Person direkt ins Gesicht sagte, wer oder was ich wirklich war.

»Ich bin ein Sadist, Hannah Obermeier, und jetzt lauf besser so schnell dich deine hübschen Beinchen tragen können!« Langsam und eindringlich betonte ich jede Silbe, sodass sie wirklich VERSTAND, was meine Worte bedeuteten. Sie erschauerte am gesamten Körper.

DA! JETZT WÜRDE SIE JEDEN MOMENT SCHREIEN!

Sie starrte mich ungläubig an. Ich starrte eiskalt zurück, denn ich wusste, dass sie mich gleich verlassen würde, und ich konnte es schon jetzt nicht ertragen. Ihre Augen scannten jeden Zentimeter meines Gesichtes, als könnte sie irgendwas von dem perversen Wichser in mir an meinen Zügen erkennen. Mit wild klopfendem Herzen schaute auch ich sie mir genauer an … Nur so für meine Erinnerungen. OH SHIT … ich würde sie vermissen … sehr.

Gleich … jeden Moment würde sie mir eine schmieren oder anfangen zu kreischen wie eine Verrückte und davonlaufen. Doch mit einem Mal wandelte sich ihr Blick. Ich kannte diesen Ausdruck in ihren großen dunkelbraunen Augen bereits. Es war der Ich-will-dich-Blick, den sie draufhatte, wenn ich mit ihr spielte. Dann beugte sie sich auch noch vor und ihre Lippen – ihre süßen weichen Lippen – trafen unverhofft auf meine. Ich stöhnte rau auf, als sie mir jegliche Luft mit einem einzigen Kuss raubte und ich öffnete meinen Mund, als ihre Zungenspitze sachte über meine Unterlippe strich. Lustvoll keuchte ich, während sie ihre Finger in meine Haare krallte und ihre weichen Titten gegen meine Brust presste.

Völlig überrumpelt küsste ich sie zurück. Kniff die Augen zusammen, sog alles von ihr in mich auf. Das Gefühl ihrer zarten Haut. Das Gefühl ihrer zerrenden Hände in meinen Haaren, das Gefühl ihrer süßen Zungenspitze, die meine umkreise.

Sie hatte mich anscheinend nicht verstanden, denn anstatt wegzulaufen, drängte sie sich noch näher an mich. Meine

Erregung wuchs und ich wurde noch härter, wollte sie besitzen – schon wieder. Also packte ich sie an den Haaren und zog ihren Kopf zurück. Löste diese kleine, vor Leidenschaft rasende Furie von mir und schaute sie gequält keuchend an. »Du hast mich nicht verstanden, oder? Du weißt nicht, was ein Sadist ist, oder?«, presste ich zwischen zusammengepressten Zähnen hervor. Sie verdrehte die Augen, keuchte und rutschte auf meinem Schoss herum, biss sich auf die Unterlippe und schloss letztendlich die Lider, um sich zu beruhigen, nahm ich mal an.

»Ich weiß, was das ist … Nur weil ich bis vor Kurzem noch eine Jungfrau war, heißt das nicht, dass ich völlig hinter dem Mond gelebt habe«, knurrte sie schon fast zwanghaft beherrscht und öffnete dann ihre lodernden Augen, um mich mit ihnen zu verbrennen. »Es ist mir egal, was du bist. Ich will dich!« Es war, als hätte sie mir in den Bauch geboxt, weswegen ich auch aufkeuchte, als sie das ganz überzeugt von sich gab.

»Du weißt nicht, was du da sagst!«

»Doch!«

»Du weißt nicht, was das bedeutet!«

»Doch!«, widersprach sie wieder und ich ließ ihre Haare los, um mir verzweifelt durch meine nassen Locken zu streichen.

»Gut, dann verrate mir, was es heißt, wenn du so schlau bist!« Es klang eher wie ein Fluch, als ich diese Worte ausstieß.

»Es heißt, dass du mir gerne wehtun willst«. erklärte sie ruhig. »Dass es dich erregt, wenn du mir wehtust.« Es kam klipp und klar und ich hob verwundert meinen Blick, denn ich konnte nicht glauben, wie locker sie das gesagt hatte. »Stimmt's?«, fragte sie nun fast schon aufmüpfig, und ich nickte bescheuert. Wie konnte sie JETZT schmunzeln, als hätte sie einen Insider gemacht und ich würde gar nichts verstehen.

»Was ist daran so verflucht lustig?«, fragte ich völlig neben mir.

»Was daran so lustig ist?«, entgegnete sie auch noch amüsiert und lehnte sich vor. Unverhofft strich sie mit meinen Lippen sanft über meine. Ich starb fast unter ihren Berührungen und nickte wieder nur dämlich.

»Du wirst nie etwas tun, was ich nicht auch tief in meinem Inneren will – nicht im Bett«, hauchte sie dann und lehnte ihre Stirn gegen meine. »Fühlst du das, Mason?« UND WIE ich es fühlte! Die Elektrizität pulsierte zwischen uns und brachte mich dazu, sie in meine Arme reißen und sie nie wieder loszulassen zu wollen. »Das zwischen uns ist etwas Besonderes«, flüsterte sie und ich gab ihr aus vollem Herzen recht.

»Aber das heißt noch lange nicht, dass ich dich nicht brechen werde.« Das war der Punkt. Ich durfte sie nicht brechen, aber das würde ich, denn meine Monsterseite stand darauf, kleine süße Prüdellas völlig zu zerstören.

»Du wirst mich nicht brechen«, antwortete sie felsenfest und ihre Hände legten sich an meine Wangen, streichelten mich mit den Daumen. »Das kannst du gar nicht!« Mit diesem Zusatz drehte sich meine Welt plötzlich andersherum und ich wich ein Stück vor ihr zurück, um sie anzusehen. Ihre strahlenden, großen Augen, ihre vollen, tiefroten Lippen, ihre hohen Wangenknochen. Meine Hannah … Sie war mein … und ich vergötterte sie. Sie hatte recht … Wenn ich sie zerstören würde, könnte ich mir genauso gut eine Kugel verpassen. Wenn sie kaputt ging, ging auch ich kaputt. Wenn ich sie verletzte, traf es mich selbst umso härter. So ist das wohl mit der verfluchten Liebe, zumindest wenn es die einzig wahre ist.

Aber konnte ich es riskieren? Nur aus Egoismus? Nur weil ich sie wollte wie nichts anderes auf dieser Welt? Nur weil sie ALLES für mich war? Nein! Das konnte ich nicht! Das durfte ich nicht! Sie war zu kostbar! Meine kleine süße Ex-Jungfrau.

»Nein, Mason«, sagte sie plötzlich fest und bestimmend, als

hätte sie meine Gedanken gelesen. »Aufhören! Denk nicht einmal daran! Denn du wirst mich nicht mehr los. Ich bin ab heute dein schlimmster Groupie!« Ich stellte sie mir als verrückt gewordenen Fan mit verschmierter Schminke vor, wie sie ein Plakat hochhielt, auf dem fett stand: »Mason, ich will ein Kind von dir«, und lachte leise. Völlig unverhofft verzauberte sie mich, indem sie kicherte und sich an mich schmiegte.

Mit einem Mal richtete sie sich etwas auf, schwang ein Bein über meine Oberschenkel und dann ließ sie sich herab, sodass der weiche Flaum zwischen ihren Beinen meine Haut kitzelte. Ich zischte, als sie sich nach vorne lehnte und ihr Venushügel sich gegen meinen pochenden Schwanz drückte.

»Hast du einen geheimen Todeswunsch?«, japste ich … Wie konnte sie sich denn jetzt nur so auf mich setzen, nach dem, was geschehen war?! Nach dem, was ich ihr offenbart hatte! Hatte sie verfluchte Watte in den Ohren?! Hallo?!

»Nein …« Sie kicherte und stöhnte dann auf. »Nur bedingungslos und unwiderruflich verliebt.« Ah, shit, ich liebte es, wenn sie so war!

»Aha«, brachte ich gerade noch hervor, da küsste sie mich heftig. Gleichzeitig hob sie die Hüften und mit einem Mal war ich nicht mehr an ihrem Venushügel, sondern zwischen ihren Falten. Sie bewegte ihr Becken nach vorne und japste nach Luft, als meine Spitze zwischen ihren Schamlippen entlangglitt. Erst als ich das glitschigfeuchte Tor zu ihrem Paradies berührte, stoppte sie. Meine Hände schossen nach unten, weil ich fühlte, dass sie sich millimeterweise nach unten sinken ließ.

»Hannah, nicht! Verflucht!«, warnte ich sie verkrampft und hielt sie stahlhart an den Hüften fest. Sie schnaufte frustriert gegen meine Lippen und wollte sich weiter herablassen, doch sie hatte keine Chance gegen mich, also löste sie ihren Mund von meinem, um mich wütend anzufunkeln.

»Wieso nicht?«

»Du bist wund!« Mir fiel im Moment nichts Besseres ein, aber Tatsache war, ich hatte schlicht und ergreifend PANIK. Und ganz nebenbei konnte ich einfach nicht glauben, was sie da gerade tat – nach allem, was passiert war.

Wie war es möglich, dass sie solch ein Vertrauen in mich setzte?

Was, wenn ich es brechen würde?

Was, wenn ich das alles nicht wert war?

Sie wusste doch GAR NICHTS über mich.

Sie wusste nicht, zu was ich fähig war!

Na gut, sie wusste es schon, aber sie hatte es noch nicht *erlebt!*

Nicht in vollem Ausmaß.

»Das ist mir egal«, murmelte sie, doch ihre Bestimmtheit bröckelte.

»Babe ... bitte ...« Jetzt versuchte ich es auf die sanfte Tour und hob eine Hand, um ihr die Haare aus Gesicht zu streichen und ihre rosige Wange zu liebkosen. »Lass uns bitte noch warten ... Ich will das, was ich dir angetan habe, wiedergutmachen und ich will es RICHTIG machen. Nicht, wenn du wund bist und ganz sicher nicht in diesem beschissenen Whirlpool, okay?«

VERFLUCHT!

Sie schaute mich an, keuchend, erregt und doch siegte ihre Vernunft, als sie die Augen verdrehte und sich zurücksinken ließ, sodass sie auf meinen Oberschenkeln zum Sitzen kam und nicht mehr auf meinem vor Erregung schmerzenden Schwanz herumrieb. Ich atmete tief und erleichtert aus.

PUH!

Schloss die Augen und ließ meinen Kopf zurückfallen ... Gleichzeitig ließ ich meine Hände ihren eleganten Rücken herauftänzeln und fing an, sie zu massieren.

Sie seufzte und entspannte sich unter meinen Berührungen.

»Wirst du mir auch sagen, wieso genau du die Kontrolle verloren hast?«, fragte sie nach einiger Zeit und ich kniff meine Augen fester zusammen, denn NEIN, verflucht, DAS würde ich ihr sicher nicht sagen.

DAS wusste kein Schwein, nicht mal meine Mutter, und ich würde sie damit sicher nicht belasten.

Sie würde mich dann mit komplett anderen Augen sehen und das konnte ich nicht ertragen. Ich konnte nur eins verraten:

»Es hat mit meiner Vergangenheit zu tun. Du hast mich an sie erinnert ...« Ich öffnete ein Auge und massierte sie fester, brachte sie zum Stöhnen und lenkte sie ganz gut von dem soeben Gesagten ab.

»Ich weiß, dass du nicht darüber reden willst«, lallte sie halb und ihre Augen drehten sich nach oben. Ich gluckste und grinste, als sie mich auch mit einem halb geschlossenen Auge forschend betrachtete. »Du musst nicht, wenn du nicht willst. Ich würde dich nie drängen ... das weißt du, oder?«

»Zumindest nicht als Blowjob Girl«, antwortete ich grinsend und freute mich, weil sie leise und sorgenfrei kicherte. *Arschloch, wieso schaust du sie nicht die ganze Zeit an!,* schrie ich mich an, als ich zum tausendsten Mal an diesem Abend erkannte, wie wunderschön sie war – innerlich und äußerlich.

»Ich hab dich nicht verdient«, wisperte ich, umfing sie mit beiden Armen und drückte sie gegen meine Brust. Sie erwiderte die Umarmung und seufzte gegen meinen Hals.

»Du kannst dich nicht sonderlich gut einschätzen, Mason Hunter!«

»Du auch nicht, Hannah Obermeier«, murmelte ich gegen ihre Haare und küsste ihren Kopf.

»Bitte lass mich nie wieder allein.«

»Das werde ich nicht, Babe. Versprochen«, entgegnete ich voller Überzeugung und dann schob ich sie etwas von mir, um den heutigen verwirrenden, erregenden, schockierenden, traurigen und zugleich glücklichen Abend in einer ausgewachsenen, reinigenden Knutscherei in meinem Whirlpool enden zu lassen.

CUUUUUUUUUUUUUUUT!

# It's Showtime

»Mason HUNTER, was soll das heißen?«

Mit einem stechenden Schmerz auf meiner rechten entblößten, unschuldigen Arschbacke wurde ich geweckt und setzte mich sofort aufrecht auf das Sofa im Wohnbereich.

»WAS? WIE? WO? ALIENS?«

Absolut müde, aber auch ein wenig geschockt rieb ich mir erst mal die Augen, um anschließend eine sehr verschlossene Prüdella vor mir stehen zu sehen. Mit Pferdeschwanz, strengem Gesichtsausdruck, tippendem Fuß – in einer Hand eine Zeitung, in der anderen ihren Rohrstock. Ah … mein Schwanz reagierte natürlich sofort auf diesen Anblick und zuckte, doch ihre erhobene Augenbraue und die Art, wie ihre Lippen aufeinandergepresst waren, bedeuteten nichts Gutes. Hatte sie mir allen Ernstes im Schlaf eine mit dem Rohrstock übergezogen? Wenn ja, dann war das verdammt heiß. Dreckig grinsend stützte ich mich auf eine Hand und rieb mir mit der anderen demonstrativ die schwer geschändete Arschbacke.

»Was soll was heißen, Babe?«, fragte ich nur gähnend und hob ebenfalls eine Augenbraue. Vor mir auf der Couch landete die heutige *Bild*, mit einem RIESENGROSSEN Foto von uns beiden auf dem Cover.

Vor der Kirche …

Umzingelt von einem Mob Menschen hing sie an mir wie eine kleine, rote, niedliche Klette und versuchte, sich hinter ihrer Handtasche und meinem Rücken zu verstecken.

SÜSS!

**Spank Ransom geläutert?**

*Wer ist die Unbekannte, die das Unmögliche wahr macht und Rotzi in die Kirche bringt?*

Ich lachte herzlich über die dämliche, jedoch typische *Bild*-Überschrift, verkniff es mir allerdings sofort und versuchte, es als Husten zu tarnen, als ich zu ihr aufblickte und bemerkte, dass sie alles andere als amused war.

»Babe ...« Ich verdrehte die Augen und wollte nach ihrer Hüfte zu greifen, aber sie brachte sich mit einem steifen Schritt aus meiner Reichweite – in Sicherheit – und verschränkte die Arme vor der Brust. Okay, die Tatsache, dass ich ihr gestern die Seele aus dem Leib gevögelt hatte, änderte wohl nichts an unserer »Blowjob Girl vs. Prüdella« Abmachung.

Shit ...

Seufzend strich ich mir mit der Hand durch die Haare. »Solche Fotos werden noch öfter auftauchen. Warte ab, bis wir in Amerika sind, dann geht der Wahnsinn erst richtig los, und was glaubst du wohl, wozu die Fotografen die Fotos machen? Die wollen KOHLE damit verdienen. Sehr viel Kohle. Also landen die Pics in allen Zeitungen – überall. Es ist wie eine Plage ... So ist das eben, wenn man heiß und berühmt ist. Das ist die Kehrseite der Medaille!« Mit diesen Worten schwang ich mich auf die Beine, packte sie kurzerhand am Arsch, drückte ihre Backen und presste ihren Unterkörper gegen meinen nackten, halb steifen Schwanz. Sofort quiekte sie auf ihre erfrischende, niedliche Art und wurde rot ... Meine Prüdella.

»Mister Hunter!«, keuchte sie empört und legte ihre kleinen, delikaten Hände auf meine Brust, um mich von sich zu schieben und mir zu zeigen, wer hier gerade die Oberhand hatte.

»Mister Hunter, Mister Hunter … ich tu jetzt einfach so, als würde ich nicht wollen, dass sie mich auf der Stelle ficken, und mache Sie stattdessen mit meinem Gesieze wahnsinnig!«, ahmte ich ihre piepsige Stimme nach und erntete dafür ein süßes, sorgenfreies Lachen. Ohne mein Dazutun glitten meine Lippen über ihren zarten Kiefer. Doch sie wäre nicht Prüdella gewesen, wenn sie sich nicht zu helfen gewusst hätte.

»Lassen Sie mich los oder ich werde zu drastischen Maßnahmen greifen«, warnte sie mich trocken, doch ich gab natürlich einen feuchten Furz darauf. Woraufhin der Stock mit einem Schnalzen auf meiner anderen Arschbacke landete. Ich wich mit einem kein bisschen unterdrückten, empörten Schmerzschrei von ihr zurück und furkelte sie vorwurfsvoll an, während ich mir meine geschändete Gesäßhälfte rieb.

»Ich habe dich gewarnt!« Nur mit aller Mühe konnte sie sich ihr schadenfrohes Grinsen verkneifen, kaschierte jedoch jegliche Gefühlsregungen geübt mit kühler Höflichkeit. »In einer Viertelstunde wird Ihre Mutter hier sein. Sie wird wissen wollen, was für Fortschritte wir gemacht haben, und ich hoffe, Sie werden sich von Ihrer besten Seite zeigen. Vorzugsweise angezogen«, ergänzte sie noch leicht lächelnd, drehte sich um, ging in die Küche und setzte dort Kaffee auf.

Mit ein paar gegrummelten Flüchen lief ich nach oben, um mich anzuziehen, und fiel fast rückwärts aus meinem Zimmer, als ich das Chaos erblickte … Shit! Sofort fiel mir wieder ein, wieso ich derart zum Berserker mutiert war, und natürlich bildete sich ein Kloß in meinem Hals. Jetzt war zwar alles geklärt, trotzdem würde ich erst wieder mit ihr schlafen, wenn ich mir absolut sicher war, mich beherrschen zu können.

Also hieß es ab heute: Zurückhaltung. Wieder etwas, was ein Mason Hunter noch nie getan hatte … es für seine süße, kleine Ex-Jungfrau aber auf sich nahm!

\*\*\*

Pünktlich um elf Uhr mitteleuropäischer Zeit stand meine Mutter vor der Tür. Ganz in ein rosa Kostüm gepackt, in eine Parfümwolke gehüllt und mit einem blonden Mann neben ihr im blauen Nadelstreifenanzug, der auf den Namen Roger hörte. Sobald ich ihr geöffnet hatte, fiel meine Mutter mir um den Hals. Ich verdrehte die Augen und streichelte ihren Rücken. Sie tat immer so, als hätte sie mich jahrelang nicht gesehen, dabei hatten wir erst vor einem Monat zusammen gegessen.

»Oh mein Schatz … Du hast zugenommen. Da kümmert sich aber jemand gut um dich«, säuselte sie als Erstes und rückte von mir ab, um mir in die Wange zu knuffen, als wäre ich ein sechsjähriger Rotzlöffel. Erneut verdrehte ich meine Augen.

»Ja, toll. Dank Prüdella werde ich fett«, nuschelte ich und ging einen Schritt zurück, um sie einzulassen und Roger die Hand zu schütteln. Er war eigentlich so was wie ein Vater für mich. Im Gegensatz zu meinem Erzeuger erinnerte er mich manchmal an einen ruhigen, ausgeglichenen, leicht bedödelten Yogamenschen. Er machte auch Yoga – am liebsten nackt im Garten –, weswegen ich bis heute einige traumatische Momente aus der Kindheit verarbeiten musste. Aber ich liebte seine einfache, unkomplizierte Art. Er gehörte zu der Sorte Menschen, mit denen man sich automatisch wohlfühlt, weil sie eine positive sowie entspannende Ausstrahlung besitzen. Außerdem war ich wie ein Sohn für ihn – so hatte er mich zumindest immer fühlen lassen. Auch jetzt grinste er mich verschwörerisch an, als er mir fest die Hand schüttelte und mir zuflüsterte: »Sie ist fast ausgeflippt, als sie heute die Fotos von dir vor einer Kirche gesehen hat!« Wir kicherten beide und ich ließ ihn ebenfalls eintreten. Schnell schloss ich die Tür, sobald seine elegante, hohe Gestalt an mir vorbeigegangen war. Als wir ins Wohnzimmer kamen, stand meine Mum schon bei Prüdella in der Küche, himmelte sie förmlich an und lobte überschwänglich, dass sie mein Haus noch nie so sauber gesehen hatte wie heute. Ich schwang mich einfach neben Hannah auf die Anrichte, weshalb sie mich böse anfunkelte, weil ich ihr so den Weg zur Kaffeemaschine versperrte.

»Jupp ... sie ist eine Sauberkeitsfanatikerin, noch schlimmer als du, Mum!«, sagte ich mit einem süffisanten Grinsen in Hannahs Richtung. Diese machte kurzen Prozess, packte sich meinen Arm und zog mich mit einem Ruck von der Anrichte. Als Nächstes drückte sie mir Teller gegen meine von einem schwarzen T-Shirt bedeckte Brust.

»Sie wissen, wie es geht!« Hannah deutete mit ihrem kleinen, vorwitzigen Kinn auf den Esstisch. Die Augen verdrehend kam ich ihrem Befehl nach und deckte fluchend den Tisch. Das war wohl der Zeitpunkt, an dem sich meine Mutter endgültig in meine Anstandsdame verliebte, denn so einen Scheiß hatte ich zuvor mit Sicherheit noch nie gemacht!

Wozu den Tisch decken, wenn man die Pizza aus der Schachtel frisst? Jetzt allerdings gab es zum Kaffee zwei von Prüdellas selbst gebackenen Kuchen und sie bestand darauf, dass ich alles schön herrichtete. Herrje, waren wir hier in *Schöner Wohnen*? Mich meinem Schicksal ergebend stellte ich also eine Vase mit frischen Blumen in die Mitte, achtete darauf, dass alles schön symmetrisch ausgerichtet war, und faltete zu allem Überfluss Servietten.

Dieses Weibsbild hatte aus mir einen Hausmann gemacht.

Und weil ich ihr absolut verfallen war, motzte ich nicht mal rum, als sie mich wie einen Idioten permanent korrigierte und herumscheuchte.

Als wir uns an dem Tisch eingefunden hatten, war die Atmosphäre im ersten Moment etwas angespannt, aber Hannah beherrschte perfekt Smalltalk und meine Mutter liebte es sowieso, sich über Belanglosigkeiten zu unterhalten – eine Sache, die ich eindeutig von ihr geerbt hatte. So konnten Roger und ich schon bald ein trautes Männergespräch mit einem Bier auf der Couch genießen, während die Frauen den Kuchen in sich hineinstopften und die komplette Kanne Kaffee leerten.

Ich kannte diesen bewundernden Blick meiner Mutter, wenn sie Prüdella betrachtete, dementsprechend wusste ich, was auf mich zukam, sobald wir eine Minute für uns hatten. Und so war es auch. Kaum entschuldigte sich Hannah höflich, schon hing meine Mutter an mir.

»Oh du meine Güte … Sie ist so wunderbar … und sie tut dir SO gut, Mason! Ich habe dich schon seit Jahren nicht mehr so ausgeglichen und … *normal* … erlebt. Davor schienst du mir immer so, als wärst du zwanghaft auf der Suche nach etwas, rastlos … Aber du hast ihn jetzt gefunden, deinen inneren Frieden, stimmt's, mein Schatz? Sie ist genau die Richtige für dich. Du brauchst eine Frau, die dir zeigt, wo es langgeht, und die sich von dir nicht einlullen lässt wie deine … *Fans* … Du brauchst jemanden, der dich auf den Boden der Tatsachen bringt und dir zeigt, was das wahre Leben ist. Oh, ich bin so froh, dass ich sie engagiert habe. Ich wusste schon am Telefon, dass sie die Richtige für dich ist, und jetzt bin ich mir vollkommen sicher! Sieh dich nur an, mein Sohn, du strahlst förmlich! Von innen!«

»Nur weil du so witzig bist«, konterte ich mit einem Hauch von Sarkasmus und trank einen Schluck Bier. Sie hörte mir gar nicht zu, sondern richtete mir meinen nicht vorhandenen T-Shirt-Kragen und strich durch meine wirren Strähnen, während sie weiterschwärmte.

»Ich hätte niemals gedacht, dass du so jemanden wie sie findest ... Na ja, eigentlich hab ich sie ja gefunden ... was für ein Glücksgriff. Ich hätte vorhin fast geweint, als du den Tisch gedeckt hast, und du fluchst viel weniger! Ist dir das mal aufgefallen!?« OH SHIT? ECHT? Das musste ich ändern! Das ging als Rocker gar nicht. Ich verdrehte die Augen, als sie meine Wange tätschelte.

»Und ich glaube, ich habe dich noch nie wegen einer Frau erröten sehen. Aber als sie sich vorgebeugt hat, um Roger Kaffee einzuschenken, da hat sie auf einmal zu dir hochgeschaut, weil du sie so angestarrt hast. Sie hat dich angelächelt und du bist eindeutig rot geworden. Ich hab euch genau beobachtet und ich weiß, dass ihr Gefühle füreinander habt. Die sexuelle Spannung, die zwischen euch herrscht, ist enorm!«

»MUM«, unterbrach ich sie seufzend und verdrehte erneut die Augen. Mit einem eindeutigen Blick bat ich Roger um Hilfe. Lächelnd nahm er seine Frau am Ellenbogen.

»Wir sollten langsam fahren, oder, Schatz? Daheim haben wir noch einiges vor ...«, flüsterte er leise in ihr Ohr, und jetzt war es an meiner Mutter, rot zu werden, denn sie hatte einen absoluten Narren an ihrem Mann gefressen und liebte ihn abgöttisch, selbst nach jahrelanger Ehe.

»Ja, gleich«, entgegnete sie sanft. Dann wandte sie sich an mich.

Mir schwante Böses, während ich hilflos am Küchentresen lehnte und mich von meiner überfürsorglichen Mutter befummeln ließ.

»Also, wann wirst du sie heiraten? Eure Kinder werden garantiert WUNDERSCHÖN! Sie hat genauso edle Züge wie du … Ich bin mir sicher, das werden die schönsten Kinder auf der Welt!« Im ersten Moment wollte ich meiner Mutter tatsächlich einen Vogel zeigen, doch mit einem Mal hatte ich eine Vision vor Augen … eine süße, bezaubernde Hannah, in klein … Mit dunklen Locken, tiefschwarzen, langen Wimpern und ausdrucksstarken Augen … Ihre kleinen Hände, die sich an mein Hosenbein klammerten, um ihren zierlichen Körper ein wenig hinter mir zu verstecken … hinter ihrem Daddy. Mit diesen wunderschönen Puppenaugen sah sie zu mir hoch, bevor sie mir ihre kleinen Finger entgegenstreckte. Und ich war sofort bedingungslos und aus vollstem Herzen verliebt – in eine Vision.

»Yeah …«, hauchte ich also, wie der verträumte, dumme Bastard, der ich gerade war, und legte meinen Kopf mit einem sanften Lächeln leicht schief. »Unsere Tochter wird atemberaubend.«

Ein Räuspern riss meine Mutter und mich aus meinen Schwelgereien und eine amüsierte Hannah kam in die Küche. »*Wessen* Tochter?«, fragte sie mit Nachdruck und stellte sich neben mich, um die Tassen abzuwaschen. Ich verdrehte die Augen. Meine Mutter kicherte, als wäre sie sechzehn Jahre und nicht fünfundvierzig, und auch Roger lachte leise.

»Unsere, Babe …« Somit riss ich ihr den Boden unter den Füßen weg und die Tasse landete im Spülbecken, Schaum bespritzte uns von oben bis unten. Hannah drehte sich sprachlos zu mir um und schaute mich fragend an. Ihr Blick überflog mein Gesicht, suchte es nach Anzeichen von einem Witz ab und eine sanfte Röte kroch ihre cremigen Wangen herauf, als sie keine Belustigung darin fand. Ihre Augen weiteten sich einen Tick, wurden groß, noch größer, bis sie schließlich anfingen, wässrig zu schimmern.

SHIT! Sie würde doch jetzt nicht heulen, oder?

Ich hatte keine Ahnung, was ich mit einer heulenden Prüdella anstellen sollte, und ich konnte sie hier vor meiner Mutter kaum zur Ablenkung besinnungslos knutschen … Auch wenn diese uns womöglich noch angefeuert hätte. Mir blieben weitere Überlegungen erspart, denn Prüdella fing sich relativ schnell wieder und versteckte ihre aufwallenden Emotionen, genau wie die unbändige Liebe für mich, hinter einer Maske und murmelte: »Solange sie nicht deine Ohren bekommt.« Damit brachte sie alle zum Lachen – außer mich. Super. Jetzt musste ich mir also nicht nur von meiner Mutter Witze über meine ETWAS zu großen Ohren anhören, sondern auch noch von meinem Anstands-Wauwau … was mir ein wenig auf die Eier ging.

Also schmiss ich meine Mutter schon sehr bald, sehr charmant raus, ignorierte ihre euphorischen Blicke und Nickereien in Hannahs Richtung, während ich ihre duftenden Wangen küsste und Roger augenverdrehend die Hand schüttelte.

Sobald die Tür zu war, ging ich zurück ins Wohnzimmer und blieb im Durchgang zur Küche stehen, wo Hannah sich gerade streckte, um die Tassen ins oberste Regal zu räumen. Mit einem Seufzen schlenderte ich auf sie zu. Diese Titten … ich wollte sie massieren.

»Unterstehen Sie sich, Mister Hunter«, murmelte sie nur, ohne mich anzusehen, und ich blieb wie angewurzelt stehen. Wie machte sie das nur? Wie bekam sie mit, was ich vorhatte, ohne mich auch nur anzublicken? Die Intuition dieser Frau war manchmal unheimlich. Als die letzte Tasse im Schrank war, schloss sie ihn, bevor sie sich zu mir wandte und mich lieblich anlächelte. »Prüdellatime … ziehen Sie sich eine Jacke an, wir müssen einkaufen!«

*Hannah!*

Als ich an diesem Abend auf der Couch auf ihn wartete, war ich so aufgeregt. Schon den ganzen Tag war es unsagbar schwer gewesen, ihn nicht zu berühren, nicht zu küssen und ihn nicht anzuflehen, mich noch mal zu lieben ... Ich hatte es geschafft, wenn auch mit viel Mühe. Heute war ich bis an meine Grenzen gegangen. Denn mittlerweile war ich regelrecht Feuer und Flamme dafür, weiter in die Welt der Lust eingewiesen zu werden. Wieder eins mit ihm zu werden. Ich hatte keine Angst mehr – in keinster Weise. Es plagten mich keine Zweifel mehr im Bezug darauf, ob es richtig war, mich ihm hinzugeben. Ich war nur aufgeregt, weil ich nicht wusste, wie er heute sein würde. Teufel oder Engel? Klar war auf jeden Fall: Ich liebte beiden Seiten. Die zärtliche, sanfte, genauso wie die dunkle, dominante – ich würde beide mit einem Handkuss nehmen. Es hätte mich erschrecken sollen, aber das tat es nicht, ganz im Gegenteil. Ich war mir so sicher wie noch niemals zuvor in meinem Leben.

Allerdings hätte mich nichts auf das folgende Szenario vorbereiten können. Mason kam in lockerer Kleidung – Muskelshirt und Trainingshose – mit einer DVD in der Hand die Treppe herunter, legte sie ohne ein Wort ein, setzte sich anschließend hinter mich auf die Couch, zog mich in seine Arme und sah mit mir fern. Ich dachte, im falschen Film zu sein – ganz ehrlich! Als ich mich umdrehen wollte, um ihn zu küssen, verstärkte sich sein Griff um meinen Bauch, sodass ich weiter mit dem Rücken zu ihm verharren musste. Er gab nach wie vor keinen einzigen Ton von sich, auch nicht, als ich mich spürbar versteifte und die Augen verengte. Mit zusammengebissenen Zähnen rieb ich wenigstens meinen Hintern an ihm. Doch er rückte von mir ab, obwohl ich seine Erektion deutlich gespürt hatte, und brachte mich somit schon am ersten Abend an den Rand des sexuell frustrierten Wahnsinns. Alles, was ich bekam, war ein gehauchter Kuss auf die Schläfe und die Anweisung, mich auf den Film zu konzentrieren.

DAS war jedoch noch nichts gegen die nächsten _vierzehn_ Abende. Er war auf Abstand aus. EINDEUTIG. Wenn ich ihm nicht gerade Manieren beibrachte, lenkte er mich mit irgendwas ab. Mit Dingen, die ihm zuvor nicht mal in den Sinn gekommen wären. Er ging mit mir gemütlich spazieren; wir fütterten sogar Enten, wobei Mason von einem riesigen Schwan über den ganzen Strand verfolgt wurde und sich schließlich in sein Auto flüchten musste. Er lud mich zum Essen oder ins Kino ein. Wir gingen bowlen und Billiard spielen ... oder sogar auf einen Ballonflug. Er war süß und liebevoll. Scherzte und lachte mit mir. Er behandelte mich wie eine Prinzessin, doch ich bekam nicht mal einen anständigen Kuss von meinem Prinzen und das, obwohl mein Körper förmlich nach ihm schrie. Also wurde ich frustrierter und frustrierter ... und meine Annäherungsversuche immer offensichtlicher.

Am Anfang hatte ich ihm noch scheu meinen Hintern entgegengestreckt. Im Kino strich ich schon vorsätzlich mit rasendem Herzen über seinen Schritt und fühlte sofort, wie es unter meinen Fingerspitzen zuckte, während ich umgehend feucht wurde ... Bevor er meine Hand von seinem Schritt wegzog, unsere Finger verschränkte und meine Knöchel küsste. Beim Essen im Restaurant vergewaltigte ich den Spargel und ihn mit eindeutigen Blicken, strich sogar mit meinem Fuß über seine Wade. Ich änderte sogar langsam, aber sicher meinen Kleidungsstil, trug öfter mal hohe Schuhe und hatte schon überlegt, mal eine Hose anzuziehen.

An diesem Abend trug ich ein ziemlich knappes knallrotes Kleidchen, es ging nur bis zur Hälfte der Oberschenkel! Doch er ignorierte es knallhart und bestellte formvollendet mehr Wein für mich. Damit betäubte er mich so sehr, dass ich schon auf der Heimfahrt einschlief. Beim Ballonfahren stand ich vor ihm, rieb meinen Hintern wieder an ihm, wandte mich dann um und schlang meine Arme freiwillig um seinen Hals, um ihn in eine Knutscherei zu verwickeln. Er hingegen küsste mich knapp, drehte mich dann wieder von sich weg und zeigte mir stattdessen die Stadt von oben.

In diesen Situationen kamen mir immer mehr Flüche in den Sinn und es war schwer, sie ihm nicht entgegenzuschleudern.

Blow Job Girl war dabei, zu versagen ...

Also musste ich stärkere Geschütze auffahren und nutzte nicht mehr nur die Abendstunden, um ihn zu verführen, auch wenn ich keinerlei Talent dafür besaß, sondern versuchte es auch am Tag. Bei jeder sich bietenden Gelegenheit kam ich ihm nahe, berührte ihn. In meiner Verzweiflung spielte ich sogar mit dem Gedanken, meine Schwestern anzurufen, um mir Tipps zu holen. In dem darauffolgenden Kopfkino – vorausgesetzt ich hätte den Kreischalarm sowie das daraus resultierende Beratungskommando überlebt – sah ich mich leicht bekleidet vor ihm rumtanzen, während ich ihm versaute Dinge zumurmelte. Selbst in dieser Vision lief ich vor Scham rot an, sodass ich diese Idee sofort wieder verwarf.

Als sie ihre Aufnahmen im Studio machten, war ich ständig dabei, mich vor seinen Augen gewollt aufreizend zu bücken, mir gedankenverloren übers Schlüsselbein zu streichen, mit meinen Fingern zu spielen oder ihn mit meinem Blick zu vergewaltigen, während er die Lieder einsang. Er reagierte darauf ... kam ins Schwitzen, versang sich oft oder stolperte das eine oder andere

Mal, wenn er aus seiner Kabine kam, um sich die letzte Passage noch einmal anzuhören. Doch wenn er sich etwas in den Kopf gesetzt hatte, war er genauso stur wie ich, sodass ich keinerlei Erfolg mit meinen Bemühungen hatte.

Das zeigte mir nur, wie viel ich ihm bedeutete, denn ich wusste, dass er mich begehrte, sich aber nur zurückhielt, um mich nicht zu verletzen. Er hatte regelrechte Panik davor, mir noch einmal irgendwie wehzutun. Deswegen konnte ich nicht wirklich sauer auf ihn sein. Fast am Sterben war ich natürlich schon. Schließlich wohnte ich mit *Sex on two Legs* persönlich zusammen, sah jeden Tag seine erhabene erotische Schönheit mit meinen eigenen gierigen Augen, konnte ihn aber nicht berühren, nicht küssen – mich mit ihm nicht in der Welt der Erotik verlieren.

Es war kurz gesagt: Folter! Und ich hatte keine Ahnung, wie lange ich das noch aushalten würde!

\*\*\*

Es war ein ruhiger, verregneter Samstagabend. Wir lagen auf der Couch und sahen uns »Austin Powers« an, als es mir reichte!

Unverhofft drehte ich mich zu ihm um und schlang meine Beine um seine Hüften. Sofort zuckte Mason zurück, denn er war penibel darauf bedacht, mich mit seinem Lendenbereich nicht zu berühren.

»Ist das ein neues Spiel von dir? Das ›*Ich treibe Hannah in den feuchten Wahnsinn*‹-Spiel?«, fragte ich aufmüpfig, völlig aus dem Nichts. Aber Mason wusste natürlich sofort, um was es ging. Trotzdem stellte er sich dumm, strich mir unschuldig ein paar Strähnen aus dem Gesicht, während er sich auf dem Ellbogen abstützte und entspannt auf mich herabblickte.

Er hob eine Augenbraue.

»Ich denke, wir sind ein Paar und Paare gucken sich Filme zusammen an, wenn sie Feierabend haben? Oder täusche ich mich da?«

»Ich will meine Spielstunden zurück!«, forderte ich knallhart und verengte meine Augen ... drohte ihm mit meiner Stimme sowie meiner Mimik und brachte ihn damit zum Lachen. Er beugte sich immer noch amüsiert vor und strich mit seinen glatten und weichen Lippen über meine Schläfe. Mein Herzschlag beschleunigte sich natürlich sofort. Würde er jetzt endlich wieder ... »Vergiss es!«, hauchte er nur, als er an meinem Ohr ankam und ich dahinschmolz. »Das ist zu gefährlich. Denn es ist kein Spiel mehr!«, ergänzte er und glitt bis zu meinem Mundwinkel. »Ich werde dich nicht noch einmal verletzen!« Dann wich er zurück.

Es war so FRUSTRIEREND! ICH WOLLTE SCHREIEN UND FLUCHEN!

»Mason! Wie oft denn noch? Du. Hast. Mich. Nicht. Verletzt!«, betonte ich zum hunderttausendsten Mal. »Und. Du. Wirst. Mir. Auch. Nicht. Wehtun. Außer du machst mit deiner Enthaltsamkeit weiter, denn dann werde ich irgendwann platzen oder in meinen eigenen Körpersäften ertrinken!«

»Ich werde es erst dann tun, wenn ich mir sicher bin. Punkt. Ich werde dich nicht noch einmal so behandeln wie das letzte Mal ... Morgen ist übrigens die Verleihung, was wirst du anziehen?«

»Lenk nicht ab!« An seine dumme Verleihung dachte ich schon seit ein paar Tagen, denn er wollte, dass ich ihn offiziell auf den roten Teppich begleitete, und davor hatte ich richtig Bammel, aber jetzt ging es um andere, um überlebenswichtige Dinge.

»Ich vermisse dich«, wimmerte ich also fast, als ich in sein wunderschönes Gesicht blickte und mich an seinen Nacken krallte. Ich beugte mich unverhofft vor und presste meine Lippen auf seine. Überfall ist ja bekanntlich die beste ... ähm ... Annäherung!

Erschrocken versteifte er sich, als ich in die Offensive ging und komplett an ihn ranrückte, sodass ich ihn mit dem Rücken gegen die Lehne drängte. Dann schlang ich ein glattrasiertes Bein um seine Hüften und drückte ihn mit dem Unterschenkel gegen meine Hitze. Er keuchte rau auf, als sein Becken automatisch nach vorne stieß. Oh ich liebte die Bewegungen, die er mit seinen Hüften zustande brachte, und mein Kopf begann wie gewohnt, wirr vor ansteigender Erregung zu schwirren.

SO offensiv war ich noch NIE vorgegangen und meine Wangen brannten vor Scham, als meine Zunge seine massierte. Nicht zaghaft, sondern wild und verlangend.

Meine Hand wühlte in seinen Haaren, presste sein Gesicht gegen meins und ich fing an, mich – geleitet von meinen unbefriedigten Trieben – an seiner Länge zu reiben. Sie war schon hart, genau genommen steinhart. Und ich fragte mich unwillkürlich, ob man an einem Blutstau sterben konnte und wenn ja, wie lange es wohl dauerte, vorausgesetzt er machte so weiter wie die letzten zwei Wochen.

»Liebe mich!«, keuchte ich gegen seinen Mund, drückte mich etwas nach unten, sodass ich ihn genau durch den dünnen Stoff seiner Jogginghose und meines Höschens spüren konnte.

»Nein!« Doch er küsste mich wilder.

»Ich bin dein ... liebe mich, Mason Hunter!« Ich rieb härter.

»NEIN!«, murmelte er erneut, doch bestimmter.

»Ich will dich wieder in mir ... Bitte!« Jetzt löste er sich mit einem angespannten Stöhnen von mir und seine Hände schnellten nach unten, um meine Hüfte zu umfassen, die einen konstanten heißen Rhythmus aufgenommen hatte.

»NEIN, Hannah!«, betonte er mit warnenden, funkelnden Augen und ich fühlte mich mit einem Mal schrecklich – zurückgewiesen und ungeliebt. Also wollte ich von ihm abrücken. Doch als er meinen Blick bemerkte, schlang er sofort seine Arme um mich und drückte mich gegen seine sich schwer hebende und senkende, glatte Brust. Ich hätte weinen können ... es pochte so hart, dass es schon wehtat ...

»Du bist wirklich ein Sadist! Mich erst so heiß machen und dann nicht mehr berühren«, murmelte ich düster und umarmte ihn fest. Denn ich würde alles von ihm nehmen, was ich kriegen konnte, auch wenn es »nur« seine Umarmungen waren, in denen ich mich so geborgen fühlte.

»Es tut mir leid! Ich hätte niemals gedacht, dass die Sache so aus dem Ruder läuft«, entgegnete er leicht atemlos und ich spürte, wie er mir einen Kuss aufs Haar drückte. »Für mich ist es auch nicht leicht, dein Höschen nicht hier auf der Stelle zur Seite zu schieben und in dich zu stoßen, meine kleine, süße, von mir entjungferte Ex-Jungfrau.«

»Sag mal, haben wir die Rollen getauscht, du Klosterschüler?«, fragte ich verwirrt, denn irgendwas lief hier gehörig falsch.

Er gluckste. »So scheint es, du Sexsüchtige.«

Ich fasste einen knallharten Entschluss, denn so ging das nicht weiter! »Wenn du mich jetzt nicht liebst, werde ich zu anderen Mitteln greifen. Und es könnte sein, dass ich mit Prüdella gemeinsame Sache mache, Mason Hunter. Fühl dich gewarnt. Auch ich habe einen starken Willen, wenn ich etwas will!«

»WAS?« Er war schockiert von meiner offensichtlichen Drohung.

»Japp!«, rief ich aus. Doch er lachte nur herablassend.

»Auch gegen die Furie mit dem Rohrstock werde ich mich

wehren können. Es gibt nichts, was für mich über deine Sicherheit geht.«

»Wenn du meinst und es darauf anlegen willst. Bitte!«, murmelte ich nur süffisant, doch gleichzeitig fasste ich einen teuflischen Plan, mich mit meiner Prüdella- und meiner Blowjob Girl-Seite zu verbünden. Denn nur so konnte ich unsere Spielstunden zurückbekommen. Sie waren mir HEILIG! Ich war SÜCHTIG nach ihnen, nach dem Nervenkitzel ... der Spannung ... der Erregung ... *nach ihm. Und dafür würde ich ALLES tun!*

\*\*\*

Am nächsten Tag fand ich mich tatsächlich in einer Limousine wieder und fragte mich, wie ich hier gelandet war. Wenigstens trug ich kein komisches T-Shirt, sondern ein relativ kurzes, weißes Kleid, welches sich eng an meinen Körper schmiegte. Es war auf einer Seite trägerlos und nicht tief ausgeschnitten, deswegen fühlte ich mich relativ wohl darin, auch wenn eine Schulter frei lag. Für die frische, natürliche Schminke war Miss Moe zuständig gewesen, genauso wie für meine edle Hochsteckfrisur, die sie in einem der teuersten Salons der Stadt gezaubert hatte, während sie unablässig von meinem makellosen Teint und meinen festen, gesunden Haaren schwärmte. Einzelne Locken tanzten allerdings bei der recht strengen Frisur aus der Reihe und Mason konnte einfach nicht aufhören, an ihnen rumzuspielen oder mich auf die entblößte Schulter zu küssen. Wenn er das nicht machte, dann spielte er an den funkelnden Diamant-Ohrringen rum oder strich über meine glatten Beine, die in weißen, viel zu hohen High Heels steckten. Normalerweise hätte er mich nicht dazu gebracht, solche Schuhe, solche Schminke oder so teuren Schmuck zu tragen, aber ich hatte beschlossen, zu ihm zu gehören ...

Also musste ich da durch – durch seine Welt.

Trotzdem fiel es mir schwer, insbesondere was das Armband und die Ohrringe anging. Aber ich hatte klein beigegeben, weil er mir versichert hatte, dass dies Leihgaben von *Tiffanys* waren. Ein wenig kam ich mir vor wie ein Weihnachtsbaum – wie ein sehr, sehr teurer Weihnachtsbaum, es fehlte nur noch die passende Lichterkette, sodass ich nicht nur funkelte, sondern auch leuchtete. Doch komischerweise gefiel es mir. Ich fühlte mich so weiblich und attraktiv.

Vor allem weil Mason fast die Augen aus dem Kopf gefallen wären, als ich ganz *Armani, Tiffanys* und *Manolo Blanik* die Treppen hinuntergestiegen war, nachdem ich mich in das Kleid gekämpft hatte. Nicht dass Mason mir in irgendwas nachgestanden hätte. Denn ganz das rotzige Sexsymbol, das er in der Öffentlichkeit verkörperte, trug er eine schwarze Lederhose, die tief auf seinen schlanken Hüften saß … und ungefähr fünfzigtausend Gürtel. Ein rotes Kopftuch um das Handgelenk gebunden, die Haare wirr nach oben gegelt, während die Seiten frisch rasiert wurden, eine knallrote Krawatte, passende rote offene Boots und eine schwarze Weste komplettierten das Ganze. Ansonsten NICHTS, nicht einmal Unterwäsche, wie er mir leise zugeflüstert hatte, außer seine Tattoos, seine Muskeln und sein unwiderstehliches Lächeln, das fast seinen Kopf umrundete, als ich meine frisch manikürte Hand in seine legte, nachdem ich lebendig die Treppen runtergewackelt war. Ich stellte den perfekten Kontrast zu ihm dar. Weiß, rein, unschuldig. Er hingegen sah aus wie der sexy Rockstar persönlich. Wir gaben sicher ein wirklich faszinierendes Bild ab, das irgendwie doch perfekt zusammenpasste. Wie … Engel und Teufel.

Jetzt saßen wir hier im Auto, mit Friedl und Max, die beide allein waren und Mason mit ihren dunklen rockermäßigen Outfits in nichts nachstanden.

»Wirst du dich benehmen?«, fragte ich Mason noch einmal, bevor wir vor dem roten Teppich hielten. Zwanghaft ignorierte ich die meterlange Absperrung, hinter der die Fans standen und sich die Seelen aus dem Leib schrien. Mason drehte mir sein schönes, frisch rasiertes Gesicht zu und grinste unheilverkündend. Unverhofft beugte er sich vor und küsste mich auf die Mulde unter meinem Ohr.

»Natürlich nicht. Ich bin jetzt Spank! Also bis später, Babe!« Somit rückte er von mir ab, und bevor ich verarbeiten konnte, was er mit seinen Worten meinte, wurde die Tür schon geöffnet und Mason schlüpfte als Erster mit einer übermenschlich anmutigen Bewegung aus dem Auto.

»Auf geht's, Süße!« Friedl schubste mich förmlich hinter ihm her, sodass ich ein wenig stolperte und gezwungen war, meine ungeschickten Bewegungen mit Eleganz zu überspielen, was mir ganz gut gelang, weil Mason mich sofort sicher an der Taille packte und an sich drückte. Zum Glück stützte er mich, ansonsten wäre ich aufgrund der Vielzahl an Eindrücken womöglich wieder rückwärts ins Auto gekippt.

Die Geräuschkulisse war sehr … Ohrenkrebs erregend. Denn kaum war Mason draußen, da schwoll das »normale Geschrei« zu hysterischem Gekreische an und ich fühlte mich zu dem Konzert zurückversetzt. Einige Mädels schwenkten heulend riesengroße Plakate in der Luft, auf denen stand: »Spank, ich will ein Kind von dir« oder »I want your Sex on two Legs!« Dazu auch noch das Blitzlicht der Fotografen, das mich blendete, und die an anscheinend an Mason gerichteten Rufe, wo er sich wie hinstellen sollte, und die Verwirrung war perfekt. Eine hektisch aussehende Frau mit Mikrofonstöpsel im Ohr packte Mason am Oberarm, zerrte ihn hinter sich her, direkt in die Mitte des roten Teppichs.

Mason, professioneller Herzensbrecher von Beruf, setzte sein schönstes schiefes Grinsen auf, während er mit mir poste … Mich so hielt, dass ich nur gut aussehen konnte, und mit seinem Daumen beruhigende Kreise auf meine Hüfte malte.

»Na, Babe … was denkst du, wie hart du mich in diesen Schuhen machst?«, flüsterte er mir zu. Ich wurde knallrot und musste ihn stolz und ein wenig überheblich angrinsen. Sein Hauchen an meinem Ohr, dass er mich am liebsten hier und jetzt vor diesen ganzen Augen nehmen würde, brachte mich zum Stolpern und Keuchen, aber er hielt mich sicher. Die Frau zerrte ihn weiter, weg von der einen Horde Fotografen, direkt zur nächsten, wo sie ihn sofort ins Blitzlichtgewitter drehte und ich derart geblendet wurde, dass ich nur knapp ein Lächeln auflegen konnte, was garantiert missglückte.

Dann führte die Frau Mason ein Stück weiter …

»Moment, Babe«, flüsterte er mir zu und ließ sich allein mit Friedl und Max ablichten, während ich am Rand herumstand und versuchte, nicht allzu blöd auszusehen. In Windeseile unterschrieb er noch so viel Autogramme, wie es ihm in der kurzen Zeit möglich war, und ließ sich immer diabolisch und anrüchig grinsend von und mit seinen übereifrigen Fans ablichten. Er schaffte es sogar, sich mit einigen kurz zu unterhalten. Einem jungen Mädchen, das schwer krank war und keine Haare hatte, gab er einen Kuss auf die Stirn und sie fing an zu weinen. Er wischte ihr die Tränen weg und wisperte ihr etwas zu, woraufhin sie anfing zu strahlen und wie wild nickte. Er lächelte liebevoll zurück und mein Herz ging auf. Mason Hunter war der Wahnsinn. Er war wirklich ein Star zum Anfassen und ich LIEBTE es, dass er zu denen, die es verdient hatten, immer so herzlich und freundlich war. Ich liebte es, dass er genau wusste, wem er seinen Erfolg zu verdanken hatte und kein bisschen abgehoben war. Mir stiegen die Tränen in die Augen, denn ich war so stolz auf ihn. Mittlerweile verstand ich seine Fans vollkommen – er war nicht nur ein traumhafter Mann, sondern auch ein toller Mensch.

Schon bald schlang er wieder einen Arm um meine Seite und führte mich weiter. Jetzt kamen erst mal die Interviews. Alle möglichen Sender streckten uns ihre Mikrofone entgegen und Mason blieb lässig stehen, während die Reporter ihre Fragen runterrasselten.

»Wann kommt das nächste Album?«

»Es ist fast alles eingespielt ... also wird es bald so weit sein.«

»Wann geht Ihr wieder auf Tour?«

»Wir werden Ende des Jahres wieder unsere Sexiness übers Land verstreuen«, antwortete Mason und zwinkerte dabei. Diese Fragen waren ja noch okay, aber dann ging es richtig los.

»Wer ist die glückliche Dame an Ihrer Seite?«, erkundigte sich eine dunkelhäutige Reporterin mit komischem Namen, der mich an Erdnussbutter erinnerte, von MTV.

Ich wurde knallrot. Mason zog mich enger an seine Seite. »Ob ihr es glaubt oder nicht ... Das ist meine Anstandsdame, denn ich hab mich entschlossen, brav zu werden.«

Ihre Augen wurden groß. »Wirklich? Wie heißen Sie denn und wie macht er sich?« Jetzt hatte ich das Mikrofon plötzlich im Gesicht und versteifte mich, denn ich war nicht darauf vorbereitet gewesen, auch irgendwelche Interviews zu geben.

»Mein Name ist Hannah Hauptmeier und Mister Ransom macht sich mehr als gut.« OH *GOTT ... bitte Mason, tu nichts, was mich jetzt blamieren könnte, sonst ist meine Karriere beendet.* Tief in mir fühlte ich, wie es anfing zu brodeln. Denn wir hatten abgemacht, nicht preiszugeben, dass ich seine Anstandsdame sei.

Mit verengten Augen starrte ich ihn daraufhin an, was er garantiert spüren konnte, als er mit einem teuflischen Grinsen ergänzte: »Meistens zumindest. Manchmal bringe ich sie ganz schön auf die Palme.«

»Nicht nur manchmal«, gab ich höflich lächelnd hinzu und brachte damit die Moderatorin mit dem Erdnussnamen und Mason zum Lachen.

Die nächsten Interviews verliefen genau auf dieselbe Art. Ein paar Erkundigungen nach dem nächsten Album, der nächsten Tour, mehreren Angeboten von unprofessionellen Reporterinnen und tausend weitere Fragen zu meiner Person später hatten wir es geschafft und gelangten mit dröhnenden Ohren ins Innere des Gebäudes.

Wow! Reizüberflutung pur!

Friedl und Max folgten uns auf dem Fuß. Sie hatten noch ein paar Telefonnummern von ein paar schönen Frauen ergattert, die sie untereinander verglichen. Sofort war wieder jemand an unserer Seite, der sich wahnsinnig wichtig vorkam, während er uns Treppen nach unten lotste. Er führte uns einen langen, von Menschen wimmelnden Gang entlang, von dem verschieden farbige Türen abgingen. Die Namensschilder an ihnen lösten leichte Beklemmung in mir aus. »Marilyn Manson« und »Ozzy Osbourne« gaben sich hier mit »Justin Bieber« und »Lady Gaga« die Klinke. Obwohl ich deren Musik größtenteils nicht kannte, hatte ich von ein paar dank meiner Schwestern Einiges gehört, was wenig mit ihrer gesanglichen Qualifikation zu tun hatte. Daher wusste ich nicht, vor welchen dieser Stars ich mehr Angst haben sollte ... Dann war da auch schon die Tür mit der Aufschrift »Sex on two Legs«. Direkt zwischen »Nelly Furtado« und den »Pussycat Dolls«. Gerade bei Letzteren hätte ich mir gewünscht, nicht zu wissen, um wen es sich handelte, aber Rosi war mal von der Idee besessen gewesen, ein Video der Band nachzutanzen, und hatte mich damit wochenlang gefoltert. Mir wurde immer noch ganz anders, wenn ich daran dachte.

Sobald wir den kleinen Raum, ausgestattet mit Couch und Waschbecken sowie einem Kleiderständer, betraten, beruhigte ich mich ein bisschen und Mason ließ mich los.

»Ich muss mich jetzt fertig machen. Setz dich hier hin und bewege dich nicht von der Stelle«, forderte er mit seiner autoritären Art und verschwand mit einer hektisch aussehenden rothaarigen Frau in ein Nebenzimmer. Ich sah zu Max und Friedl und zog fragend eine Augenbraue hoch. Die fingen an zu lachen und Friedl knuffte mir in die Wange. Max machte sich über die Kanapees her, die neben diversen Getränken auf einem kleinen Tisch standen. Die Tür zum Gang war offen und immer wieder kamen irgendwelche großen oder nicht ganz so großen Persönlichkeiten rein – wobei ich weder die Namen zuordnen konnte noch eine Ahnung hatte, wer nun erfolgreicher war und wer nicht –, um sich mit den Jungs zu unterhalten. Ich saß in der Ecke auf meinem Sessel und beobachtete aus sicherem Abstand das Gewusel. Immer schaute jemand herein und verkündete: »20 Minuten«, »10 Minuten« und »Fünf Minuten ... ist er immer noch nicht FERTIG?«

Ich fragte mich, um was es ging, bis mir Max erklärte, dass sie die Show eröffnen würden. *Schön dass mir das auch mal jemand sagt*, dachte ich und fragte mich, für was Mason so lange brauchte.

Als er nach einer halben Ewigkeit wieder aus dem Raum kam und total abgekämpft aussah, wobei die Frau ihm in nichts nachstand, wusste ich wieso ... ich brauchte nur einen Blick auf die HAUTENGE zerrissene Hose werfen, die er nun trug, um zu wissen, dass sie wieder ein kleines Passproblem gehabt hatten.

Doch das war nicht alles. Mit verengten Augen registrierte ich, dass seine Weste verschwunden war und sein Oberkörper glänzte, was hieß, dass sie ihn eingerieben haben musste; seine Hose so eng und tief auf seinen Hüften saß, dass seine Beckenknochen gut zur Geltung kamen und er nach wie vor keine Unterwäsche anhatte. Mit anderen Worten, er war vor dieser Frau nackt gewesen. Mir kroch schon Dampf aus den Ohren, aber endgültig explodieren wollte ich, als sie ihm schelmisch zwinkernd in den Hintern kniff, bevor sie den Raum verließ, und er sich ERST dann suchend nach mir umsah. Um mich schmollend, mit verschränkten Armen und mit übereinandergeschlagenen Beinen auf meinem Sessel zu finden.

Seine Augen fingen an zu glühen, als er mich betrachtete, sein Blick meine schier endlos wirkenden Beine scannte. Ich wurde rot und ein Teil meiner Wut verpuffte. Er kam zu mir geschlendert, als hätte soeben nicht eine fremde Frau das gesehen, was nur für mich reserviert war, und stützte sich mit beiden Händen auf meinen Knien ab, während er sich herunterbeugte, um mit seiner Nase über meine zu streichen.

»Weißt du, wie unglaublich scharf du in diesem Kleid aussiehst?«

»Aha!« Ich wich vor ihm zurück und wandte meinen Blick von ihm ab.

Er verdrehte die Augen, denn er wusste natürlich sofort, was meine Stimmung zu bedeuten hatte. »Ich hätte gedacht, es geht schneller ohne deine Tadel. Deswegen habe ich dich nicht mit in das Nebenzimmer genommen. Was aber nicht heißt, dass ich sie da drinnen um den Verstand gefickt hab oder was sich dein eifersüchtiges Köpfchen sonst ausmalt.« Meine Augen wurden groß, als er das raunte, denn darauf war ich ganz ehrlich noch nicht gekommen.

»Wolltest du denn?«, fragte ich absolut dämlich und er lachte heiter.

»NEIN, WEIB! Wieso zum Teufel sollte ich, wenn so was auf mich wartet?« Schmunzelnd beugte er sich vor und küsste mich leicht auf die Lippen. Genau in dem Moment kam wieder einer dieser stressigen Zeitrumschreier rein und brüllte: »Noch zwei Minuten. Auf geht's!« Mason packte mich an der Hand, unterbrach dafür leider unseren Kuss und zog mich hinter sich durch einen Flur ... noch mehr Flure ... über viele Kabel ... zwischen vielen Menschen hindurch, direkt eine Treppe nach oben zum Hintereingang der Bühne ... wo er gleich auftreten würde. Auf der obersten Stufe ließ er meine Hand los und drehte sich zu mir um. Plötzlich nahm er mein Gesicht in seine Hände.

»Babe?« Er glühte mich mit seinem speziellen *Ich-will-dich-JETZT*-Blick an und ich vergaß den ganzen Stress um uns herum. »Hast du was dagegen, wenn wir der Öffentlichkeit verraten, dass du mehr bist als meine Anstandsdame? Ich HASSE es, dich geheim zu halten!«

»JA, natürlich!«, rief ich sofort, auch wenn mein Herzschlag sich bei seinen Worten deutlich beschleunigte.

»Dann wirst du mich in zehn Minuten töten.«

»WAS?«, fragte ich nur, aber im nächsten Moment beugte er sich schon vor und noch bevor ich schreien oder ihn wegstoßen konnte, berührte mich seine Zunge, und mit einem Stöhnen sank ich gegen ihn, denn ich liebte es, wenn er mich küsste. Dazu kam, dass ich in letzter Zeit zu oft auf seine Lippen verzichtet hatte, ich dementsprechend ausgehungert war, weshalb ich mich in seine geligen Haare krallte und ihn wild und verlangend zurückküsste – so lange und innig, bis er tief in seiner Kehle stöhnte und sich von mir löste, nachdem er noch ein letztes Mal sanft und zärtlich seinen Mund auf meinen gedrückt hatte.

»Hör gut zu, Babe ...« Im nächsten Moment stand ich alleine hinter dem Vorhang, der die Bühne vom hinteren Bereich trennte, und bekam fast einen Herzinfarkt, als ich nach vorne linste. So viele Kameras, so viele Lichter, so viel kreischende Fans in der riesigen Halle ... und ein Mason, der sich auf die Mitte der noch komplett dunklen Bühne stellte wie ein Sexgott aus Fleisch und Blut und sein Mikrofon aufsetzte. Max und Friedl nahmen ihre Positionen an den Drums und der E Gitarre hinter ihm ein und die Moderatorin, die Johanna hieß und eindeutig nicht ordentlich sprechen und sich anziehen konnte, kündigte die sexieste Band alive an ...

ALLE begannen zu schreien. Die Energie flimmerte durch die große Halle und verstärkte sich spürbar.

Und mit einem Mal wusste ich, dass mein Leben nach dem Auftritt von Mason nie wieder so sein würde, wie es zuvor gewesen war. Es war Intuition und sie sollte bestätigt werden.

CUT

# When I'm gone

## (3 Doors Down)*

Es war nach wie vor komplett dunkel auf der Bühne. Man hörte nichts außer den sanften Klängen der Gitarre ... Allein das genügte schon, um mich in eine andere Welt zu tragen, doch als Masons samtene Stimme anfing zu singen, bereitete sich eine Gänsehaut auf meinem Körper aus. Tränen schossen mir schon nach den ersten paar Zeilen in die Augen ... tief in meinem Bauch zogen sich die Muskeln zusammen und ... ich schloss die Lider, fühlte, was er sang, auch wenn ich kein Wort verstand.

*»There's another world inside of me that you may never see*
*There's secrets in this life, that I can't hide*
*Well, somewhere in this darkness, there's a light that I can't find*
*Well, maybe it's too far away, or maybe I'm just blind*
*Maybe I'm just blind ...«*

Mit einem Mal wurden bunte Lichtkegel eingeschaltet, die wild über die Bühne tanzten. Mason stand mit seiner roten E Gitarre im vorderen Bereich, spielte sie wie ein Gott und sang wie ein Heiliger. Die Masse fing an, noch lauter zu kreischen.

*»So hold me when I'm here*

*Right me when I'm wrong*
*Hold me when I'm scared*
*And love me when I'm gone*

*Everything I am*
*And everything in me*
*Wants to be the one you wanted me to be*
*I'll never let you down*
*Even if I could*
*I'd give up everything*
*If only for your good«*

Im Hintergrund wurde die Band auf eine riesige Leinwand projiziert, sodass selbst die hinten Stehenden sehen konnten, was auf der Bühne geschah. Die Kamera zoomte gerade auf Masons schönes Gesicht. Die langen dichten schwarzen Wimpern, die sich über seine ausdrucksstarken Augen schlossen, als er die nächsten Zeilen voller Gefühl und voller Hingabe sang. Er war wirklich ein außerordentlicher Musiker, denn man sah in jeder seiner Bewegungen, dass er die Songs nicht einfach nur vortrug, sondern wirklich LEBTE.

*»When your execution x-ray cannot see under my skin*
*I won't tell you a damn thing that I could not tell my friends*
*Now roaming through this darkness, I'm alive but I'm alone*
*Part of me is fighting this but part of me is gone«*

JETZT lief eine Träne über meine Wange herab, denn die letzten Zeilen trafen mich direkt in mein für ihn reserviertes Herz, obwohl ich kein Wort verstand. Ich war mir sicher, dass dieses Lied an mich gerichtet war, auch wenn er es vor all den Menschen sang, also nahm ich mir vor, Englisch zu lernen.

*So hold me when I'm here*

*Right me when I'm wrong*
*Hold me when I'm scared*
*And love me when I'm gone«*

Mit einem Mal drehte er sich um und seine braunen Infernos trafen auf mich – verlangend. Ich wich einen Schritt zurück, als er die Gitarre auf seinen Rücken gleiten ließ und auf mich zukam, wie ein übermächtiger Löwe auf das verängstigte Lamm. Seine Augen forderten mich auf, wie damals schon, zu kooperieren, als er in all seiner Pracht vor mir stehen blieb. Groß, stark und einfach nur berauschend. Absolut verblüfft starrte ich ihn an, da packte er mich auch schon an den Hüften und zog mich auf die Bühne ... Ins Scheinwerferlicht ... Vor die jubelnde Masse ... vor die Kameras.

Mein Herz raste so schnell, dass ich Angst hatte, es würde aus meiner Brust springen, und meine Beine nahmen die Konsistenz von Wackelpudding an. Die Musik wurde weicher, umströmte uns sanft. Er beugte sein Gesicht zu mir herab und lehnte seine glatte Stirn gegen meine.

Seine Nase strich über meine Nasenspitze. Dann ging er leicht in die Knie, begab sich damit auf meine Augenhöhe, und sang direkt in meinen Mund, während seine Hände meinen Rücken streichelten.

*»Ore maybe I'm just blind«*

Ich wimmerte tatsächlich ... und mein Herz holperte im Takt zu Max' Schlagstöcken, die auf die Drums schlugen, bevor sich seine Lippen unverhofft auf meine legten und jegliche Gedanken aus meinem Kopf küssten. Vor einem Millionenpublikum! Genau in dem Moment, als die Gitarre von Friedl gemischt mit dem Halbplayback wieder hart ertönte.
Die Musik fuhr heftig durch meine Gliedmaßen, genauso wie das

Prickeln, das sich von seinem Mund aus in mir ausbreitete. Seine heißen, langen Finger krallten sich gewohnt dominant in meine Backen, führten dazu, dass mein Höschen sofort überschwemmt wurde. Ohne mein Zutun hoben sich meine Hände und wühlten sich in seine Haare ... Mein Körper knallte gegen seinen, meine Hüften rieben sich an seinem drängenden Becken. Ich stöhnte, meine Zunge kämpfte mit seiner.

Das, was ich die ganze Zeit von ihm wollte, machte er jetzt angezogen mit mir auf der Bühne ... Friedl und Max sangen den Refrain weiter, während Mason mich um den Verstand küsste, als gäbe es kein Morgen mehr. Ich schmolz ... Ich flog ... Ich ertrank und ich LEBTE. Liebte es, wie er mich berührte, wie ich ihn berühren durfte.

Und dann löste er seine Lippen von mir. Alles, was mir blieb, war seine Stirn an meiner, seine Hände, die hochglitten und nun mein Gesicht umfassten; seine Hüften, die sich im Takt gegen meine bewegten – und das mit einer sehr aussagekräftigen Härte, die ich liebte.

*»Love me when I'm gone*

*Love me when I'm gone«*

Er hauchte diese Worte weich in mein Gesicht, wischte mit den Daumen Tränen weg, die nun ungehindert über meine Wangen glitten, und kniete sich schließlich vor mich, als würde er mich anflehen.

*»When I'm gone*

*When I'm gone*

*When I'm gone«*

Als der letzte Ton verklungen war und er die letzten Zeilen mit seiner Engelsstimme gesungen hatte, lehnte er seine Stirn fast schon verzweifelt gegen meinen Venushügel, während meine Finger wie von selbst in einer typisch tröstenden Geste seinen Kopf fanden. Das Licht ging aus. Das jubelnde Geschrei der Menschen um uns herum wurde immer lauter, einerseits in Erwartung eines weiteren Liedes, andererseits weil ich wieder in der Realität gelandet war und mir bewusst wurde, dass wir in dieser diskreditierenden Position auf der dunklen Bühne verweilten.

OH GOTT! Hatte ich ihm nicht vorhin gesagt, dass ich es nicht öffentlich machen wollte? Warum um Himmels willen küsste er mich dann vor einem Millionenpublikum? Das war die Höhe! Als er mich vor seine Fans gezerrt hatte, war ich geradezu entsetzt gewesen, bis ich in seiner Nähe alles um mich herum ausgeblendet hatte. Ab diesem Zeitpunkt hatte ich es geliebt. Ich war komplett verwirrt. Mit einem Ruck löste ich mich von ihm und trat einen Schritt zurück. Bevor er mich mit seinen Hundeaugen um Verzeihung bitten konnte, drehte ich mich auf dem Fuß um und stürmte davon. Denn ich brauchte dringend einen klaren Kopf, um darüber nachzudenken, was das alles zu bedeuten hatte.

Er war nicht in der Lage, mir zu folgen, weil diese schreckliche Moderatorin an seine Seite trat und ihm das Mikrofon unter die Nase hielt. Das Einzige, was ich noch hörte, war: »WOW, was für eine Einlage. Das sah ziemlich echt aus … und ich wette, das war auch echt! Hat sich unser Lieblingsrocker also tatsächlich für die Liebe entschieden?«

»PFFFF!«, schnaubte ich. Ich hatte keine Ahnung, wo ich hinmusste, denn das glich hier einem Labyrinth. Also stürmte ich die erstbeste Tür, die dank des universellen Zeichens als Damentoilette ausgewiesen war.

Dort stützte ich mich am Waschbecken ab und betrachtete die fremde, perfekt gestylte Frau in dem eleganten Kleid und mit dem dezent geschminkten Gesicht im Spiegel. Das war nicht ich. Das war jemand, der an die Seite eines VIPs gehörte. Das wollte ich nicht sein. Lieber Prüdella oder Blowjob Girl.

Und jetzt? Jetzt kannte mich auch noch ein Millionenpublikum als die Frau, die von Rotzi auf der Bühne geküsst worden war. Die dabei auch noch mitgemacht und sich ihren Emotionen völlig hingegeben hatte. Was würde morgen in der Zeitung stehen? Was würden Rosi und Magda dazu sagen? Mein Vater? Wie würden mich die anderen Menschen und vielleicht auch zukünftigen Klienten nach diesem Vorfall sehen? Sie würden denken, dass ich ein leichtes Mädchen war. Manipulierbar.

Fast schon trotzig blickte ich mich an und regte mich über meine eigene Dummheit auf. Ich verzog meine Lippen, beugte mich vor und strich über meine leicht rosigen Wangen. Mein Zeigefinger glitt wie von selbst über meine volle tiefrote Unterlippe, die von dem Kuss angeschwollen und auf der der Lippenstift etwas verwischt war. Meine Augen flogen nach oben und ich sah das lebendige Funkeln in ihnen ... Als ich die Lider schloss und in mich reinhörte, fühlte ich, wie mein Herz immer noch zu schnell schlug, wie mein Körper pulsierte und summte. DAS machte er mit mir. Ich wollte mehr davon ... Immer mehr ... Aber ein kleiner Kuss auf der Bühne bedeutete nicht, dass ich MEHR bekommen würde. Das frustrierte mich. Sehr.

Es brachte nichts, wenn ich mich weiterhin auf der Damentoilette versteckte, also schlich ich mich wieder nach vorne und hatte Glück, dass einer der wichtig aussehenden Assistenten mich anscheinend als VIP anerkannte und mich zu einer Bar führte, die im hinteren Bereich der Halle war. Hier war noch nicht viel los und ich hatte den perfekten Blick auf die drei

Bühnen und auf die zwei großen Leinwände. Also ließ ich mich auf einem Hocker nieder und bestellte erst mal einen Hugo, denn ich brauchte etwas, um mein Gemüt zu beruhigen. Er schmeckte gut und das Prickeln erfrischte mich, während ich alles verfolgte. Es wurden allerhand Preise verliehen ... »Beste Sängerin«, »Bester Clip«, »Beste Ballade«, »Beste Elektronummer«, »Beste Popnummer«, »Beste Band«, »Beste Rocknummer«.

*Sex on two legs* waren in zwei Kategorien nominiert, und gewannen in beiden. Mason sah zum Anbeißen aus, als er mit Friedl und Max die Preise entgegennahm. Wenigstens war er jetzt nicht mehr halbnackt, sondern trug wieder seine Weste inklusive der Krawatte und die Lederhose. Oh, du meine Güte, er war so übermenschlich schön, dass es wirklich verboten gehörte. Allein die anmutige Art, wie er sich auf der Bühne bewegte, wie seine langen Finger durch seine Haare strichen, während Friedl eine Dankesrede hielt, oder wie er die Hände in die Hosentaschen steckte, als er von der Bühne ging. Ich schmolz schon wieder dahin und allein, um diesen Anblick zu verkraften, ohne mich auf ihn zu stürzen, bestellte ich noch ein Glas.

Dann kam sie ... Seine Lieblingspornodarstellerin vergab den Preis für den »Sexiest Star Alive«. Mason war natürlich neben Stars wie Justin Timberlake nominiert. Greta, oder wie sie hieß, machte keinen Hehl daraus, dass sie Mason als Gewinner sah, denn als sie seinen Namen vorlas, fächerte sie sich Luft zu. Ich wollte sie sofort von der Bühne zerren und ins Publikum werfen. Ihr knappes rosa Kleidchen, ihre wallenden Pornohaare, ihre aufgeblasenen Brüste und ihr affektiertes Gehabe, das alles machte mich aggressiv. Ein kleiner Teil in mir war ziemlich entsetzt über meine Gedanken, der aber im frenetischen Jubel der Fans unterging. Denn Mason gewann. Ich nehme mal an haushoch, und er kam so leichtfüßig auf die Bühne gesprungen wie eine Gazelle.

Teuflisch grinsend natürlich, sie blickfickend – wie er es immer nannte. DANN fiel er vor ihr erst mal auf die Knie und neigte sich nach vorne, als würde er zu einer Gottheit beten. Das Publikum lachte ... Ich rauchte vor Zorn. Als er aufstand, drückte er einen Kuss auf jede ihrer mit Silikon aufgepumpten Brüste, und ich dachte, ich müsste vom Hocker kippen. Die Show, die er abzog, war wirklich perfekt, aber mindestens genauso abartig und widerlich! Er brachte den Pornostar und die ganze Welt damit zum Erröten. Ich errötete auch ... jedoch vor Wut. Zuerst küsste er mich und dann küsste er DAS?! Natürlich war mir klar, dass er seinen Job machte, dass er sein Image vertrat, aber musste er es so überzeugend rüberbringen?

Nachdem er die Trophäe in Form eines Astronauten in den Händen hielt, stellte er sich locker vors Mikrofon und fackelte nicht lange. »Ich danke meiner Mama, meinem Schwanz, meinen Bandkollegen, meinen Fans, und an alle anderen: Fickt euch!« Er rieb den Preis dabei an seinem Schritt, tat dann so, als würde er ... na ja ... mit ihm Sex haben.

Die Menge war dumm genug, um ihm wieder zuzujubeln, total auszurasten. Und ich war noch enttäuschter, weil er mich nicht genannt hatte.

Das schrie nach einem dritten Getränk, was ich auch prompt bestellte, auch wenn ich nicht mehr geradeaus sehen konnte.

Die Show ging mit einem lauten Knaller zu Ende. Ich glaubte zu erkennen, dass es Beyonce war, die ihre Hüften schwang und alle mit ihrem Intimbereich erschlagen wollte, aber ich hatte in Wirklichkeit keine Ahnung. Es hätte auch jeder andere Superstar sein können.

Als die Lichter auf der Bühne ausgingen und die Menschen sich langsam in alle Richtungen verteilten, hatte ich mein drittes Glas geleert und entschied mich, in die Welt der Cocktails einzutauchen. Doch ich kam nicht weit, denn als ich dem

Barmann winken wollte, wurde meine Hand von einer großen Hand abgefangen und ich sah genervt in Max' besorgte Augen.

»Willst du reden?«, fragte er nur, und das Einzige, was ich tun konnte, war seufzend zu nicken, denn JA, ich musste mal mit jemandem über Mason reden. So langsam blickte ich nicht mehr durch. Er stützte mich, als wir zur After Show Party und dann nach draußen auf eine große überdachte Terrasse wankten. Meine Füße taten mir jetzt schon weh. Ich war froh, als er mich direkt an den Rand der Dachterrasse führte, von wo aus man die Lichter der gesamten Stadt überblicken konnte, und mir einen Hocker heranzog, auf den ich mich undamenhaft plumpsen ließ.

»Was ist so schlimm, dass du dir die Kante geben willst, obwohl du weißt, wie das endet?«, fragte er und lehnte sich neben mich an das Geländer. Er ignorierte die neugierigen Blicke der herumstehenden Frauen, aber nicht die Kellnerin, von der er zwei Gläser Champagner entgegennahm und mir eins hinhielt. Ich wusste, dass ich eigentlich schon mehr als genug hatte, denn ich vertrug nichts, trotzdem trank ich es in einem störrischen Zug leer.

»ALLES!«, antwortete ich Max, und er zog eine Augenbraue fragend nach oben. Ich atmete tief durch. »Kann ich dir vertrauen?«, fragte ich ehrlich.

»Ja, das kannst du«, erwiderte er genauso ehrlich, also ließ ich meine Barrieren fallen und erzählte ihm einfach ALLES. Vom ersten Kuss ... über unser Wiedersehen ... unserer Abmachung ... den Spielstunden ... von unserem ersten Mal bis hin zu dem Moment, an dem Mason beschlossen hatte, mich nicht mehr anzurühren, dass er mich eben auf der Bühne das erste Mal wieder so richtig geküsst hatte und wie schön es gewesen war. An meiner Flut war ganz klar der Alkohol schuld, aber es tat auch wirklich gut, sich einfach alles von der Seele zu reden. Max war ein guter Zuhörer.

Ich fühlte mich verstanden und er bohrte nicht nach. Stattdessen zeigte er mir, dass es ihn interessierte, was ich zu sagen hatte. Bis auf ein paar *Okays, Ohs* und *Ahs* verkniff er sich sämtliche Kommentare und anzüglichen Witze, wofür ich ihm wirklich dankbar war. Dabei versorgte er mich regelmäßig mit neuem Champagner, und mit jedem Glas erzählte ich freizügiger und ehrlicher.

»Was ist das jetzt gewesen? Der Kuss? Ich bin so verwirrt! Ich weiß nicht, wie es weitergehen soll. Wird er mich offiziell als seine Freundin vorstellen? Was werden die Medien zu mir sagen? Wir sind so ein ungleiches Paar … Was werden seine Fans dazu sagen … Sie werden mich hassen!«

»Mason wird nicht zulassen, dass du angedisst wirst«, und auf meinen verwirrten Gesichtsausdruck hin erklärte Max, was er damit meinte.

»Aber kann er sich denn auf eine Frau beschränken? Du müsstest am besten wissen, dass er zehn an jedem Finger hat!«

»Hatte … Hannah … Hatte … Seitdem du da bist, hat er sich ganz schön verändert. Er wirkt langsam wie eine weiche Pussy!«

»Aber was ist, wenn ich ihm den speziellen Sex nicht geben kann, nach dem es ihm verlangt?«

Jetzt verdrehte Max die Augen. »Ihm verlangt es nach Sex mit *dir* … Speziell oder nicht, ist ihm egal!«

»Nein!« Ich schüttelte den Kopf. »Sonst würde er es doch auch jetzt mit mir machen …«

»Er ist sich unsicher und vertraut sich nicht selbst … Das hat nichts mit dir zu tun, außer mit der Tatsache, dass du ihm so wichtig bist, dass er lieber gar nicht mit dir schläft, bevor er etwas falsch macht und dich vergrault!«

»Aber ich muss doch selber entscheiden können, ob ich es will oder nicht! Er kann das nicht einfach über meinen Kopf hinweg entscheiden. Ich bin erwachsen! Und … dauerfeucht!«

Für das letzte Wort beugte ich mich vor und flüsterte es ihm hinter vorgehaltener Hand zu.

»Ich weiß.« Max zuckte amüsiert mit den Schultern.

»Was hältst du davon?«, fragte ich jetzt direkt und bohrte ihm meinen Zeigefinger in die harte Brust.

»Ich? DAS fragst du jetzt WIRKLICH MICH?«

»Ja, du!« Oh oh … Ich war wirklich schon gut angetrunken, denn teilweise sah ich Max doppelt vor mir. Mein Gesicht war auch ganz schrecklich heiß und in meinem Kopf flogen die Gedanken nur so auf rosa Wattebäuschen dahin.

»Ich denke dasselbe wie du. Und ich werde mit ihm reden, wenn du das willst«, bot er freimütig an. Ich sah ihn verwundert an und kaute auf meiner Unterlippe. Wägte ab, kam aber schnell zu dem Entschluss, dass Max meine letzte Chance war.

»Okay …« Dabei rutschte ich etwas auf meinem Sitz herum und mein Blick überflog die Menge. Da entdeckte ich ihn – mein Idol –, einen bayerischen Trompeter!

»OH GOTT!« Ich sprang vom Hocker und wäre auf der Nase gelandet, wenn Max mich nicht lachend aufgefangen hätte.

»Scheiße, du stehst auf so was?«, hörte ich ihn noch. Aber eigentlich nahm ich seine Stimme gar nicht mehr wahr, denn ich lief bereits auf den blonden Trompeter zu.

»Hallo!« Unverhofft stellte ich mich vor ihn und fühlte mich wie ein kleines Schulmädchen, als ich ihn aus zwei großen Augen anstrahlte und an meinen Händen rumfestelte. Etwas verwirrt und mit verschleiertem Blick grinste er auf mich herab. Oh … er hatte tolle Grübchen.

»Servus«, schnurrte er Originalbayerisch, schaute sich hektisch um, ob seine Angetraute nicht in der Nähe war, und ließ seinen angeheiterten Blick über meine Rundungen schweifen. Ich sagte nichts. Er sagte nichts. Irgendwann wurde es mir zu blöd und ich lallte:

»Ich bin Ihr größter Fan ... Ich finde es ganz toll, wie Sie Ihre Trompete blasen!« Und das meinte ich ernst!

Er lachte und ging mit mir ein paar Schritte von der Gruppe Menschen weg, bei der er gestanden hatte. »Ahja? Konnst du des a?(Ü: Kannst du das auch) «

»Was?«, fragte ich neugierig und versank in seinen dunkelblauen Augen.

»Na blosn?« Er wackelte anzüglich mit einer Augenbraue und ich fragte mich, ob er vielleicht Zuckungen hatte.

»Nein!« Ich winkte kichernd ab und tätschelte dabei seinen Arm. Oder zumindest einen von den vielen Armen, die er hatte, weil ich alles doppelt und dreifach sah.

»Soll is da beibringa? (Ü: Soll ich es dir beibringen?)«, fragte er mit tiefer Stimme. Zum Glück verstand ich es, weil ich früher immer gern den Musikantenstadl angeschaut hatte.

»Trompete spielen? Haben Sie denn eine dabei?« Ich musterte ihn von allen Seiten. Schließlich könnte er ja irgendwo eine versteckt haben. Er verdrehte aus irgendeinem Grund die Augen und nahm mich dann am Ellenbogen.

»Die is in meim Benzei! (Ü: Die ist in meinem Mercedes Benz)«, verkündete er, und ich ließ mich kichernd von ihm durch die Menge führen. Okay! Das versprach, lustig zu werden! Doch wir kamen nicht weit, denn schon nach ein paar Schritten, die wir uns zwischen den Menschen durchgezwängt hatten, knallte ich geradewegs in eine harte, mir vertraute Brust.

OH MIST! *Ich bin aufgeflogen!*

Seine Hände schossen vor und packten mich an den Oberarmen, um mich festzuhalten und gleichzeitig mit einem Ruck hinter sich zu ziehen, sodass ich von dem Trompeter nicht mehr berührt wurde.

»Mason«, rief ich aus und schmiegte mich an seinen nackten, muskulösen Arm wie eine rollige Katze.

»Hannah«, presste er zwischen den Zähnen hervor und lieferte sich ein Blickduell mit meinem Begleiter.

»Hey ... Die woit grod mit mir mitgeh! (Ü: Die wollte gerade mit mir mitgehen)«, beschwerte sich dieser und Mason zog nur eine Augenbraue nach oben.

»Boah, kannst du mal aufhören hier rumzukotzen und die deutsche Sprache lernen?« Mason verstärkte den Druck um meine Schulter und drehte uns um. Ich klammerte mich jetzt mit beiden Händen an seinem Bauch fest, denn es drehte sich alles und meine Beine knickten permanent weg. »Ich lass dich fünf Minuten allein und schon stürzen sich die Trompeter auf dich!«, knurrte er. Trotz meines betrunkenen Zustandes bemerkte ich, was für eine ungeheure Wut er ausstrahlte, als er mich durch das Gebäude zerrte, während ich ihm schmachtend hinterherstolperte. Denn gerade in diesem Moment, in dem er sich wie ein Höhlenmensch aufführte, wollte ich ihn noch mehr.

»Wo warst du denn die ganze Zeit, *Mister Ich-knutsche-ihre-Nippel*?«, fragte ich ihn trotzig und er lachte humorlos.

»Ich habe dich gesucht!«

»ICH war die GANZE ZEIT mit Max auf der Dachterrasse!«

»Ja, DAS hat er mir auch gesagt, nachdem er mir über den Weg gelaufen war, und dann hat er mir auch gleich berichtet, dass du gerade von dem Volksmusikidioten abgeschleppt wirst!«

»Er wollte mir nur das Blasen beibringen!«, nuschelte ich zu meiner Verteidigung und schnaufte frustriert durch, als Mason mich an die Wand knallte, sobald wir draußen waren. Er keilte mich mit einem Arm ein und beugte sich mit wütend funkelnden Augen vor, bevor er knurrte: »ICH bin der Einzige, der dir das Blasen beibringt! Du bist so verflucht naiv!«

»Ich bin nicht NAIV! Ich bin sein größter Fan!«, spie ich ihm entgegen. Er lächelte schwach, fast schon mitleidig, und strich mit den Fingerknöcheln über meinen Kiefer.

»Nur ein bisschen Alkohol ... und schon gehst du blauäugig mit jedem Arschloch mit. Und du fragst dich, wieso ich nicht mit dir schlafen will ... Wieso ich dich nicht ausnutzen will?«

»Ausnutzen!«, rief ich empört, unterbrach mich aber, weil der Wagen vorfuhr und uns die Tür geöffnet wurde. Kaum waren wir auf den riesengroßen Sitz gerutscht, sprach ich weiter, während ich mir die Schuhe von den Füßen zerrte.

»Du würdest mich nur dann ausnutzen, wenn du mich über die Folgen im Unklaren ließest ... Aber ich weiß es ... und ich will es! Verstehst du das denn nicht? Ich will dich auch, wenn du mich einfach so mitten auf der Bühne küsst, obwohl ich dir gesagt habe, dass ich das nicht will!« Somit drehte ich mich zu ihm um, denn ich roch ihn ... Roch sein teures Parfum und vor allem seinen unverkennbaren Masongeruch. Kombiniert mit der Tatsache, dass er mich vorhin auf der Bühne geküsst und mich einem anderen Mann gegenüber verteidigt hatte ... Das besitzergreifende, warnende Lodern in seinen Augen, als er seinen Arm um mich gelegt hatte. Dazu auch noch die zwei Wochen absolute Enthaltsamkeit ... und ich war überflutet.

Ohne Vorwarnung schwang ich ein Bein um seine Hüfte, sodass mein Kleid sehr weit nach oben rutschte. Meine Lippen krachten auf seine und ich küsste ihn.

So wie ich ihn noch nie geküsst hatte. Dabei rieb ich mein nasses Höschen an seinem Schritt und stöhnte, als ich fühlte, dass er als Antwort zuckte.

»Ich liebe dich so, dass es wehtut, Mason Hunter ...«, murmelte ich und verteilte lauter kleine Küsse auf Masons Gesicht, der komplett erstarrt war, bis über seinen Hals ... und zu seiner Weste. Meine Finger fummelten an den Knöpfen und viel zu langsam öffnete ich den ersten und deckte glatte Haut auf, die ich gierig ableckte. »Ich glaube, ich sterbe bald, wenn du mich nicht auch liebst!« Die weiteren drei Knöpfe folgten und ich kniete mich vor ihm auf den Boden, bevor ich sein Nippelpiercing in den Mund nahm und daran saugte. Der Alkohol ließ meinen Kopf schwirren, erregte mich noch mehr und machte mich vor allem mutig. Mason ließ seinen Kopf mit einem heiseren Stöhnen nach hinten fallen, als ich meine Zunge FEST über seine Brustwarze schnellen ließ.

»Hannah, hör auf!« Seine Stimme klang kratzig und erregt, doch ich hatte die Weste schon komplett geöffnet und küsste mich weiter hinab ... über die schwarze Tusche auf seiner Haut und über seine perfekten Muskeln.

»Niemals! Du gehörst mir!« Seine Bauchmuskeln spannten sich unter meinen Lippen an und er zischte, als ich über seinen Schritt streichelte. Von oben ... nach unten ... Unser Atem ging in ein Keuchen über, als seine Hüften nach oben zuckten und sich gegen meine Handfläche pressten.

Seine Finger fanden meine Haare ... er zerstörte meine Frisur, indem er alle Haarklammern entfernte, sodass sich braune Wellen über meine Schultern und mein Dekolleté ergossen. »Und ich gehöre dir ...« Ich blickte nach oben, während ich mit den Lippen am Bund seiner Hose ankam und bemerkte, wie seine Augen groß wurden, als ich den Knopf aufspringen ließ.

»NEIN!« Er wollte mich zurückziehen, doch ich öffnete bereits den Reißverschluss und sah ihn dabei entschlossen an.

»Ich bin erwachsen. Ich weiß, was ich will, und wenn du es mir nicht gibst, werde ich es mir woanders holen!« Mason zog scharf die Luft ein und ich wusste, ich hatte ihn gerade unter der Gürtellinie getroffen, aber der Alkohol machte mich erfinderisch und auch ... *böse* ... Sehr böse ...

Also freute ich mich wie ein Mädchen an Weihnachten, als er den Kopf erneut nach hinten fallen ließ und die Augen schloss.

Mir war klar, dass er soeben aufgegeben hatte.

»DANN VIEL SPASS!«, zischte er wieder wütend und ich kicherte, weil er garantiert genervt klingen wollte, was ihm aber nicht gelang. Er war mindestens genauso erregt wie ich. Und das sah ich auch, als ich seine Härte aus der Hose befreite.

»Mhmmm!« Ich schaute ihn mir genau an, während ich ihn mit einer Hand umfasste und nach oben strich. Mason zischte und seine Arme schossen nach oben, umklammerten die Sitzlehne zu beiden Seiten so stark, dass seine Knöchel weiß hervortraten. Er fühlte sich so groß und gleichzeitig so zerbrechlich in meiner Hand an, denn ich wusste, dass ich ihm mit einer falschen Bewegung große Schmerzen zufügen konnte ... Was ich natürlich NIEMALS getan hätte. Ich strich wieder herab und fragte mich, ob wohl alles an ihm so gut schmeckte wie sein Oberkörper. Ohne Vorwarnung lehnte ich mich vor und wollte meine Lippen um ihn legen, da spürte ich seinen harten Griff an meinen Schultern. Er zog mich erbarmungslos nach oben, breitbeinig auf seinen Schoß. Dann presste er seine Hüften gegen meine, sodass ich erschrocken aufkeuchte, und umfing mein Gesicht mit beiden Händen.

»Wenn du DAS jetzt tust, dann verliere ich meinen Verstand!« Er küsste mich hart. »Ich werde dich ficken ... verdammt! Ich gebe auf, du hast gewonnen!« Somit küsste er mich noch härter. Ich stöhnte und rieb meine Hüften an seinen, krallte mich in seinen Haaren fest. In meinem Inneren schwoll ein Gefühl von Macht an, denn ich hatte ihn tatsächlich dazu gebracht, klein beizugeben. Mit einem Grinsen auf den Lippen unterdrückte ich die Glückstränen, die in meinen Augen darauf warteten, vergossen zu werden. Stattdessen legte ich all meine Emotionen in diesen Kuss. Freude, Erleichterung, aber vor allem Leidenschaft und Liebe.

\*\*\*

Mason packte alles wieder in die Hose, bevor wir ausstiegen, was jedoch nicht hieß, dass sich unsere Lippen trennten. In einem halb stolpernden, halb fallenden Gang hatten wir es fummelnd und knutschend bis zur Tür geschafft und Mason löste seine Lippen nur von mir, um aufzusperren. Kaum waren wir in seinen vier Wänden, fühlte ich schon die kalte Wand im Rücken und keuchte, als seine Hände ungeduldig den Reißverschluss meines Kleides öffneten.

Atemlos und froh, mich anlehnen zu können, schwankte ich, während er es an meinem Arm und Körper hinabzerrte. Als er sich wieder vor mich stellte und mich küsste, streifte ich ihm hektisch die Weste ab und ging vor ihm auf die Knie, um seine Boots und seine viel zu enge Hose an seinen muskulösen Beinen herabzuziehen. Sobald ich wieder zwischen ihm und der Wand eingepfercht war und er mich mit seinem lodernden Blick anglühte, küsste er mich erneut, packte mich am Hintern und hob mich hoch.

Automatisch schlang ich meine Beine um ihn und krallte mich an seinem nackten Rücken fest.

Wir stöhnten beide auf, als seine Erregung sich gegen meinen feuchten Intimbereich drückte – nur getrennt von dem dünnen Stoff unserer Unterwäsche, die er wieder trug.

»Mason, bitte«, wimmerte ich und ließ meinen Kopf nach hinten fallen, denn seinen Lippen hatten sich auf Wanderschaft begeben und saugten an meinem Hals.

»Nicht so«, keuchte er zurück und stieß sich von der Wand ab. Er trug mich die Treppe nach oben und ich bekam noch durch den Nebel des Alkohols und der Lust mit, dass er tatsächlich die Tür in sein Zimmer aufstieß – die verbotene Zone. Dann fühlte ich eine weiche Matratze unter meinem Rücken und schloss die Augen, weil sich in meinem Kopf alles drehte, sobald er mich abgelegt hatte.

Als er sich einen Moment von mir löste, wimmerte ich erneut und rieb meine Schenkel aneinander, denn ich wollte ihn endlich dazwischen spüren. Sofort war er wieder bei mir und ich öffnete die Augen, um auf zwei lodernde braune Topase zu treffen. Er lächelte sanft, als ich zu ihm aufblickte, und küsste mich auf die Lippen – zart.

»Wir müssen Vorkehrungen treffen!« Mit einem Mal hielt er mir Handschellen unter die Nase, die er wahrscheinlich aus seinem Nachtkästchen geholt hatte. Meine Augen wurden groß.

»Ähm, okaaaaay?« Ich hielt ihm meine Handgelenke hin und er lachte.

»DU musst nicht festgemacht werden.« Somit schwang er uns herum, sodass ich auf ihm zum Sitzen kam und die kühle Luft fühlte, die meinen Körper umspielte. Er legte die Handschellen weg und glitt mit seinen Fingern meinen Rücken herauf, wo er meinen BH öffnete und ihn abstreifte. Dann richtete er sich mit leuchtenden Augen auf, um sich ausgiebig mit meinen Brüsten zu beschäftigen. Während er seine Hüfte an meiner rieb, saugte und zog er an meinen Brustwarzen, leckte versöhnlich und pustete anschließend darüber. Mittlerweile trug ich nur noch den Schmuck und mein Höschen – was sich wahnsinnig verrucht anfühlte.

»Ah ...«, stöhnte ich hilflos und bewegte mein Becken mit ihm, verfluchte den dünnen Stoff, der mich noch bedeckte, und wühlte in seinen Haaren, während er meinen Oberkörper mit heißen Küssen und sanften Bissen verwöhnte. »Bitte ... Mason ... Jetzt!« Er atmete heftig gegen meine feuchte Haut, bevor seine Hände über meinen Rücken nach unten wanderten und mein Höschen an beiden Seiten packten. Dann zog er auch schon daran und zerriss den Spitzenstoff einfach.

»OH!«, rief ich aus, als er die Reste unter mir hervorzog, sodass ich komplett nackt auf ihm saß. Er ließ mir keine Chance, mich unwohl zu fühlen, und umschlang mich sofort fest mit einem Arm, drückte mich gegen seinen warmen harten Körper und lächelte, als er mich erneut auf die Lippen küsste.

»Du fühlst dich so gut an, Babe!« Seine Hände strichen über meinen Rücken und umfassten meinen Hintern. Dann klatschte er plötzlich darauf und ließ sich nach hinten fallen, sodass er wie ein wunderschöner Gott unter mir lag. Er grinste mich schief an und ich erstarrte in Ehrfurcht.

»Du bist der Wahnsinn«, verkündete er. Forsch glitt eine Hand von ihm nach vorne und ohne Vorwarnung drang er mit einem lauten schmatzenden Geräusch in mich ein. Ich beugte meinen Rücken durch und fühlte, wie meine Haarspitzen mein Steißbein berührten, weil ich meinen Kopf so heftig zurückwarf. »So wunderschön ...«, murmelte er und bewegte seinen Finger gekonnt ein paar Mal sehr langsam rein und raus.

»OH GOTT!« Mit einem Stöhnen drängte ich meine Hüften gegen seine Hand, lehnte mich ganz zurück und stützte mich hinter mir rechts und links neben seinen Schenkeln auf meinen Händen ab. Ich streckte ihm schamlos meinen Unterkörper entgegen, denn er hatte mir erfolgreich beigebracht, die Scheu in seiner Gegenwart fallen zu lassen. Der Alkohol übernahm den Rest. Ich hörte, wie er stöhnte, was mich nur noch mehr erregte, und ein Schwall Flüssigkeit, der sich über seine Finger ergoss, war die Antwort meines Körpers.

»O Shit ... Allein bei dem Gedanken, gleich da einzudringen, könnte ich auf der Stelle kommen«, presste er hervor und nahm einen zweiten Finger dazu, dehnte mich – langsam und sicher. Ich tanzte schon wieder auf Wolken, nur waren sie diesmal nicht rosa, sondern bunt und grelle Blitze schossen zwischen ihnen hervor. Gerade als ich begann, mich um ihn herum zusammenzuziehen, vor Lust halb in Ohnmacht zu fallen, zog er seinen Finger unverhofft zurück.

»Mach mich jetzt fest … Sofort«, befahl er absolut rau und abgehackt und streckte seine Hände nach oben, umfasste mit ihnen das schwarze, schön verschlungene Metall seines Bettgestells und präsentierte mir einen phänomenalen Blick auf die angespannten Muskeln seiner tätowierten Arme, seine rasierten Achseln und seine männliche Brust.

Obwohl ich schon gar nicht mehr richtig wusste, was ich tat, beugte ich mich über ihn, sodass meine Brüste sein Gesicht streiften und er mit einem Seufzen seine Lippen darübergleiten ließ und mich ablenkte, nahm ich die Handschellen und machte ihn fest.

Mein Herz schlug fast bis zu meinem Hals, während ich mich zurücklehnte und auf ihn hinabblickte.

Wie er mich ansah … die Stirn leicht gerunzelt … die Lippen halb offen … die Haare wirr in alle Richtungen stehend und die Augen voller Verlangen nach mir. Er verbrannte mich mit seinem Blick und schloss kurz die Lider, als ich ihn musterte.

»Wenn du es willst … dann tu es jetzt … Ich gehöre dir …«, presste er hervor und bewegte leicht seine Hüften gegen mich, sodass ich aufkeuchte.

Er grinste und schaute mich wieder an – leicht diabolisch und düster. »Oh ja, und wie du willst! Zieh die Shorts runter …«, befahl er samten, und meine Finger fingen tatsächlich an zu zittern, als ich sie an den Bund legte und den Stoff langsam nach unten zog, wobei ich mich etwas aufrichtete.

Ich zerrte sie nur bis zu seinen Knien, für mehr hatte ich keine Geduld. Er wohl auch nicht.

»Knie dich über mich!« In seiner Stimme schwang unterdrückte Erregung mit, die mich wie Flammen verzehrte.

Ich kam seinem Befehl nach und positionierte meine Knie links und rechts von seinen Hüften.

»Nimm ihn in die Hand!« Er zischte, während ich ihn

umfasste, und ich hielt die Luft an, als ich mich etwas hinabließ und ihn an meinem Eingang positionierte.

Ich fühlte mich im Moment SO MÄCHTIG, weswegen ich lächelte und ein wenig meine Hüften kreiste, sodass seine Eichel völlig mit meiner Feuchtigkeit benetzt wurde.

»OH SHIT!« Mason ließ seinen Kopf in die Kissen zurückfallen und zerrte an seinen Handschellen ... Die Sehnen und Adern an seinem Hals traten hervor, und es war das Erotischste, was ich je gesehen hatte.

Kaum mehr zu einem klaren Gedanken fähig, tauchte ich immer mehr in die Lust. Meine Lider wurden ganz schwer, als ich ihn betrachtete, während die Seiten meiner Optik zu verwischen begannen.

»Komm schon, Babe ...«, presste er hervor.

Ich grinste dümmlich und ließ mich herab. Stück für Stück ... Millimeter für Millimeter ... fühlte ihn hart und unnachgiebig ... mit jeder Faser meines Selbst. Fühlte die Dehnung ... das Prickeln ... sein Zucken in meiner Hand und zwischen meinen Wänden, die ihn eng umschlossen willkommen hießen, als wäre er in mir tatsächlich zu Hause.

»O Mason!« Ich stöhnte voller Hingabe und beugte mich vor. Meine Lippen trafen auf seine.

Mit einem bestialischen Knurren drang er bis zum Anschlag in mich, indem er seine Hüften ungeduldig mit einem Ruck nach oben stieß.

Ich schrie auf, spürte ihn mit einem Mal so tief ... und vergrub mein Gesicht an seinem Hals, roch ihn. Es war so berauschend und gleichzeitig beruhigend.

Vollkommene Zufriedenheit machte sich in mir breit, als ich heftig gegen seinen Hals atmete und die Augen schloss, um es zu genießen ... um *ihn* zu genießen ... in mir.

Vielleicht fielen meinen Lider auch von alleine zu, denn der Alkohol forderte in diesem Moment seinen Tribut, und von Null auf Nichts schaltete sich mein Bewusstsein aus und ich glitt in einen wunderbaren, erholsamen Schlaf, weil ich wusste, dass JETZT alles gut war … Mehr als gut … Jetzt war alles perfekt.

CUT!

# Hysteria
## (Muse)

Shit! Das war jetzt nicht ihr verfluchter Ernst! Ich fühlte immer noch ihre engen Wände um mich und sie roch immer noch unwiderstehlich und ich wollte immer noch nichts dringender, als sie zu vögeln! Doch leider ... war sie eingeschlafen! Einfach so! Ohne Vorwarnung! Auf mir, Mason Hunter, frisch gekrönter sexiest man alive, und mit mir tief in sich! War das nicht die Höhe? Gerade eben hatte sie mich noch um den Finger gewickelt, wie keine Frau davor, hatte mir in meiner Limousine fast einen geblasen, mich dann ans Bett gekettet, sich auf mich gesetzt und *... jetzt schnarchte sie mir ins Ohr*!

»Hannah!«, rief ich in ihren Gehörgang und ruckelte mit meinen Hüften. Doch sie schmatzte nur und fing zur Krönung an, noch lauter zu schnarchen. »Weib! Das kannst du jetzt nicht bringen!« Ich wackelte mit meinem gesamten Körper, doch sie blieb lasch und schlief weiter. »HILF MIR, LIEBER GOTT!«, knurrte ich und wurde halb wahnsinnig, denn sie bewegte ein kleines bisschen ihre Hüften, wodurch mein Schwanz in ihr nur härter wurde. Das war der Himmel und die Hölle in einem. Verzweifelt stieß ich mit meinem Becken nach oben, um mich selber zu reizen, aber das war viel zu anstrengend und keinesfalls erregend.

Kreisen brachte auch nicht genug, um ansatzweise kommen zu können; was bedeutete, dass diese Nacht die Hölle sein würde.

Und so war es auch …

Während die Stunden langsam wie Blei an mir vorbeiflossen, versuchte ich, mich mit mathematischen Formeln und auswendig gelernten Gedichten abzulenken. Ich dachte mir sogar ein paar neue Songtexte über eine sadistische, schnarchende Göttin aus, während sie in Ruhe auf mir schlief und sich ab und zu bewegte. Immer wieder mal spannte sie ihre Muskeln um mich herum an, was mich jedes Mal aufs Neue hart machte.

Es war eine Tortur. Ein wahres Rauf-und-Runter. Wortwörtlich.

Ich verfluchte diese Frau auf mir, die ich ansonsten vergötterte, und starb in dieser Nacht mindestens fünfzig qualvolle Tode.

*** 

Die Sonne ging langsam auf. Lichtstrahlen hüllten das Zimmer in goldenen Glanz. Die Vögel fingen an, vor dem Fenster zu zwitschern, und ein übermüdeter, augenringetragender Mason Hunter lag völlig fertig, angekettet und mit einer schlafenden Prüdella auf sich im Bett und verteufelte sie.

Vermutlich dachte sie gerade, dass sie ihren Schönheitsschlaf mit Schwanz in sich beenden könnte, denn sie rekelte sich leicht auf mir. Und damit meinte ich nicht *leicht,* sondern eher lüstern. Sie streckte und wand sich. Rieb ihre Brüste über meine Brust, presste ihre Hüften gegen mich. Sie spannte sich an und stöhnte dabei auch noch leise und sanft, genauso wie völlig erschrocken:

»Oh Mason!« *Trara, mein Schwanz stand wieder wie eine Eins und drängte auf seinen Einsatz.*

»Bitte nicht schon wieder«, jammerte ich, denn das hatte sie in der Nacht schon zur Genüge gebracht. Rumstöhnen, mir

242

Hoffnungen machen und dann selig weiterschlafen! »Bitte, bitte, bitte, bitte NICHT ZUCKEN!« Ich bettelte gerade darum, dass sie ihre Muschimuskeln nicht anspannte, während ich in ihr war, das musste man sich mal geben. Ich war Mason Hunter, schien praktisch aus Sex zu bestehen, und flehte in diesem Moment die Frau auf mir an, nicht so erotisch zu sein!

Aber natürlich hörte sie nicht auf mich. Warum sollte sie auch? Das war wohl ihre ganz persönliche Rache für die letzten zwei Wochen, die zum Motto hatte: Wir quälen Mason Hunter.

Erleichtert merkte ich, dass sie wirklich aufwachte, denn ihre Atmung änderte sich und ich fühlte, wie sie an meinem Hals lächelte. Aber ihr würde das Lächeln gleich vergehen! Ihre vollen Lippen drückten sich verträumt gegen meine Haut und ihre Hände strichen über meine nach wie vor angeketteten Arme, die den Schmerz schon längst hinter sich gelassen hatten, weil sie mittlerweile taub waren.

»Mhhhmmm«, summte sie auch noch genüsslich und säuselte: »Hast du auch so gut geschlafen wie ich?« Das war der Punkt, an dem ich sie am liebsten umgebracht hätte.

»UND WIE GUT ICH GESCHLAFEN HABE«, knurrte ich nicht nur, weil es in mir brodelte, sondern auch, weil meine Stimme vom vielen Jammern angeschlagen war. Sie reagierte natürlich sofort auf meinen Tonfall und richtete sich mit einem Ruck auf, um mich verdutzt anzublicken. Dabei stützte sie sich auf meiner Brust ab, wodurch ich tiefer in ihr Inneres rutschte und mir ein stranguliertes Stöhnen nicht verkneifen konnte. Gleichzeitig keuchte sie, denn sie spürte endlich, dass ich nach wie vor in ihr steckte. *Ja! Einen schönen guten Morgen auch!*

»Ooops …«, war ihr schlauer Beitrag, bevor sie ihre Augen schloss, verträumt lächelte und leicht mit ihren Hüften kreiste. JETZT machte sie mich sicher noch mal richtig scharf, nur um dann weiterzuschlafen!

Gequält kniff ich die Lider und Lippen zusammen. »Was ist das denn?«, fragte sie hocherfreut, mit geröteten Wangen und schaute mit glänzenden Augen auf mich herab.

»DAS, meine Liebe, ist mein steinharter, gefolterter, nicht befriedigter Schwanz, der jeden Moment platzt!«

»Ach? Wirklich?« Sie besaß tatsächlich die bodenlose Frechheit, zu kichern und ihre Hüften erneut kreisen zu lassen.

»Mach. Mich. LOS«, presste ich zwischen zusammengebissenen Zähnen hervor, zerrte an den Handschellen.

»Gib mir einen plausiblen Grund dafür«, entgegnete sie auch noch absolut sachlich.

DEN konnte ich ihr geben! »Du sollst mich losmachen, damit ich dir zuerst deine Flausen aus dem Körper peitschen und dir dann dein großes Mundwerk aus dem Schlitz vögeln kann!«, knurrte ich dämonisch.

»Das ist rein physikalisch unmöglich. Außerdem kann ich dich in diesem Zustand unmöglich auf die Menschheit loslassen«, säuselte sie mitfühlend auf die *Armes-Baby*-Tour.

»Nicht auf die Menschheit!«, beruhigte ich sie scheinheilig. »Nur auf DICH!« Das letzte Wort war schon etwas lauter und sie zuckte ein wenig zusammen, was ich wiederum heftig um mich herum spürte.

»Okay … aber warte … Es ist gerade so toll, lass mich was ausprobieren …« Und dann … ja dann begann diese kleine sexy Hexe, sich auf mir zu bewegen. Dabei hatte sie nach wie vor ihre Arme auf meiner Brust abgestützt und schaute mir forschend in die Augen. Sie schob ihre Hüften von links nach rechts … stöhnte leise. Dann vor und zurück, weshalb sie lauter stöhnte … Und ich mit ihr, denn ich fühlte, wie sich alles staute und jeden Moment in Höchstgeschwindigkeit aus mir schießen würde. Unsere Blicke verwoben sich. Ihrer loderte lüstern teuflisch, meiner einfach nur IRRE. Plötzlich ging ein winzig kleines triumphierendes Lächeln über ihr Gesicht, und in dieser Sekunde wusste ich, dass sie mir in Sachen Sadismus in NICHTS nachstand. Wir würden SO viel Spaß miteinander haben!

Und dann bewegte sie nach oben – meine KOMPLETTE Länge entlang –, sodass ich kurz einen erfrischenden Windhauch auf meiner Eichel spürte. Sie biss sich auf die Lippe und ließ sich gnadenlos und in der Absicht, mich wahnsinnig zu machen, auf mich zurückfallen. Das ... WAR'S!

Ich explodierte, und das ohne Ende! Das war der intensivste Scheiß, den ich je erlebt hatte. Dabei brüllte ich wie noch nie. Durch die gesamte Nachbarschaft, wie ein verdammtes Tier, während ich meine Hände zu Fäusten ballte. »GOTTVERFLUCHTE SCHEISSE, HANNAH!«

Ich merkte erst, dass sie mich losgemacht hatte, als sie sich plötzlich mit hektischen Bewegungen von mir schwang ... und aus dem Bett stürzte, als würde es um ihr Leben gehen.

Sie lief vor mir davon! *Huntermodus!*

»Oh, NEIN! So kommst du mir nicht davon!« Mit diesem Knurren kam ich auf die Knie und wollte ihr hinterher, doch meine Beine wollten nicht so, wie ich wollte, und ich landete erst mal neben meinem Bett auf der Nase.

»SHIT!«, fluchte ich und rappelte mich wieder auf. Hannah war schon aus dem Zimmer gestürmt und hatte die Tür hinter sich zugeknallt. Ich rannte ihr schwankend hinterher, schüttelte dabei meine eingeschlafenen Arme aus und konnte gerade noch so sehen, wie sie holpernd und polternd die Treppen nach unten eilte.

»Hannah STOP!«, brüllte ich und lief ihr um die Ecke hinterher.

»NEIN!«, rief sie schrill zurück und war an der letzten Stufe angekommen, als ich nach unten in den Wohnbereich und auf sie zu hechtete.

Sie rettete sich keuchend und mit großen lustverschleierten, aber doch leicht verängstigten Augen hinter den Esstisch und dachte wohl, er würde mich von ihr abhalten.

Pff, dummes Mädchen.

Ich stürzte an die andere Seite, stützte mich mit den Händen auf dem glatten Holz ab. Jeder Muskel gespannt ... Meinen Blick auf meine wunderschöne Beute mit den geröteten Wangen, den wirr zerzausten Haaren und den langen bebenden Beinen gerichtet, an denen mein Sperma herablief. Ihre dunkelbraunen Augen funkelten mich herausfordernd an.

OH SHIT ... Ich wurde schon wieder hart. Härter als hart ... und ich raste dabei innerlich. DAS war genau der Zustand, in dem ich sie eigentlich nicht in die Finger bekommen sollte. Aber das war meinem schwirrenden Kopf jetzt egal.

»Kommst du freiwillig?«, fragte ich heftig atmend und starrte wie hypnotisiert ihre Nippel an, die sich mir steif entgegenstreckten, als sie ihr Kinn hob und ihre anmutigen Schultern straffte.

»Niemals!«, rief sie auch noch kämpferisch und fühlte sich zu sicher. Doch das nahm ich ihr, indem ich mit einem Ruck auf den Tisch sprang, der mit einem Ächzen erzitterte, aber standhielt. Sie kreischte panisch auf, denn mit dieser Aktion hatte sie nicht gerechnet, und machte sich wieder schreiend davon. Ich hätte gelacht, wäre ich nicht so darauf erpicht gewesen, meine Beute zu Fall und unter mich zu bringen. Meine Fingerspitzen streiften ihre Haare, als ich nach ihr griff und hinterher sprang. Mit stolpernden Schritten lief sie die Treppe nach oben, kicherte dabei wie verrückt und schrie schließlich grell auf, als ich sie am Fußknöchel erwischte und mit einem Ruck zu Fall brachte. »Ich hab gesagt, es gibt kein Entkommen!«

Meine Nachbarn dachten vermutlich, ich hätte jemanden niedergemetzelt, wenn sie uns gehört hatten.

Zum Glück konnte sich Hannah mit den Händen abfangen, sonst wäre sie mit dem Gesicht voran auf die Treppe geknallt. Hektisch wollte die braunhaarige Versuchung sich losmachen und weiterkrabbeln, aber ich ließ ihr keine Chance – jetzt, wo ich sie endlich in den Fingern hatte. Ihr nackter Arsch war einfach viel zu anziehend. Ich packte sie mit der freien Hand an der Hüfte, um sie festzuhalten. Im nächsten Moment zog ich sie ein wenig nach unten, kam auf den Knien nach oben ... und stieß zu – direkt in ihren feuchten, so was von bereiten Spalt.

Sie schrie erschrocken auf. Denn DAMIT hatte sie nicht gerechnet!

Hannah erstarrte sofort, als sie mich in sich fühlte. So tief, wie sie mich noch nie gefühlt hatte, denn diese Stellung erlaubte es mir förmlich, sie bis in den Bauch zu ficken. Zum Glück wurde mir das in diesem Moment erschreckend klar und ich erstarrte ... Ihr Schrei hallte immer und immer wieder in meinem Kopf wider. Zittrig atmete ich gegen ihren Nacken aus. Wie von selbst glitt meine Hand an ihrem Bauch entlang und ich drückte dort beruhigend zu, wo es ihr womöglich wehtat.

»Beweg dich nicht ...«, murmelte ich rau und küsste sie auf den Rücken, zog eine heiße Spur bis zu ihrer bebenden Schulter und versuchte, mich dabei zu beruhigen, während sie erschauerte, als meine Lippen sie berührten. Dabei kam sie mir leicht mit ihren Hüften entgegen. Ich biss meine Zähne aufeinander. Denn ich konnte das nicht ... Konnte sie jetzt nicht gewissenlos ficken wie jede andere Frau, für die ich nichts empfand, und ihr damit so dermaßen wehtun. Das hier war schließlich erst ihr dritter Sex, demnach würde ich ihr Schmerzen bereiten, wenn ich sie einfach so durchvögelte. Nicht nur körperlich, sondern auch seelisch.

*Beruhige dich, Hunter!*
*SOFORT!*

Ich musste mich unbedingt zusammenreißen, und so klammerte ich mich mit meiner freien Hand am Geländer fest, bis ich es knacken hörte und auf einmal ein Stück Holz in den Fingern hielt.

»Shit«, murmelte ich und sie kicherte auch noch, als ich die Strebe des Geländers wegschmiss, die meiner Anspannung nicht gewachsen gewesen war. »Das ist nicht witzig ...«, grummelte ich und atmete tief durch, versuchte die heiße, nasse Enge um mich herum zu ignorieren und glitt mit einer Hand an ihrem Bauch entlang. Konzentrierte mich nur auf sie, ihre Atmung, ihre Bewegungen, ihre Geräusche, als ich mit zwei Fingern über ihren Kitzler kreiste, und das so lange, bis sie immer lauter stöhnte und sich mir entgegendrängte wie eine kleine rollige Katze – was meine Selbstbeherrschung nur noch mehr bröckeln ließ.

»Hannah ...«, keuchte ich an ihrem Ohr. Bevor ich mich versah, hatte ihr Name meine Lippen verlassen und das flehend. »Oh Shit ... das sollte nicht so ablaufen ...« Langsam zog ich mich aus ihr zurück und hätte dabei am liebsten geweint. »Ich werde dir in der Stellung wehtun ... Ich werde ... wieder die Kontrolle verlieren, denn so ... geht es ... verflucht ... tief!«

»Halt die Klappe, Mason!« *Huh?* Hatte sie da gerade tatsächlich geflucht? Sie folgte mir mit ihren Hüften nach hinten. Keuchte, als sie sich selber wieder bis zum Anschlag auf mich schob. Ich hielt still ... zu sehr gefesselt von dem intensiven Gefühl, das sich von unseren verbundenen Körpern aus in mir ausbreitete wie ein frisch entfachtes Buschfeuer. Mit einem Grunzen nahm ich zu gut wahr, dass sie wieder ein Stück nach vorne ging, einen Fuß eine Stufe über mir abgestützt ... den anderen mit meinen Knien auf einer Höhe ... Ehe ich mich versah ließ sie sich erneut heftig nach hinten fallen und versenkte meinen Monsterständer bis zum Anschlag in sich.

Wir stöhnten beide auf. Sie warf den Kopf zurück, ihre Haare verteilten sich über ihrem perfekten Rücken. Ich packte mit einer

Hand vorsorgehalber einen anderen Stab des Geländers ... Mit der anderen hielt ich meinen Schwanz am Ansatz fest, als sie wieder nach vorne ging und das so weit, dass ich ganz draußen war und direkt dabei zusehen konnte, wie sie mich erneut in sich aufnahm. Bevor sie sich erneut vor- und zurückbewegte und ihren kleinen festen Götterarsch heftiger gegen mein Becken klatschen ließ.

»Oh SHIT ... Genau so ist es richtig, Babe!« Das war alles an Bestätigung, was sie brauchte. Mit sanftem Gestöhne begann sie, sich richtig zu bewegen – vor und zurück –, sodass es perfekt für sie war und ich ihr nicht wehtat, während ich immer noch einen idealen Blick darauf hatte, was sie Himmlisches mit mir anstellte, und bald die Zähne zusammenbeißen musste, um nicht zu kommen.

Doch schon bald ertrug ich es nicht, einfach so bewegungslos zu verharren. Einem inneren Drang folgend passte ich mich ihrem Rhythmus an. Sie stöhnte sofort lauter und ich hatte PANIK, meine Kontrolle zu verlieren ... oder vor ihr zu kommen ... also beugte ich mich vor und umfing ihren Bauch sicher mit einem Arm.

»Stellungswechsel!«, hauchte ich grinsend an ihrem Ohr, bevor ich sie hochhob und meinen Arsch auf die Treppe pflanzte. Mit einem Keuchen setzte ich sie mit dem Rücken zu mir auf meinem Schoß, strich ihr die Haare aus dem Nacken und flüsterte gegen ihre süße Haut: »Es ist wie beim Tanzen ... Dein Körper weiß, wie er sich bewegen muss, wenn er ordentlich gereizt wird!« Zielsicher schob ich eine Hand zwischen ihre weichen Schenkel und rieb über ihre mittlerweile angeschwollen Klit ... Ihr Kopf fiel zurück gegen meine Schulter und ihre Hüften begannen automatisch, mit meinen Fingern im Einklang zu kreisen, während sie eine ihrer kleinen Hände in meinen Nacken krallte und die andere an der Wand neben uns abstützte.

Die Beine weit gespreizt und mit mir tief ich sich. Ich durfte mir das Bild, das wir boten, bloß nicht vorstellten, sonst wäre alles zu spät. Also konzentrierte ich mich auf ihr seidiges, feuchtes Fleisch unter meinen Fingern und nicht auf mein Kopfkino.

»Oh GOTT … Oh Mason … OH GOTT … OHHHHHHHHHHH Mason …«, war alles, was sie zustande brachte, und das in den sinnlichsten, heißesten Tönen, die ich jemals in meinem Leben gehört hatte.

»Ich hab gewusst, dass du das mal stöhnen wirst, Babe! Hab ich's dir nicht gesagt?« Ich biss ihr knurrend ins Ohrläppchen und saugte dann ausgiebig daran, was ihre eine Gänsehaut bescherte, die ich unter meinen Fingern um ihren Bauch fühlen konnte. »Hannah …«

»Jaaaaaaa?«, rief sie fast.

»Du hast mich die ganze Nacht gequält … Also überlege ich mir gerade, dich jetzt auch nicht kommen zu lassen. Was meinst du?« Ich verringerte den Druck meiner Finger.

Sie wimmerte hilflos als Antwort: »Bitte … NICHT … Mason … BITTE … Vier…zehn … Tage!« Ich lachte rau, als sie die Worte zusammenhanglos stammelte. Zu mehr war ihr lustdurchtränktes Hirn eindeutig nicht fähig. Ihre Hand fiel von meinem Nacken und presste meine Finger fest gegen ihre auslaufende Hitze.

»Bitte … Mason … bitte …« Gierig drehte sie mir ihr Gesicht zu und küsste mich am Hals – ihre kleine warme Zunge strich über meine verschwitzte Haut, über meine Tätowierung. In ihrer Stimme lagen so eine bedingungslose Hingabe und so ein Vertrauen, dass ich sie jetzt einfach nicht leer ausgehen lassen konnte. Und ich WOLLTE sie auch ENDLICH um mich herum kommen fühlen. Wollte dabei tief in ihr stecken und jedes noch so kleine Zittern ihrer Gliedmaßen hautnah miterleben … jedes Keuchen … jedes Zusammenziehen ihrer Muskeln in ihrem perfekten, für mich geschaffenen Körper.

»Du bist Mein.« Somit zwickte ich sie in den Kitzler und sie KAM, wobei sie meinen Namen wie ein Gebet schrie: »Mason … Mason … Mason … Mason …« Mein Orgasmus überrollte mich gleichzeitig so unvorbereitet und heftig, dass mir kurzzeitig schwarz vor Augen wurde und ich sicher war, ein paar Sekunden bewusstlos geworden zu sein.

Als ich wieder zu mir kam, lag ich immer noch auf der verschissenen Treppe … und sie mit ihrem vollen Fliegengewicht auf mir. Wir beide keuchten und schwitzten um die Wette und mein Rücken tat verflucht weh, weil sich eine Stufe reinbohrte.

»Oh … Scheiße … ich glaube, ich hab mir die Wirbelsäule gebrochen«, beschwerte ich mich und gab ihr einen kleinen Kuss auf die Schläfe. Hannah kicherte nur erschöpft, zuckte aber kurz zusammen, als ich mich aus ihr löste … Dann verlagerte ich sie etwas und hob sie auf meine Arme, obwohl wir dabei die Treppe und ihre Beine einsauten.

»Wir gehen jetzt duschen!«

»Okay.«

»Es war gerade der beste Hammersex in meinem Leben!«

»Okay!« Müde lehnte sie ihre Stirn an meinen Hals, während ich sie in die Dusche trug. Im Bad stellte ich sie auf ihre wackligen Beine. Sie grinste mich verträumt an und kicherte, als ich mich aufrichtete und mir erst mal den Rücken massierte.

»Das ist nicht witzig, Miss Obermeier! Die Nacht war die reinste Folter und so wollte ich dich sicher nicht das erste Mal vögeln! Das schreit nach Bestrafung!« Aus dem Kichern wurde ein Lachen und sie schlang ihre Arme um meine Hüften. Ihre kleinen Finger gruben sich fest in die verspannten Muskeln neben meiner Wirbelsäule und begannen sie durchzukneten. Dabei vergrub sie ihr Gesicht an meiner verschwitzten Brust und nuschelte zur Abwechslung mal: »Okay!«

»Hab ich dir gerade den Wortschatz aus dem Hirn gevögelt?«, fragte ich und umschlang sie mit den Armen, während ich sie auf die leicht feuchten Haare küsste.

»Ich glaube schon«, erklang von unten ihre sanfte Stimme. Ich wollte sie verflucht noch mal NIE wieder loslassen! Doch das musste ich ... immer wieder ... kurz mal.

Wir duschten einträchtig und wuschen gegenseitig unsere Körper ... Dann kümmerte sie sich um meine von den Handschellen aufgeschürften Handgelenke und massierte mir ausgiebig den Rücken. Ich sah mir ihren Intimbereich an und war froh zu erkennen, dass sie nicht wund war, bevor wir runtergingen und sie Frühstück mit Aufbacksemmeln und ihrem Hammer-Omelett machte, während ich Dom Dom und Sub Sub fütterte, und sie damit ablenkte, sie immer wieder völlig grundlos um den Verstand zu küssen. Es gelang mir nie. Sie war nach jedem Kuss mindestens genauso schlau wie davor. Aber dafür noch süßer.

Natürlich beobachtete ich sie mit Adleraugen. Ich wollte wissen, ob ich sie mit meinem animalischen Ausbruch und der Treppenzerstöraktion erschreckt hatte, aber sie war mit uns beiden immer noch völlig im Einklang – mehr als das. Meine Hannah war glücklich. Ich konnte den Stein förmlich fühlen, der meinem Schwanz und mir vom Herzen fiel, als mir klar wurde, dass sie *wirklich* jede meiner Seiten verkraften würde. Sie war so viel stärker, als ich jemals angenommen hatte. Das hieß, die Spiele konnten jetzt so wirklich beginnen.

Insgeheim freute ich mich darüber, dass Hannah sich mit einem weißen Tanktop und exquisiten dunkelblauen Spitzenhöschen zufriedengegeben hatte, und betrachtete jede ihrer ansehnlichen Bewegungen beim Essen, während ich in meinem Kopf die verschiedensten Szenarien durchspielte. Ablenkende Szenarien, wie ich sie für die Horror-Porno-Nacht büßen lassen würde ... oder besser gesagt, wie ich uns beiden heute den größtmöglichen Spaß bereiten würde. Es gab so viele Möglichkeiten und sie würde bei allem mitmachen, mich überraschen und mich völlig in den Wahnsinn treiben. Sie war so unglaublich ... Ich konnte nicht genug von ihr bekommen.

»Wieso isst du nicht?«, fragte sie belustigt und mit einem Schmunzeln in den strahlenden Augen.

»Weil ich dich blickficke.«

»Also nicht multitaskingfähig«, stichelte sie und trank einen kleinen Schluck frisch gepressten Orangensaft, nur um sich anschließend mit der Zunge zuerst über die Ober- und dann über die Unterlippe zu lecken. Aber ich ignorierte es, ließ mich nicht ablenken.

»Pfff«, schnaubte ich und aß ein großes Stück Ei, um dann mit vollem Mund zu sprechen und sie dazu zu bringen, die Augen zu verdrehen ... »Kitzler reiben, dich dabei vögeln UND Dirty Talk in einem!« Dann lehnte ich mich mit vor der Brust verschränkten Armen zurück und beobachtete zufrieden das Schauspiel, wie die Hitze ihre Wangen heraufkroch, ihr Atem sich beschleunigte und sie schließlich das Besteck beiseitelegte. »HA!«, rief ich aus und erschreckte sie damit.

»Was?«, fragte sie ertappt und biss sich auf die Lippe. Sie rutschte sogar ein bisschen auf ihrem Platz rum. Ich grinste süffisant und schob meinen Stuhl ein Stück zurück.

»Erwischt, Miss Obermeier. Sie sind erregt. Am Tag! Sie böse kleine Anstandsdame ...«, antwortete ich mit leiser, verführerischer Stimme und zeigte ihr mit dem Zeigefinger, dass sie gefälligst diesen kleinen wunderbaren Arsch zu mir schwingen sollte.

Sofort merkte ich, wie ihre Röte sich vertiefte und sie auf Beutemodus schaltete.

Oh, sie war berauschend, wenn sie so schüchtern war und sich gleichzeitig doch nach mir verzehrte. Langsam schob sie ihren Stuhl zurück, erhob sich und kam auf mich zu ... um dann vor mir stehen zu bleiben und mit großen aufgeregten Augen auf mich herabzublicken wie auf ein achtes Weltwunder.

Ich lächelte breiter und schob erst mal in aller Ruhe den Teller und mein Glas beiseite, um ihr Platz zu machen. Ihre Augen wurden größer, ihr Atem schneller. Ich wusste, dass schon jetzt die Bilder in ihrem sehr aktiven Kopf tanzten. Also glitt ich mit einer Hand über ihren Oberschenkel nach oben, legte sie auf ihren Hüftknochen und strich dann unter das Oberteil. Fühlte ihre seidenweiche, warme Haut unter meinen Fingern, bevor ich sie nach links zog und dann mit beiden Händen vor mich auf den Tisch setzte. Sie keuchte auf, schmolz aber unter meiner Berührung dahin.

Bestimmend spreizte ich ihre Beine, schaute ihr dabei in die Augen und genoss die kleinen Reaktionen ihres Körpers auf mich. Die Gänsehaut, die sich ausbreitete. Den Biss auf ihre Lippe, der dazu diente, das Verlangen in Schach zu halten, das in ihr tobte. Die nicht gerade subtile Beschleunigung ihres Atems, als ich sie auf den rechten Innenschenkel küsste.

»Du hast mich heute Nacht ganz schön geärgert, Babe«, summte ich gegen ihre duftende Haut und hielt ihre straffen Unterschenkel in meinen Händen.

»Nicht dass ich wüsste ...«, erwiderte sie süffisant grinsend und wand sich unter meinen Lippen. Ihr Arsch rutschte ganz unauffällig ein Stück weiter vor an die Tischkante. *Kleines Luder! Ich weiß, wo du meinen Mund willst,* dachte ich und ignorierte ihre stumme Aufforderung komplett. Stattdessen wartete ich gespannt darauf, dass sie mutiger und forscher wurde, so wie immer, wenn ich sie zappeln ließ.

»Oh doch, das hast du. Daher werde ich dich auch ein wenig

*... ärgern.* Natürlich auf eine andere Art als du. Wir werden heute den Tag für meine Zwecke nutzen ... und das so lange ich will. Alles andere wird auch nach meinen Spielregeln ablaufen!« Sie erschauerte. Ich legte meine Wange auf ihrem Bein ab, rieb mit meinen Bartstoppeln über ihre zarte Haut.

»Du magst es, wenn ich dich so behandle wie vorhin ... Wenn ich dich durchs Haus jage und dich dann mitten auf der Treppe ficke.« OH SHIT ... sie wurde NOCH dunkler.

»Ja, das mag ich ...«, gab sie kleinlaut zu und ergänzte ihre Worte mit einem sanft gehauchten »Sehr ...«. Mein steifer Schwanz zuckte als Antwort in der Shorts.

»Das ist ... PERFEKT. Du bist perfekt.« Ruckartig stand ich auf, packte ihren Arsch und drückte ihren heißen Unterkörper gegen den Beweis meiner Erregung. »Und du wirst heute mein sein! Völlig!« Sie keuchte und schaute mit großen Augen zu mir hoch. Ihr Atem strömte heftiger gegen mein Gesicht, als sie mit viel Nachdruck und sehr hektisch nickte. Ich kreiste mit meinen Hüften lasziv an ihrem Becken, massierte sie direkt durch ihr dünnes Höschen mit meinem Schwanz. »Du wirst ALLES tun, was ich dir sage!« Sie stöhnte, als ich den Druck verstärkte, und ließ den Kopf nach hinten fallen.

»JA, Mason ...«

»Du willst das Monster, du kannst es haben!« Grinsend beugte ich mich vor, um sie sanft zu küssen, was im absoluten Widerspruch zu meinen Bewegungen und vor allem meinen Worten stand.

»Ich will das Monster!«, murmelte sie gegen meine Lippen und vergrub ihre kleinen Finger in meinen Haaren. Sie zog daran und neigte damit meinen Kopf, um mich zurückküssen zu können. Alles andere als sanft, sondern schon wieder verflucht verlangend und so heiß, dass sich meine Augen nach oben verdrehten und ich ein kehliges Stöhnen von mir gab.

Wie gern hätte ich einfach ihr Höschen zur Seite geschoben, meine Shorts nach unten gezerrt und wäre in ihr versunken ... Ich tat es nicht.

*Spannung.* Das ist der Schlüssel zur ultimativen Erotik.

Also ließ ich erst mal wieder von ihr ab und lehnte meine Stirn an ihre.

»Okay, Blowjob Girl, weißt du, was ich jetzt von dir will?«, hauchte ich gegen ihr Gesicht.

»WAS?«, fragte sie voll sexueller Erwartung. Ihre Augen waren geschlossen. Sie genoss das Pulsieren und Flimmern zwischen uns und das Gefühl meines Schwanzes, der an ihrem Schlitz lehnte.

»Wasch. Ab«, erwiderte ich grinsend, lehnte mich auf meinem Stuhl zurück, schnappte mir meinen Teller und fing an zu essen. Erstarrt öffnete sie die Augen, schaute mich ein paar Sekunden an, bevor sich ihr Blick wieder fokussierte und sich ihre Unterlippe nach vorne schob, um klar zu machen, dass sie jetzt schmollte. Ich konnte nicht anders, als zu lachen.

»Was denn?«

»PFFFF!«, antwortete sie. Dann warf sie ihre Haare zurück, sprang vom Tisch, nahm affektiert ihren Teller und ging ihre Hüfte schwingend in die Kochnische. Ich lachte immer noch, als sie Wasser einlaufen ließ und anfing, aggressiv den Teller zu schrubben, während sie ihren *Ich-werde-dich-langsam-und-qualvoll-töten*-Blick nicht von mir nahm.

»Hey, lass das Motiv drauf. Die Teller hab ich extra auf 'ner Messe geholt und die waren schweineteuer. Ich sag dir jetzt lieber nicht, von wem die Titten sind ...«

Ihre Augen verengten sich sofort und sie stockte in ihrer Tellervergewaltigung. »Von der Pornofrau!« Irre grinsend nahm sie den feuchten Teller mit spitzen Fingern und hielt ihn provokativ hoch.

»Wag es nicht, Weibsstück«, knurrte ich förmlich.

»Als du ihre Brüste geküsst hast«, säuselte sie, »hat es da zufällig *Klirr* gemacht?«

»Hä? Wie meinst du das?«

Sie grinste breiter und ließ den Teller los. »Na so!« Er zerschellte mit einem lauten Klirren auf dem Küchenboden. Eine einsame Scherbe mit einer Brustwarze drauf schlitterte über den Boden und landete direkt neben meinen Füßen.

Mit großen Augen starrte ich sie an, verengte die Lider und hob schließlich wieder meinen Blick, um Hannah dunkel ins Visier zu nehmen.

»Das hast du nicht getan«, presste ich zwischen den Zähnen hervor.

Hannah schlug die Hand vor den Mund und machte ganz große Rehaugen. »Meine Finger waren so nass ... Er ist mir einfach entglitten ... So mir nichts dir nichts. Das tut mir jetzt aber leid!« *Kleines, heißes Miststück!*

Ich blieb cool und lehnte mich zurück, atmete tief durch und sagte: »Das wird dir auch noch leidtun, Hannah – wenn wir gleich in meinem Keller sind –, und jetzt sammel die Scherben auf.«

»Keller?«

»Japp! Es hat sich ausgecoucht. Der Kuschelscheiß ist vorbei. Spätestens nachdem du meinen Tittenteller kaputt gemacht hast!«

»Ich kann dir einen Neuen kaufen«, lenkte sie ein und nahm den Besen, um die Scherben zusammenzukehren.

»Klar, mit Oma-Blümchenmotiv drauf ... oder mit den zehn Geboten«, erwiderte ich, aß in aller Ruhe ein weiteres Stück Ei und klatschte ihr auf den Arsch, als sie die einsame Scherbe zu meinen Füßen aufhob. »Schön gründlich, Babe. Da liegt noch 'ne Scherbe!« Sie schnaufte und fegte brav alles auf.

Als die Scherben auf meiner Anrichte lagen, denn ich hatte ihr verboten, sie wegzuschmeißen, und sie meinen Teller auch abgewaschen hatte, rauchte ich erst mal eine.

Sie wartete auf mich auf der Couch und telefonierte mit ihren Schwestern. Wobei telefonieren nicht das richtige Wort war. Sie ließ sich von ihren Schwestern übers Telefon anschreien und sagte eigentlich nichts weiter als: »Ja, Magda. Ja, Magda. Rosi, sei still! Ist gut, Magda. NEIN, Magda!« Ich grinste. Irgendwann legte sie auf, genau in dem Moment, als ich mit einer Ladung kalter Luft ins Wohnzimmer kam, denn draußen war es eisig und es pisste wie aus Kübeln.

»Was los?«, fragte ich locker und lehnte mich mit vor der Brust verschränkten Armen an die Couchlehne. Sie antwortete nicht, sondern stürmte an mir vorbei nach draußen, um mit einer nassen Zeitung wiederzukommen. Ich wusste schon, was jetzt passieren würde, und seufzte theatralisch. Schnaufend knallte sie das Teil auf den Tisch und stach mit dem Finger auf die erste Seite. »DAS!«

Natürlich ... schön groß ... auf dem Titelblatt prangte mir ein Foto entgegen.

»Ein ziemlich heißes Foto«, kommentierte ich natürlich sofort. »Schau mal, wie ich deine Arschbacken hochhebe. Du kommst da richtig gut zur Geltung, Babe. Genau der richtige Winkel ... Deine Beine wirken meterlang und in dem Kleid siehst du einfach nur aus wie eine Sexbombe!« OHHH ... jetzt wurde sie wütend.

»Ich würde jetzt gerne mit Sie und Mister Hunter anfangen, aber ... es bringt sowieso nichts ...«, zischte sie förmlich und brachte mich wieder mal zum Lachen. »Ich kann immer noch nicht glauben, dass du DAS mit mir gemacht hast!«

»Dass ich was mit dir gemacht habe? Dass ich der ganzen Welt gezeigt habe, dass ich für keine mehr, außer für dich, zu haben bin? Dass ich dein und dir völlig verfallen bin?« Ihr klappte der Mund auf. »Jetzt schau mich nicht an wie ein Fahrrad! Ich musste mein Revier abstecken und hab deins gleichzeitig mitbearbeitet!«

»Aber ich hab gesagt, ich will das nicht!«

»Und mir war es scheißegal. Dir übrigens auch – in dem Moment«, antwortete ich süffisant grinsend und sie schnaubte. »Yeah, diese sexy Wildkatzenstimmung ist genau richtig, wenn wir gleich runtergehen, aber lass die Finger von meinem Geschirr.«

»Mason Hunter. Ich habe einen Ruf zu verlieren. Du kannst so etwas nicht einfach mit mir machen! Du weißt, dass ich die Kontrolle verliere, wenn du mich einfach küsst, und das darf mir nun mal nicht passieren als Anstandsdame!«

»Als Anstandsdame nicht, aber als meine Freundin schon! Verflucht noch mal!« Somit zog ich sie an den Hüften an mich. »Entweder ganz oder gar nicht. Wir sind zusammen, da kann ich dich küssen, wo, wie und wann ich will. Und das werde ich auch tun … Immer und überall! Es gibt kein dämliches Gesieze und auch kein Tag und Nacht mehr! Es gibt nur noch uns! Punkt!«

Sie schnaufte ein wenig, schaute aber nicht mehr ganz so wütend, sondern eher verletzt aus. »Es war mir unangenehm, dass du danach die Brüste … von dieser … zwielichtigen Dame geküsst hast!« *WAR JA KLAR, DASS SIE DAMIT ANFÄNGT*, dachte ich und atmete einmal tief durch.

»Babe, das war nur angedeutet … Na ja, war's eigentlich nicht … ABER es war vorher so abgesprochen. Ich musste das tun … uuuund …« Zärtlich nahm ich ihre Titten in die Hände und knetete sie sanft, woraufhin sie sich sofort auf die Lippe biss. »Deine Titten sind tausendmal besser, schöner, fester, knuddeliger, schmackhafter, einfach perfekt – so wie du eben!

Keine wird jemals mit dir mithalten können! Keiner werde ich jemals sagen, dass sie alles für mich ist! Außer dir? Okay?!« Ich sah ihr eindringlich in die Augen, hob die Hand und streichelte ihre Wange. Meine Stimme war zum Schluss hin verschissen sanft geworden, aber es war die Wahrheit. Sie musste das verstehen und sie verstand. Bei ihr ließ ich die Maske fallen, bei ihr war ich ich. Bei ihr überrollten mich die Gefühle, ihr war ich völlig verfallen. Mit einem leisen »Okay ...« nickte sie und ich grinste.

»Gut! Jetzt komm!« Ich ergriff ihre Hand und führte sie kurzerhand in mein Reich, absolut ungeduldig, denn ich hatte nun wirklich lange genug gewartet! Vor der Tür im Keller, die in meinen Spielraum führte, blieben wir stehen und ich zeigte auf das Schild.

»Betreten auf eigene Gefahr, Miss Obermeier!«, stellte ich klar und wackelte dabei anzüglich mit den Augenbrauen.

»Ja, ich kann lesen, Mason. Was, wenn ich da jetzt nicht rein will?«, fragte sie und provozierte mich damit ganz offen. Mir blieb nichts anderes übrig, als die Augen zu verdrehen.

»Oh Mann ... Ich hab echt noch einen Haufen Arbeit vor mir, was dich betrifft.« Ich nahm ihr Kinn zwischen Zeigefinger und Daumen und beugte mich nach unten, sodass ich ihr direkt in die herausfordernden Augen sah, und stellte klar: »Du hast ab jetzt gar nichts mehr zu wollen. Ich weiß ab jetzt für dich, was du willst. Klar?« Sie bekam einen kleinen Kuss.

»Ganz toll!«, murmelte sie nur, bevor ich ihr den Arm um die Hüfte schlang und sie mit einer Drehung einfach durch die Tür zog.

Mitten in meinem Club-Fick-Keller-Zimmer ließ ich sie stehen. Sobald ich hier war, merkte ich selber, wie sich meine gesamte Haltung änderte ... Als Erstes machte ich das rote Nuttendeckenlicht an und dimmte es etwas, sodass es nur leicht den Raum erhellte. Ich grinste sie nur an, als sie fragend eine Augenbraue hob, und schlenderte lässig auf sie zu. Ihr Blick glitt über meinen lediglich von einer engen schwarzen Shorts bedeckten Körper und sie fing beinahe an zu sabbern, als er sehnsuchtsvoll auf meinem Schwanz verweilte, nur um einige Zeit später an meinen Augen hängen zu bleiben.

»Weißt du, Babe …«, hauchte ich direkt in ihr Gesicht, nachdem ich einen Millimeter vor ihr stehen geblieben war, nahm ihre linke Hand und zog sie über ihrem Kopf hoch.

»Ich mag deine Prüdella-Seite.« Gemächlich schlang ich ein Tuch, das in meiner Reichweite hing, um ihren Unterarm.

»Sie ist so dermaßen stur. Dabei eine richtige Lady, wie es sie nur noch selten gibt …« Ich knotete es fest zusammen. Sie ächzte leise. Ihre Blicke verfolgten etwas schockiert mein Tun, aber sie protestierte nicht oder hielt mich auf. Ich zwinkerte ihr zu, denn sie sollte wissen, dass sich ihr Vertrauen auszahlte, und redete lässig weiter.

»Aber Blowjob Girl, oh shit …« Ich stöhnte leise, so wie das erste Mal auf der Bühne … »Sie ist so hingebungsvoll und mir vollkommen verfallen. Eine richtige kleine *Lo-li-ta*.« Damit sie völlig dahinschmolz, betonte ich die letzten drei Silben mit spanischem Akzent, und nahm dann ihre andere Hand. Ihre Augen wurden geradezu riesig, als ich sie weit über ihren Kopf streckte.

»Du hast zwei völlig unterschiedliche Persönlichkeiten in dir, so wie jeder Mensch«, erklärte ich und schlang ein weiteres Tuch um ihre Haut. »Ich brauche sie beide …« Darauf zog ich den Knoten fest, sodass sie mit gestreckten Armen festgebunden und wunderschön vor mir stand, nahm ihr Gesicht zwischen meine Hände und gab ihr einen kleinen Kuss. »Denn nur so ist meine Traumfrau komplett!«

Sie lächelte etwas verschämt, aber sie glaubte mir … Schließlich hatte ich ihr oft genug gezeigt und gesagt, wie sehr ich SIE vergötterte, deswegen war es mittlerweile nicht mehr so schwer für sie, meine Komplimente anzunehmen. Ich küsste sie noch einmal kurz auf die vollen, leicht bebenden Lippen und trat dann einen Schritt zurück. Denn ich wollte dieses Bild vollkommen auf mich wirken lassen und NIE wieder vergessen.

Wie sie hier vor mir stand … Mit aufgeregtem Gesichtsausdruck … lustverschleierten Augen … mit langen tiefschwarzen Wimpern … bebenden, perfekt geformten Beinen … Die Arme weit über den Kopf nach oben gestreckt, sodass sich ihre heftig hebende und senkende Brust nach oben drückte … Ihre dunkelbraunen Brustwarzen waren steif … Über ihnen kringelten sich ihre glänzenden wallenden Haare. Die sanfte Form ihrer Taille, an der ich sie so gerne hielt … Ihr kleiner schöner Bauchnabel, der durch ihr Top nicht mehr bedeckt wurde, weil es nach oben gerutscht war … SHIT! Ihr Höschen, das sich wie eine zweite Haut um ihren Intimbereich schmiegte. Der nasse Fleck zwischen ihren Beinen, der immer dunkler wurde, weil sich ihre süße Feuchtigkeit durch den Stoff fraß.

Es war mehr als ein tiefer Atemzug nötig, um diesen Anblick zu verarbeiten, denn er war schöner als jeder noch so rot leuchtende Sonnenuntergang oder jeder teure Sportschlitten mit fünf nackten Weibern darin.

Vorsichtig horchte ich in mich hinein und überlegte, was ich jetzt gern mit ihr tun würde. Erleichtert stellte ich fest, dass es in keinster Weise so war wie bei anderen Frauen. Ich wollte ihr nicht die Kleider vom Leib reißen und sie erst mal auspeitschen, um sie mir zu unterwerfen und ihr zu zeigen, wo ihr verfluchter Platz auf dieser Welt war. Ich wollte nicht über ihr stehen und ihr dabei zusehen, wie sie sich in Schmerzen wand. Ich wollte GAR NICHT über ihr stehen. Stattdessen wollte ich gleichauf mit ihr sein. Ich wollte lieber miterleben, wie sich ihr wunderschönes Gesicht vor Lust verzerrte und sie vor Erregung stöhnte, nicht vor Schmerz. Immer und immer wieder. Die ganze Nacht.

Ich würde uns beide an unsere Grenzen treiben, bis ans Limit gehen, sie aber nicht überschreiten. Niemals würde ich ihr ernsthaft wehtun oder es so weit treiben, dass ich sie brach. Sie war sicher bei mir – nur bei mir. Denn sie war die Frau, die ich liebte … Jeden verfluchten Zentimeter cremefarbener Haut, die leicht im roten Schein des Lichts schimmerte. Jedes Muttermal … jeden Muskel … Jedes Haar … Jedes Geräusch … jeden genialen Gedanken, der durch ihren erregten Verstand rauschte.

»Ich bete dich an, Babe«, sagte ich schlicht, als ich ihr wieder in die Augen blickte. Ihr Gesichtsausdruck wurde weich – mitfühlend und auch gerührt.

»Ich liebe dich, Mason«, erwiderte sie so leise, dass es kaum zu verstehen war, und ich schloss kurz die Lider, denn diese Worte zu hören, tat immer noch weh … Es riss immer noch alte eiternde Wunden in mir auf. Scham und Schuld überrollten mich für einen Moment. Aber Hannah war nicht SIE und Hannah würde nichts geschehen, solange ich auf sie aufpasste. Sie war mein und ich würde auf sie achten, sie ehren … und sie lieben … Letztendlich würde ich es schaffen, meine Gefühle für diese Frau zuzulassen. Sie machte aus mir einen neuen Menschen. Einen, der es endlich schaffte, mit seiner Vergangenheit abzuschließen, denn die Gegenwart mit ihr war viel zu einnehmend, viel zu berauschend und zu schön, um sich mit Vergangenem zu beschäftigen.

Ich hatte gerade eine verdammte Erleuchtung!

»Shit …« Mit diesem Wort war ich schon wieder bei ihr, riss sie an der schmalen Taille in meine Arme und küsste sie, als wäre das hier meine letzte Chance von ihren Lippen zu kosten. Sie sank gegen mich – weich, anschmiegsam, absolut vertrauensvoll.

Als ich mich von ihr löste, waren wir beide komplett außer Atem und mein Schwanz tat schon fast weh, so steif war er.

»Die Trainingszeit ist hiermit beendet. Lassen wir die *richtigen* Spiele beginnen«, hauchte ich und konnte die Vorfreude in meiner Stimme nicht verbergen.

CUT!

# VORSCHAU ROCK ODER LIEBE TEIL 3

## Personal Jesus
### (Depeche Mode) **

Da stand er also – direkt vor mir ... Dieser wundervolle Mann, der von so vielen Frauen auf dieser Welt nicht umsonst begehrt wurde. Doch er gehörte mir, genauso wie ich ihm gehörte – so viel war mittlerweile klar.

Er hatte die vollkommene Macht über mich. Mein Körper war festgebunden ... und auch mein Geist hing unwiderruflich an ihm. Ich war ihm völlig verfallen ... Er war mein persönlicher Gott.

In dem Moment, als ich mit einem leichten Seufzen seine halb nackte muskulöse Gestalt optisch in mich aufnahm, grinste er absolut diabolisch, drehte sich um und schlenderte zur Bar. Oh, dieser Rücken ... mit der schwarzen Tinte, die sich über die Muskeln schlängelte ... dieser ansehnliche kleine Hintern. *Oh Herrgott im Himmel, steh mir bei, dass ich nicht zerlaufe!*

Ich schluckte trocken, als er die Bar umrundete und eine Fernbedienung nahm, auf der er ein paar Knöpfe drückte.

Verschiedene Lieder dröhnten aus den Boxen, doch mit keinem war er zufrieden. Mit geschürzten Lippen massierte er sich mit einer Hand den eleganten langen Nacken, während er passende Musik aussuchte, und ignorierte mich dabei komplett. Als würde ich hier nicht hilflos mitten in seinem Kellerzimmer hängen und schon jetzt vor Erregung zergehen.

Allein ihn anzusehen, mit dem Wissen, dass er mich gleich wieder in seine Welt der Lust entführen würde, war fast schon zu viel des Guten. Meine Atmung beschleunigte sich, mein Höschen wurde immer feuchter und meine Gedanken immer zusammenhangloser.

Und er wusste das. Ganz genau.

Plötzlich stockte er bei einem Lied und schaute wieder zu mir, als eine kräftige männliche Stimme zu singen begann.

*Reach out to touch faith ...*

Ein langsames, sinnliches *Ich-bin-das-heiße-Raubtier-und-du-meine-hilflose-Beute*-Lächeln breitete sich auf seinen vollen Lippen aus, während er ein wenig lauter machte. Lässig griff er unter die Bar und holte eine Packung Zigaretten hervor. Er steckte eine in seinen Mundwinkel, sodass sie locker runterhing, schnappte sich ein silbernes Zippo sowie eine Flasche Baileys und schlenderte in all seiner Pracht auf mich zu.

Direkt vor mir blieb er stehen, sodass die lustvolle, flimmernde Energie in einem Schwung über mich hinweg rollte. Er beugte sich vor ... Jetzt roch ich ihn so intensiv, dass ich Probleme damit hatte, meine Gedanken beisammenzuhalten. Die wurden aber endgültig gesprengt, als er mit seiner einmaligen, unwiderstehlichen Stimme hauchte:

*»Your own personal Jesus«*

Dann richtete er sich wieder auf und grinste mich lüstern an. Ohne Umschweife stellte er die Flasche auf den Boden und seine Hand wanderte an meinem Tanktop nach oben, über meinen Bauch, zwischen meine Brüste ... Dort packte er den Stoff plötzlich und riss ihn mir mit einer einzigen Bewegung vom Körper.

WOW!

Ich keuchte schockiert auf.

Er verdrehte die Augen und ließ seine Hand wieder nach unten gleiten. Seine Hüften begannen, sich im rhythmischen Takt des Liedes zu bewegen – nur ganz leicht. Ich starrte an, was er da mit seinem Unterkörper tat, der nur in schwarzen Shorts steckte, und musste mir ein Stöhnen verkneifen, das ungehemmt von meinen Lippen brechen wollte. Denn sein trainierter Bauch und sein V ... waren so sexy beim Tanzen ... und dann auch noch seine steife Härte, die sich verlangend gegen den dünnen Stoff der Shorts drückte und sie zu sprengen drohte.

OH MEIN GOTT.

Ich schloss lieber die Augen und schluckte mühsam, um nicht verrückt zu werden. Seine Finger hatten mein Höschen erreicht und spielten kurz mit dem Saum, glitten jedoch ungeniert weiter zwischen meine Beine. Er zischte, als er fühlte, wie feucht ich schon war. Kurzerhand riss er mir auch das letzte Stückchen Stoff barbarisch vom Körper und meine Lider flogen mit einem Keuchen schockiert auf. Noch ehe ich mich versah, hatte er die offene Flasche Baileys in den Händen. Ich schaute ihn mit großen Augen an ... Er starrte zurück – brennend, begehrend, verlangend. Er war so HEISS.

Fasziniert und voller Spannung beobachtete ich seine Hand mit der Flasche, die er langsam hob und dann leicht kippte. Die kühle braune Flüssigkeit ergoss sich über meine rechte Brust, und ich zuckte zusammen.

Sie floss in dicken Strömen über meinen Bauch, zwischen meine Schenkel und immer weiter hinab. Ich keuchte lautstark. Dann umrundete er mich langsam und goss etwas von der Flüssigkeit über meine andere Brust, meine Schulter, meinen Rücken und wieder bis nach vorne.

»Mhhmmm«, summte er, als er das Bild von mir in sich aufnahm. Über und über mit süßem Alkohol. Er berührte meinen Bauch mit der ganzen Hand. Fuhr wieder nach oben, verschmierte die kalte, cremige Flüssigkeit auf mir ... bis zu meinem Hals und sogar über meine Wange und in meine Haare. Sein intensiver, lodernder, aber so beherrschter Blick verließ meinen nicht einen Moment, als würde er keinen einzigen erregten Gedankengang von mir verpassen wollen. Er zog mit einem Finger meine Unterlippe nach unten. Ich erschauerte. Automatisch kam meine gierige Zunge hervor und berührte seine Fingerspitze. Er schnaubte und schob mir den Finger in den Mund, mit der anderen Hand schmiss er die unangezündete Zigarette weg. Ich saugte fest an ihm und schmeckte den süßen und doch leicht bitteren Alkohol gemischt mit seinem typischen leckeren Mason-Aroma. Genüsslich schloss ich meine Augen und meine Geschmacksknospen explodierten. Das war so gut. Als meine Zunge seinen Finger umrundete, entzog er ihn mir plötzlich und seine Lippen krachten stattdessen auf meine. Eine seiner Hände fuhr in meinen Nacken, hielt mich an Ort und Stelle gefangen, während er meinen Mund förmlich mit seiner Zunge vergewaltigte. Wie gern ich das doch hatte ... Ich wimmerte leise, weil er den Kuss noch intensivierte, und warf meinen Kopf endgültig nach hinten, als er plötzlich an meinem Hals hinabwanderte – meinen nassen, klebrigen Körper ableckte, küsste, in meine empfindliche Haut biss und mich immer lauter stöhnen und wimmern ließ.

Im Klartext: Er machte mich fertig.

Jede meiner Brustwarzen wurde saubergeleckt und saubergenuckelt. Sie wurden gezwickt und zwischen den Musiker-Fingerspitzen gezwirbelt. Diese Berührungen schossen in Höchstgeschwindigkeit direkt zwischen meine Beine, wo sich alles zusammenzog und die Flüssigkeit genauso strömte wie vorhin der Alkohol über meinen ganzen Körper. Aber das war noch lange nicht alles.

Der Sexrocker vor mir ging noch weiter nach unten, beschäftigte sich nun ausgiebig mit meinem Bauchnabel. Umkreiste ihn mit seiner Zunge. Ich wand mich, zog an den weichen Tüchern, die mich an Ort und Stelle hielten, und biss die Zähne fest zusammen, um ihn nicht anzuflehen, mich sofort zu erlösen.

Als seine göttlichen Lippen zwischen meinen Beinen ankamen und seine talentierte Zunge meine Klitoris antippte, fühlte ich, dass es nicht lange dauern würde, bis ich in einem phänomenalen Orgasmus zerspringen würde. Er leckte direkt über meinen Kitzler und schaute dabei mit verschleierten Augen zu mir hoch. Ich starb fast, als er plötzlich zwei Finger in mich einführte …

Es brannte ein wenig, aufgrund des Alkohols, was er wohl beabsichtigt hatte, aber tat nicht allzu weh. Ihn in mir zu fühlen, war ohnehin viel zu angenehm, als dass ich mich von einem kleinen Schmerz hätte ablenken lassen. Er bewegte die langen Finger nicht … ließ sie einfach in mir, was wirklich die reinste Folter war! Er machte dem Titel Sadist alle Ehre!

Ich begann, mich mehr zu winden, mich an ihm zu reiben, versuchte mich selber mit seinen Fingern in mir zu befriedigen, während er seine vollen, nun böse grinsenden Lippen um meinen Kitzler legte und sanft daran saugte.

Er war wirklich ein Meister der lustvollen Folter und natürlich erlöste er mich nicht … Nein! Warum auch?

Meine Feuchtigkeit lief förmlich über seine Hand und über seinen muskulösen tätowierten Unterarm hinab und ich war kurz davor zu fliegen, da löste er sich plötzlich von mir und stand auf. Irritiert und sehr laut keuchend schaute ich zu ihm hoch.

Er atmete auch heftig. Seine Lippen schimmerten von meiner Feuchtigkeit. Seine Augen loderten dunkel und wild, und er grinste – sadistisch, wunderschön. Besonders als er die Finger komplett aus mir zog und dann mit diesen über seine Unterlippe strich, um sie anschließend abzulecken. Ich stöhnte hilflos und Tränen traten in meine Augen. Mittlerweile war ich so erregt, so neben mir, so viele intensive Gefühle durchrasten mein Inneres. Lust, Gier, Verlangen, demütige Liebe zu ihm und alles verzehrende Sehnsucht nach seinem Körper.

ICH wollte seine Haut berühren!

Als hätte er meine Gedanken gehört, strich er nun mit den zwei Fingern, die soeben in mir gewesen waren, über seinen Hals, sagte weiterhin kein einziges Wort, ließ mich nur seine Bewegungen, seinen schönen Körper sehen. Langsam zog er eine feuchte Spur mit meiner Flüssigkeit zwischen seinen Brustmuskeln entlang und auch zwischen allen sechs Bauchmuskeln. Göttlich …

»Mason …«, wimmerte ich, als er mit der anderen Hand plötzlich seine Shorts runterzog, sodass seine harte, kerzengerade Erregung an die frische Luft sprang. Ohne auf mich zu achten, machte er etwas, was mich fast auf der Stelle ausknockte. Er verteilte mit jenen zwei Fingern, die soeben noch in mir gesteckt hatten, MEINE Flüssigkeit auf seiner Eichel, umschloss seine Härte fest mit der Hand und fing an, sich selbst zu befriedigen.

»Ja? Babe, was ist? Ach? Du willst meinen SCHWANZ?«, fragte er nonchalant und betonte das letzte Wort, sodass es wie eine Symphonie klang. »Ich hab dir doch gesagt, du kannst ihn jederzeit berühren«, ergänzte er mit heiserer Stimme und zwinkerte mir zu.

OH GOOOTT!

»Ahh … Du …«, stöhnte ich lang gezogen und biss mir gequält auf die Lippe, als er mich lüstern angrinste und seine Augen über meinen Körper wandern ließ, während er langsam und in aller Ruhe an sich auf und ab strich. »Bitte …«, flehte ich und zerrte an den Tüchern, doch er gluckste nur diabolisch und stellte sich plötzlich hinter mich.

Ich fühlte, wie er mir mit seinem Penis auf den Hintern klatschte und keuchte, während er mir heiser ins Ohr lachte. Seine feuchte Eichel ließ er auf meinem Steißbein liegen, während er sich weiter befriedigte und seine andere Hand um mich herum griff, nachdem er mir die Haare vom Nacken gestrichen hatte. Gekonnt spielte er mit meiner Brustwarze und küsste meinen Hals. Ich erschauerte, als seine Lippen nach oben wanderten und er an meinem Ohrläppchen knabberte. Seine Hand glitt nach unten und wir stöhnten beiden vollkommen im Einklang, als er begann, über meinen Kitzler zu reiben, sodass ich am ganzen Körper zuckte.

Sein Atem rauschte schnell und heiser in meinem Ohr und immer öfter stöhnte er kehlig. Das war so erotisch … Seine Bewegungen wurden schneller und intensiver. Ich wusste, er würde bald kommen, als er lauter stöhnte und sein Gesicht an meiner Halsbeuge vergrub. Er drängte sich immer mehr an mich, sodass ich dachte, er würde am liebsten in mich reinkriechen wollen, um mich von innen her aufzufressen.

DAS war so intensiv. Ich fühlte ihn mit jeder Faser meines überempfindlichen Körpers, streckte ihm schamlos meinen Hintern entgegen, wünschte, er würde mich einfach von hinten nehmen, doch er tat es nicht … Dabei spürte ich genau, dass auch ich nur noch ein paar Berührungen brauchte, um die Erlösung zu finden.

Doch mit einem Mal biss er mir in den Hals, sodass ich quietschte und sofort von meinem Fast-Orgasmus-Hoch runterkam.

»AUA!« Da fühlte ich ihn auch schon direkt an meinem Hintern zucken und heiße Flüssigkeit, die gegen mein Steißbein schoss. Leise stöhnte er, versuchte noch, es zu unterdrücken, aber das machte es nur noch erotischer.

»Mason, du hast mich GEBISSEN«, zischte ich atemlos.

»Hmmmhhmm, ich weiß …«, summte er und küsste sanft und entschuldigend die malträtierte Stelle. Sein Atem kam immer noch heftig, aber das war nichts im Gegensatz zu meinem – GAR NICHTS!

Er verteilte mit seiner Spitze noch ein bisschen sein Sperma auf mir, gluckste, als ich frustriert an den Tüchern zerrte, und machte mich dann mit zwei einfachen Bewegungen los. Sofort schwang ich zu ihm herum, denn ich war wirklich nicht mehr ganz zurechnungsfähig und stürzte mich mit vollem Lippen- und Körpereinsatz auf ihn. Küsste ihn verlangend. Rieb meinen klebrigen Körper an ihm und wäre am liebsten auf ihn gekrochen, um ihn sofort IRGENDWIE zu begatten.

»Blowjob Girl im Übereifer … » Er lachte aufgrund meinen lächerlichen Bemühungen gegen meine Lippen, hielt meinen Körper spielerisch von sich ab und schob mich bestimmt nach hinten. So lange, bis ich die Bar im Rücken fühlte und zusammenzuckte. Mason mochte es eindeutig, mich zu erschrecken. Er hob mich nach oben, sodass ich auf dem kühlen Tresen landete, und stellte sich zwischen meine Beine, umfasste mit seinen großen Händen meine Wangen und küsste mich. Ich hingegen glitt über seinen harten Körper, wollte ihn überall berühren. Diese glatte perfekte Haut unter den Fingerspitzen fühlen. Aber vor allem wollte ich ERLÖSUNG! Die hatte im Moment absoluten Vorrang. Also ließ ich meinen Händen freien Lauf und wollte das umfassen, was langsam, aber sicher zu meinem heimlichen Lieblingskörperteil wurde.

»So schnell geht das nicht, Babe. Ich bin nicht aus Stein«, murmelte er belustigt, packte plötzlich meine Arme an beiden Handgelenken und hielt sie hinter meinem Rücken fest, während er mich küsste – leidenschaftlich, ungezügelt und so vielversprechend. Eine halbe Ewigkeit fixierte er mich so und beschäftigte sich nur mit meiner Zunge. Und ich schwöre, ich hätte fast allein von seinen Kussfertigkeiten einen Orgasmus gehabt, denn die waren wirklich phänomenal. Ich fühlte an meiner unbefriedigten Hitze, wie er wieder anfing zu zucken und sich aufrichtete, und wollte mich gerade beschweren, als er meine Handgelenke losließ und an meinen geschwollenen Lippen flüsterte: »Leg dich hin!« Er ließ diese drei Worte klingen wie ein erotisches Lied ... Einen Fluch, der mich betörte ...

Ich folgte automatisch und legte mich mit dem Rücken unsicher auf die Bar. Mein Kopf hing an der anderen Seite des Tresens hinab, sodass ich die ganzen Flaschen verkehrt herum sehen konnte, die in den Regalen an der Wand standen. Ich versuchte, die Namen zu entziffern, aber die Buchstaben sahen so russisch aus.

»Was für ein herausragender Anblick!« Er packte mich an den Hüften und zog mich ein Stück über die Kante ... presste mich gegen seine Härte ... kreiste ein wenig mit seinem Becken, sodass sich seine Erektion genau zwischen meine Falten legte und über meinen obersten kirschkerngroßen Punkt rieb.

»Ohhh, bitte ...« Ich wollte ihn in mir. Jetzt! Sofort!

»Halt dich fest!« Er nahm meine Hände und positionierte sie am Ende der Bar rechts und links neben meinen bebenden Schenkeln. »Du wirst morgen so was von wund sein und dich nicht bewegen können«, warnte er noch und legte sich plötzlich meine Beine über die starken Schultern und schaute mich verschmitzt grinsend an.

»Das gefällt mir!« Mit einem harten Stoß drang er in mich ein. Er nahm sofort ein konstantes Tempo auf, das perfekt zum Rhythmus der Musik passte, die uns mitreißend und aphrodisierend beschallte.

*Reach out touch faith*
*Your own personal Jesus*
*Someone to hear your prayer*
*Someone who care\*\**

Oh ja ... er war mein persönlicher Jesus!

Ich bog meinen Rücken durch, schloss die Augen, krallte mich mit den Händen am Rand der Bar fest, als ich ihn SO tief und unnachgiebig in mir fühlte. Er stieß hart und verlangend zu, hielt meine Beine fest und stöhnte dabei wie ein Gott ... SAH dabei aus wie ein Gott ... Mein Blick wanderte über seinen faszinierenden Körper. Über die Schweißperlen, die über seine Muskeln liefen – ich wollte sie alle ablecken, jede einzelne davon. Über meine Beine, die an ihm lehnten, über sein perfektes, wunderschönes, angestrengtes Gesicht. Seine Lippen ... Ich wollte sie auf meinen, wollte seine Zunge schmecken und seinen Atem in meinen Mund strömen fühlen. Unsere Blicke verwoben sich und mit einem lauten Stöhnen stützte er sich neben mir auf dem Tresen ab und gab meinem stummen Verlangen nach, indem er mich küsste. Eines meiner Beine fiel von seiner Schulter und baumelte jetzt nutzlos über seinem ausgestreckten Arm, als er sich über mich lehnte und mich heißhungrig überfiel. Sein exquisiter Geschmack zu dem berauschenden Gefühl von ihm in mir war mehr, als ich ertragen konnte. Ich fing an, mich unkontrolliert um ihn herum zusammenzuziehen, kniff die Lider aufeinander und liebte es ... Liebte alles ... liebte ihn. SO SEHR!

*SAG ES JETZT BLOSS NICHT!*

Doch plötzlich zog er sich aus mir zurück und verteilte heute zum zweiten Mal seinen Samen über meinem Körper, warf seinen Kopf nach hinten, sodass ich genau die Sehnen und seinen Adamsapfel an seinem Hals sehen konnte. Bis zu meinen Brüsten schoss die weiße Flüssigkeit, der letzte Tropfen landete auf meinem Venushügel.

Schockiert starrte ich ihn an.

Er besaß die bodenlose Frechheit, so zu tun, als hätte er keine Ahnung, wieso ich ihm jetzt am liebsten den Kopf abreißen wollte, und grinste mich an. UND DANN zuckte er mit den Schultern! Ich hätte ihn mit einem stumpfen Messer köpfen können, als er mich von der Bar hob und auf meine absolut zittrigen schwachen Beine stellte. Aber ich hatte keine Kraft.

»Das ist nicht dein Ernst …«, nuschelte ich schwach und war froh, dass er mich an der Hüfte aufrecht hielt, sonst wäre ich wohl zusammengebrochen. Absolut scheinheilig strich die Hand des Scherzkekses über meinen Rücken, wollte mich wohl beruhigen … Er drückte mich so lange an seinen Körper, bis ich einigermaßen selbst stehen konnte, setzte sich dann lässig auf einen Barhocker, lehnte einen Arm auf den Tresen und zündete sich mit schief gelegtem Kopf eine Zigarette an.

»Mach mir einen Cocktail!«

»Wie bitte?«, fragte ich viel zu hoch und überlegte gerade, ihm ein paar verschwitzte Haare auszureißen.

»Einen Cocktail, Babe. Jetzt! Zu kommen macht mich immer so schrecklich durstig!« Somit schob er mich weiter von sich, um mir die Richtung hinter die Bar zu weisen.

»Du folterst mich und ich soll dir auch noch alkoholische Mixgetränke zubereiten?!«, nörgelte ich, nahm aber ein großes Glas.

»Ja, sollst du!« Grinsend zählte er mir auf, was alles in das Glas hinein sollte. Klar, er war absolut entspannt, denn er hatte ja mittlerweile zwei Orgasmen hinter sich. Im Gegensatz zu mir.

Alles, was ich spürte, waren meine bleischweren Gliedmaßen und ein schmerzhaftes Pochen zwischen meinen Beinen. Doch ich gehorchte …

Als ich das Getränk fertig hatte – sogar mit Schirmchen –, umrundete ich wieder die Bar und hielt es ihm mit beiden Händen hin wie den Kelch der Erkenntnis. Er zog eine Augenbraue nach oben. Ich presste die Lippen aufeinander.

»Knie dich hin«, forderte er nur autoritär und ich erschauerte.

»Nein!«, schoss es aus mir heraus.

Er blieb absolut ernst, verdrehte nicht die Augen, grinste nicht, sagte nur betont: »Babe … knie dich … BITTE hin!« HA! Ich grinste innerlich und äußerlich … kam sofort seinem Befehl nach und landete auf dem weichen Samtfussboden. Er drehte sich etwas auf seinem Hocker, sodass sein mittlerweile schon wieder steinharter, ziemlich ausdauernder Penis mit mir auf einer Höhe war, und lächelte glücklich und wunderschön auf mich herab. Ihm gefiel das Bild, das sich ihm bot, eindeutig. Zärtlich strich er mir eine Strähne hinters Ohr und nahm meine Hand, in der ich den Cocktail hielt, am Gelenk. Er zog sie über seine Härte und drehte sie leicht, um etwas Flüssigkeit über seinen Penis zu kippen, ehe er den Cocktail wegstellte. Ich keuchte, aber er lachte nur leise und streckte seine Hüften vor, nahm ihn am Ansatz und strich dann mit seiner Eichel über meine Unterlippe.

»Wie gern würde ich …«, murmelte er verträumt, biss aber die Zähne aufeinander und sprach nicht weiter.

»Sag es!« Dunkel funkelte ich ihn an und stöhnte ganz leise, als er mit seiner samtigen Haut erneut meinen Mund entlang glitt. Ich schloss die Augen. »Stell die elementarste Frage …«, murmelte ich gegen seine Spitze.

»Schluckst du oder spuckst du?«, presste er amüsiert hervor und vergrub eine Hand in meinen Haaren. Ich grinste mit geschlossenen Lidern und ließ meine Zungenspitze zwischen meinen Lippen hervorschnellen, leckte an ihm, umrundete seine pralle Eichel. Er stöhnte rau, wild, während ich den süßen Cocktail Namens »Erregung à la Mason« schmeckte und meine Augen hinter den gesenkten Lidern vor Genuss verdrehte. Im nächsten Moment hatte mich seine Hand schon gebieterisch in den Haaren gepackt und er war mit seinem Unterkörper vor mir zurückgewichen.

»Nein!« Anmutig ging er vor mir auf die Knie und lehnte seine Stirn gegen meine, umfasste mein Gesicht und streichelte mich mit beiden Daumen.

»Was ist?«, fragte ich atemlos und öffnete die Augen.

»Nicht heute Abend«, wisperte er, dann küsste er mich. Sanft … Ohhh … SO hatte er mich nicht mehr geküsst, seit wir den Keller betreten hatten, und ich lächelte gegen seine Lippen, denn ich wusste, er schaltete jetzt eine Stufe runter … Oder besser gesagt eine Stufe rauf, wenn es um meine Erlösung ging, und eine runter, wenn es um das Ausleben seiner sadistischen Ader ging.

»Ich liebe es, zu beobachten, wie du fast kommst, wie du mit dir kämpfst …« Er küsste meine Stirn, stand dann auf, zog mich mit beiden Händen auf die Beine und fasste dann unter meinen Rücken und meine Knie, um mich auf seine Arme zu heben. »Und ich liebe es, wenn dein zierlicher Körper vor unerfüllter Lust nach mir – NUR nach mir – zittert!«

»Du … bist … komisch mit deinen Vorlieben. Aber ich liebe es, dass du es liebst!« Keuchend vergrub ich mein Gesicht an seinem Hals. Fühlte mich mit einem Mal geborgen. Auch, als er mit mir in den Wellnessbereich trat und mich unter einen großen Duschkopf stellte, der offen an einer Wand befestigt war.

»Wenn ich ein Arschloch wäre, würde ich dich jetzt kalt abduschen!« Er stellte das Wasser an und es war sofort angenehm warm.

»Das bist du aber nicht … Zumindest nicht jetzt!«

Ich lächelte, bevor er zu mir unter den Strahl trat und mit seinen Fingern durch meine Haare fuhr, um den Restalkohol rauszuwaschen. Tja … andere hatten es im Blut. Ich hatte es am Körper kleben. Nicht nur das. Und alles wurde von Masons großen Händen beseitigt.

»Duschgel?«, fragte ich, als ich sauber war, doch er beugte sich nur herab und schnüffelte unter meinem Ohr herum.

»Kein Duschgel. Hannah pur!« Ich kicherte und begann nun, ihn zu waschen. Dabei war ich einfach nur froh, jetzt seine Haut berühren zu dürfen, und fand mich schon bald mit meinen Lippen an seinem Nippelpiercing wieder. Umspielte seine Brustwarze mit der Zunge und reizte ihn, bis ALLES an ihm erneut steinhart war. Er zischte und stöhnte leise, ließ mich aber vollkommen gewähren. Sein Körper ergab sich mir, so wie es meiner vorhin getan hatte. Ich sammelte meine letzten Kraftreserven und setzte alles daran, noch einmal voll einsatzfähig zu sein. Aufgrund seiner zweimaligen Befriedigung konnte ich mich schön lange mit seiner elektrisierenden Haut beschäftigen und jeden einzelnen Wassertropfen von seinem Adoniskörper lecken und saugen, ohne dass er zu sehr mit seiner Kontrolle kämpfen musste. Ich durfte mich an ihm austoben, so wie er sich an mir ausgetobt hatte. Doch ich konnte es nicht ordentlich genießen, weil das Ziehen zwischen meinen Beinen mich fast verrückt machte, also zog ich schon bald sein Gesicht zu mir herab und küsste ihn – fordernd!

Mit einem Grinsen drückte er mich gegen die kalte Duschwand. Die Kälte durchströmte mich, wurde aber gleichzeitig von der Hitze seines Körpers und dem warmen Wasser verschlungen.

»Hier? Jetzt? Also wirklich! Wie war das mit dem: *Man bekommt nicht immer das, was man will*?«, empörte er sich, packte plötzlich meine Backen und hob mich hoch. Ich stöhnte vor Schmerz, als ich mich ein letztes Mal mit meinen schweren

Beinen an ihm festklammerte, und fühlte jeden einzelnen ausgepowerten Muskel in mir, schluchzte allerdings vor Lust auf, als er mit einer Bewegung tief in mich stieß.

»Bitte keine Spiele mehr …«, wimmerte ich schwach und krallte mich an seinem nassen Rücken fest.

»Nein … keine Spiele … Nur das epische Finale!« Mit seiner Nase strich er über meine. Dann änderte er den Winkel seiner Hüfte und ließ sie kreisen. Er berührte genau diesen einen Punkt in meinem Inneren, von dem er wusste, dass mir dessen Reizung den absoluten Lustrausch brachte. Ich fand meine Erlösung sofort und doch endlich. Ich konnte nicht mal schreien oder überhaupt einen Ton von mir geben. Aber mir wurde schwarz vor Augen und ich hatte noch nie einen intensiveren Orgasmus gehabt, was auch nicht sonderlich schwer war, denn bisher gab es ja nicht besonders viele.

Oh Himmel, das war wieder mal der absolute Wahnsinn gewesen!

Danach hielt er mich gefühlte Stunden auf seinen Armen und küsste jeden Millimeter meines Gesichtes.

Ich war offiziell geschmolzen.

Irgendwann stellte er das Wasser ab und holte ein großes, weißes, flauschiges Handtuch, mit dem er mich abrubbelte, bis mein ganzer Körper leicht gerötet war. Dasselbe Handtuch nutzte er anschließend auch für sich und ich konnte nicht umhin, ihn ausgiebig anzustarren.

Als wir beide trocken waren, jagte er mich mit dem schnalzenden Handtuch auch noch durch das riesengroße Superbad und ich schrie das ganze Haus zusammen.

Eigentlich war ich jetzt fertig und wollte nur noch ein bisschen Schlaf, aber er hetzte mich bis in den zweiten Stock, fing mich dort ein und schmiss mich über seine Schulter.

Ich zog scharf den Atem ein, als er die Tür zu einem Zimmer öffnete.

Masons ZIMMER!

Und CUT!

# Anmerkung:

* Der in Kapitel zehn verwendete Songtext stammt aus dem Titel ›When I'm gone‹ von der Band ›3 Doors Down‹, aus dem Album ›Away from the Sun‹, das im Jahre 2002 erschienen ist.

** Der in der Vorschau von Rock oder Liebe Teil drei verwendete Songtext stammt aus dem Titel ›Personal Jesus‹ von der Band ›Depeche Mode‹, aus dem Album ›Violator‹, das im Jahre 1990 erschienen ist.

# Danksagung:

Soooo... das war's erst mal von den beiden!

Im nächsten Buch werden wir Masons Zimmer also endlich mal richtig von innen zu sehen bekommen und vielleicht auch ein bisschen von dem Geheimnis um SIE lüften, und wieso er so ist, wie er ist. Denn eines kann man sagen: Jeder Mensch hat seine Geheimnisse, bzw. sein Päckchen, das er mit sich rumträgt. Und das sollten wir uns öfter ins Gedächtnis rufen, besonders wenn wir gerade dabei sind jemanden zu verurteilen.

Wir danken euch auf jeden Fall für eure Treue! Es ist immer wieder Wahnsinn mitzubekommen, wie ihr hinter einem steht. Auch danke natürlich, an den A.P.P. Verlag!

Den letzten Teil von Rock oder Liebe gibt es noch dieses Jahr aber jetzt erstmal die Frage: WIE FINDET IHR ROCK ODER LIEBE – UNPLUGGED? Wir warten gespannt auf eure Rezensionen und drücken euch ganz fest!

Eure zwei Irren von Nebenan.

Bethy feat. Babels

»Dieses sinnlose Rumgeschreie. Dieses permanente Rumgehüpfe. Dieses unnütze Gitarrenzerschlagen und dieses ordinäre Rumrotzen! Ungläubige Satanisten. Hotelzimmer zerstörende Kunstbanausen. Motorrad fahrende Ampelignoranten! Drogensüchtige Frauenverschlinger!« Das sind Rockstars in den Augen der gefürchtetsten Anstandsdame des Landes. Hannah Amalia Hauptmeier gerät an ihren härtesten Klienten: Spank Ransom, alias Mason Hunter. Der selbst ernannte Sexgott, stolze Schildkrötenbesitzer und dazu noch weltbekannte Rüpelrocker muss von ihr auf den rechten Pfad der Tugend gebracht werden, denn seine Mutter bangt um das Ansehen ihres einzigen, heiß geliebten Sprösslings. Grummelnd nimmt Hannah sich des hoffnungslosen Falls an, ohne auch nur im Geringsten zu ahnen, worauf sie sich einlässt. Der sexy Rüpel hat es sich nämlich im Gegenzug zu seiner Aufgabe gemacht, sie zu bekehren ... Und zwar auf seine ganz spezielle Art. Diese ist alles andere als jugendfrei, erschreckend betörend und hält sich keineswegs an den Knigge. Sein Angebot: nächtliche Spielstunden gegen tägliches Anstandstraining. Letztendlich müssen sich beide jedoch entscheiden, zwischen **ROCK ODER LIEBE.**

Mobi: 978-3-946222-18-7
E-pub: 978-3-946222-19-4
Print: 978-3-946222-20-0